# PERIGO NO HOSPITAL

**Outras obras da autora publicadas pela Editora Record**

---

*A filhinha do papai*
*Alguém espia nas trevas*
*Na rua em que você mora*
*Noite feliz (com Carol Higgins Clark)*
*Pela segunda vez*

MARY HIGGINS CLARK

# PERIGO NO HOSPITAL

Tradução de
JOSÉ SANZ

2ª EDIÇÃO

EDITORA RECORD
RIO DE JANEIRO • SÃO PAULO
2005

CIP-Brasil. Catalogação-na-fonte
Sindicato Nacional dos Editores de Livros, RJ.

Clark, Mary Higgins, 1929-
C543p Perigo no hospital / Mary Higgins Clark; tradução
2ª ed de José Sanz. - 2ª ed. - Rio de Janeiro: Record, 2005.

Tradução de: Cradle will fall
ISBN 85-01-01788-4

1. Romance policial. 2 Ficção americana. I. Sanz,
José. II. Título.

CDD - 813
05-2789 CDU - 821.111(73)-3

Título original norte-americano
CRADLE WILL FALL



Publicação feita mediante acordo com Simon & Schuster, Inc.



Direitos exclusivos de publicação em língua portuguesa para o Brasil adquiridos pela
DISTRIBUIDORA RECORD DE SERVIÇOS DE IMPRENSA S.A.
Rua Argentina 171– Rio de Janeiro, RJ – 20921-380 – Tel.: 2585-2000
que se reserva a propriedade literária desta tradução

Impresso no Brasil

ISBN 85-01-01788-4

PEDIDOS PELO REEMBOLSO POSTAL
Caixa Postal 23.052
Rio de Janeiro, RJ – 20922-970

PARA RAY, COM AMOR ETERNO...

Envelheça comigo!
O melhor ainda está por vir,
O final da vida, para o qual o começo foi feito.

ROBERT BROWNING

"...pois alguns pacientes, embora conscientes de que seu estado é grave, se restabelecem apenas em virtude da sua confiança na competência do médico."

— HIPÓCRATES

# 1

Se não estivesse pensando no processo que acabava de ganhar, Katie não teria feito a curva tão depressa, mas a satisfação intensa pelo veredicto de culpado ainda a dominava. Havia sido por pouco. Roy O'Connor era um dos mais importantes advogados de defesa de Nova Jersey. A confissão do acusado tinha sido eliminada pelo tribunal, um desastre para a acusação. Mesmo assim ela conseguiu convencer o júri de que Teddy Copeland era o homem que, barbaramente, havia matado a octogenária Abigail Rawlings durante um roubo.

A irmã da Srta. Rawlings, Margaret, foi ao tribunal ouvir o veredicto e depois procurou Katie.

— Esteve formidável, Sra. DeMaio — disse. — A senhora tem a aparência de uma estudante. Nunca teria imaginado que pudesse, mas, quando falou, a senhora *provou* ponto por ponto. A senhora o fez *sentir* seu crime. E agora?

— Com sua ficha, esperamos que o juiz resolva dar-lhe prisão perpétua — respondeu Katie.

— Deus queira — disse Margaret Rawlings. Seus olhos, úmidos e cansados pela idade, encheram-se de lágrimas. Enxugou-os silenciosamente e prosseguiu: — Sinto muita falta de Abby. De nós duas, foi logo ela a morrer. E continuo pensando como deve ter ficado apavorada. Teria sido terrível se ele conseguisse escapar.

*Ele não conseguiu escapar!* A lembrança daquilo distraiu Katie, fazendo-a pisar fundo no acelerador. O súbito aumento de velocidade quando iniciava a curva fez o carro derrapar na estrada coberta de granizo.

— Ah... não! — Segurou freneticamente o volante. A estrada estava escura. O carro foi para a contramão e rodopiou. Viu, a distância, faróis se aproximando.

Girou o volante para a linha divisória da estrada, mas não pôde controlar o veículo. Este tombou para a beira da estrada que era também uma faixa de gelo. Como um esquiador na hora de saltar, o carro pousou por um momento na beira, com as rodas se erguendo, e depois deslizou pela encosta escarpada e caiu no campo arborizado.

Uma forma escura delineou-se à sua frente: uma árvore. Katie teve uma horrível sensação de estraçalhamento, quando o metal se rasgou de encontro à árvore. O carro estremeceu. Seu corpo foi atirado sobre o volante e depois para trás. Ela ergueu os braços diante do rosto, procurando protegê-lo dos estilhaços do pára-brisa. Sentiu uma dor aguda e forte nos pulsos e joelhos. As luzes dos faróis e do painel se apagaram. Uma escuridão intensa e aveludada a envolveu, ao mesmo tempo que, distante, ouviu uma sirena.

O barulho da porta do carro abrindo-se. Uma rajada de ar fresco.

— Meu Deus, é Katie DeMaio! — Uma voz conhecida. Tom Coughlin, o policial jovem e simpático. Havia sido testemunha num julgamento na semana anterior. — Ela está inconsciente.

Tentou protestar, mas seus lábios não conseguiram emitir palavras. Nem ela pôde abrir os olhos.

— O sangue vem do braço dela. É como se tivesse cortado uma artéria.

Agarraram seu braço. Uma coisa compacta estava sendo comprimida contra ele. Uma voz diferente:

— Ela pode ter ferimentos internos, Tom. Westlake é logo ali. Vou chamar uma ambulância. Fique aqui com ela.

Flutuando. Flutuando. *Estou bem. Só que não posso tocar em você.*

Mãos colocando-a numa maca. Sentiu um cobertor sobre o corpo e o granizo batendo em seu rosto.

Estava sendo levada. Um carro em movimento. Não, era uma ambulância. Portas abrindo e fechando. Se pelo menos pudesse fazê-los compreender. *Posso ouvi-los. Não estou inconsciente.*

Tom estava dando o nome dela.

— Kathleen DeMaio, mora em Abbington. É assistente do promotor. Não, não é casada. É viúva. Viúva do Juiz DeMaio.

Viúva de John. Uma terrível sensação de solidão. A escuridão começava a diminuir. Uma luz estava iluminando seus olhos.

— Ela está voltando a si. Que idade tem, Sra. DeMaio?

Uma pergunta muito comum, fácil de responder. Finalmente, pôde falar.

— Vinte e oito.

O torniquete que Tom havia colocado em seu braço foi removido. Estavam dando pontos em seu braço. Tentou não se contrair com as agulhadas dolorosas.

Raios X. O médico na emergência.

— A senhora tem muita sorte, Sra. DeMaio. Algumas escoriações bastante sérias, mas sem fraturas. Mandei fazer-lhe uma transfusão. Seus glóbulos vermelhos estão baixos. Não se assuste. Vai ficar boa.

— É que... — Mordeu o lábio. Estava readquirindo a consciência e tratou de parar antes de revelar seu terrível, infantil e irracional medo de hospitais.

— Quer que chamemos sua irmã? — perguntou Tom. — Vão mantê-la aqui a noite toda.

— Não. Molly está saindo de um resfriado. Atacou a todos lá. — Sua voz estava muito fraca. Tom teve que se curvar para ouvi-la.

— Está bem, Katie. Não se preocupe. Vou tirar seu carro de lá.

Ela foi levada para um setor separado da emergência. O sangue começou a pingar por um tubo colocado em seu braço direito. Agora, sua cabeça estava clareando.

O braço esquerdo e os joelhos doíam muito. Tudo estava dolorido. Achava-se num hospital. Estava só. Uma enfermeira afastava seu cabelo da testa.

— Vai ficar ótima, Sra. DeMaio. Por que está chorando?

— *Não* estou chorando. — Mas estava.

Foi levada para um quarto. Uma enfermeira estendeu-lhe um copo de papel com água e um comprimido.

— Isto vai ajudá-la a repousar, Sra. DeMaio.

Katie estava certa de que era um comprimido para dormir. Não o queria. Dar-lhe-ia pesadelos. Mas era muito melhor não discutir.

A enfermeira apagou a luz. Seus passos eram suaves quando saiu do quarto. Este estava frio. Os lençóis, frios e ásperos. Os lençóis de hospitais eram sempre assim? Katie mergulhou no sono sabendo que o pesadelo era inevitável.

Mas desta vez tomou forma diferente. Encontrava-se numa montanha-russa que subia cada vez mais, cada vez mais alto, e ela não podia controlar. Estava tentando. Então, apareceu uma curva, ela saiu dos trilhos e começou a cair. Acordou, trêmula, um momento antes de chocar-se contra o chão.

O granizo batia na vidraça. Ergueu-se sem firmeza. A janela se abriu e fez a cortina estalar. Por isso o quarto estava tão ventoso. Tinha que fechar a janela, correr a cortina e, então, talvez pudesse dormir. De manhã poderia ir para casa. Detestava hospitais.

Cambaleando, foi até a janela. A camisola do hospital, que lhe haviam fornecido, mal chegava a seus joelhos. Suas pernas estavam geladas. E aquele granizo. Agora estava misturado com mais chuva. Debruçou-se no parapeito da janela e olhou para fora.

O estacionamento estava sendo alagado por torrentes de água. Katie segurou a cortina e olhou para o estacionamento, que ficava dois andares abaixo. O porta-malas de um carro estava se abrindo devagar. Ela agora se sentia muito tonta. Cambaleou, largou a cortina e esta enrolou-se rapidamente. Agarrou-se ao peitoril. Olhou para baixo. Haveria algo branco flutuando no porta-malas? Um cobertor? Um enorme fardo?

Pensou que devia estar sonhando. Então, Katie levou a mão à boca para abafar o grito que rompeu de sua garganta. Estava olhando para dentro do porta-malas, cuja luz estava acesa. Por entre as pancadas de chuva e granizo que voltaram a açoitar a janela, viu a substância branca abrir-se. Antes que o porta-malas se fechasse, viu um rosto: o rosto grotesco de uma mulher, no descuidado abandono da morte.

# 2

O DESPERTADOR ACORDOU-O RAPIDAMENTE às duas. Os longos anos de aprendizado de acordar com urgência tornaram-no imediatamente alerta. Levantando-se, foi até a pia da sala de exames, passou água fria no rosto, deu um laço frouxo na gravata e penteou os cabelos. Suas meias ainda estavam molhadas. Sentiu-as frias e pegajosas, quando as retirou do aquecedor quase frio. Fazendo uma careta, vestiu-as e meteu os pés nos sapatos.

Estendeu o braço para o sobretudo, pegou-o e estremeceu. Ainda estava completamente encharcado. Não adiantou nada pendurá-lo junto ao aquecedor. Se o vestisse, acabaria tendo uma pneumonia. Além disso, os fios brancos do cobertor poderiam colar-se no azul-marinho. Algo a explicar.

A velha capa que conservava no armário. Tinha que usá-la deixando o sobretudo molhado ali para levá-lo à lavanderia no dia seguinte. A capa de chuva não tinha forro. Ia gelar, mas era a única coisa a fazer. Além disso, era tão comum, de um tecido verde-oliva, apertada, agora que ele havia engordado. Se alguém visse o carro, se o visse *no* carro, haveria menos possibilidade de ser reconhecido.

Encaminhou-se para o guarda-roupa, tirou a capa de chuva do cabide de metal onde estava descuidadamente pendurada e colocou o sobretudo grosso no fundo do armário. A capa de chuva cheirava a falta de uso, um irritante cheiro de poeira que assaltou suas narinas. Franzindo o cenho com repugnância, vestiu-a e abotoou-a.

Foi até a janela e afastou a cortina alguns centímetros. Ainda havia carros em quantidade suficiente no estacionamento e por isso a presença ou ausência do seu dificilmente seriam notadas. Mordeu o lábio quando percebeu que a lâmpada quebrada, que sempre fizera com que o setor mais afastado do estacionamento ficasse satisfatoriamente escuro, havia sido substituída. A traseira do seu carro estava delineada por ela. Teria que andar à sombra dos outros carros e meter o corpo no porta-malas o mais depressa possível.

Estava na hora.

Abrindo o depósito de suprimentos, curvou-se para dentro dele. Com mãos hábeis, apalpou o contorno do corpo sob o cobertor. Com um ligeiro resmungo, deslizou uma das mãos sob o pescoço e a outra por baixo dos joelhos, erguendo o corpo. Quando viva, ela pesava mais ou menos cinqüenta quilos, mas havia engordado durante a gravidez. Seus músculos sentiam cada grama daquele peso, quando a carregou para a mesa de exames. Nesta, trabalhando apenas à luz da pequena lanterna apoiada na mesa, enrolou-a no cobertor.

Examinou o chão do depósito cuidadosamente e tornou a trancá-lo. Abrindo sem barulho a porta que dava para o estacionamento, agarrou a chave do porta-malas com dois dedos. Moveu-se silenciosamente para a mesa de exames e pegou a morta. Agora começavam os vinte segundos que poderiam destruí-lo.

Dezoito segundos depois, estava no carro. O granizo fustigava seu rosto. O fardo coberto cansava seus braços. Mudando o peso para que sua maior parte repousasse sobre um dos braços, procurou meter a chave na fechadura do porta-malas. O granizo a havia coberto. Raspou impacientemente. Um momento depois, a chave entrou e o porta-malas se abriu lentamente. Ele ergueu os olhos para as janelas do hospital. No quarto do centro do segundo andar, uma sombra se moveu. Estaria alguém olhando? Sua pressa em deixar o vulto enrolado no porta-malas, para livrar-se dele, o fez mover-se com extrema rapidez. No momento em que sua mão esquerda largou o cobertor, o vento soprou, revelando o rosto dela. Assustado, deixou o corpo cair e bateu a porta do porta-malas.

A luz era em frente. Teria alguém visto? Tornou a erguer os olhos para a janela onde a sombra havia se movido. Haveria alguém lá? Não tinha certeza. O que se poderia ver daquela janela? Mais tarde iria saber quem estava naquele quarto.

Sentou-se ao volante, virando a chave na ignição. Dirigiu-se rapidamente para fora do estacionamento, sem acender os faróis até estar bem adiantado na estrada municipal.

Era incrível que aquela fosse sua segunda viagem a Chapin River na mesma noite. E se ele não estivesse saindo do hospital quando ela surgiu do consultório de Fukhito e o chamou?

Vangie estava à beira da histeria, protegendo a perna direita, enquanto mancava em sua direção no *hall.*

— Doutor, não posso marcar consulta com o senhor nesta semana. Vou a Minneapolis amanhã. Vou ver o médico que costumava me atender, o Dr. Salem. Talvez eu fique por lá e tenha o filho com ele.

*Se ele a perdesse, tudo estaria arruinado.*

Ao contrário, persuadiu-a a ir ao seu consultório, conversou com ela, tranqüilizou-a, ofereceu-lhe um copo com água. No último momento, ela teve uma suspeita, tentou fugir dele. Aquele rosto belo e petulante estava cheio de medo.

E agora havia o pavor de saber que, muito embora tivesse conseguido silenciá-la, a possibilidade de ser descoberto ainda era enorme. Trancou o corpo dela no depósito de suprimentos, e pôs-se a pensar.

O reluzente carro vermelho era o perigo imediato. Era vital retirá-lo do estacionamento do hospital. Iria certamente ser notado ali, depois que terminasse o horário das visitas. Um moderníssimo Lincoln Continental com seu agressivo radiador cromado, cada linha arrogante chamando atenção.

Ele sabia exatamente onde ela morava, em Chapin River. Vangie lhe dissera que seu marido, piloto da United Airlines, não estaria em casa antes do dia seguinte. Resolveu levar o carro para a casa dela, colocar sua bolsa lá dentro e dar a impressão de ela ter voltado.

Foi incrivelmente fácil. Havia pouco movimento porque o tempo estava infernal. O código de obras de Chapin River só permitia loteamentos de no mínimo 8.000 metros quadrados. As casas ficavam situadas bem longe da estrada e chegava-se a elas por caminhos sinuosos. Abriu a porta da garagem dela com o dispositivo automático existente no painel do Lincoln e estacionou o carro.

Encontrou a chave da porta no chaveiro do carro, mas não precisou dela. A porta interna da garagem para a saleta estava destrancada. Havia lâmpadas acesas pela casa toda, provavelmente controladas por um marca-tempo. Atravessou rapidamente a saleta, passou pelo vestíbulo e dirigiu-se para a ala dos dormitórios, procurando o quarto principal. Era o último à direita, sem possibilidade de erro. Havia dois outros dormitórios, um preparado como quarto de bebê, com gnomos e carneiros coloridos sorrindo no papel de parede recentemente colocado, além de um berço e uma arca indubitavelmente novos.

Foi quando percebeu que poderia fazer com que a morte de Vangie parecesse suicídio. Se ela havia começado a mobiliar o quarto do bebê três meses antes do nascimento da criança, a ameaça de perda era um motivo poderoso para o suicídio.

Entrou no dormitório principal. A enorme cama estava desarrumada, com a pesada colcha de *chenille* branca atirada negligentemente sobre os cobertores. Sua camisola e robe estavam num sofá ao lado. Se pelo menos pudesse levar o corpo para lá e colocá-lo em sua própria cama! Era perigoso, mas não tanto quanto largar o corpo da mulher em qualquer lugar do bosque. Isso provocaria uma minuciosa investigação policial.

Colocou a bolsa de Vangie sobre o sofá. Com o carro na garagem e a bolsa ali, ia parecer que ela tinha vindo do hospital para casa.

Depois, andou os seis quilômetros de volta ao hospital. Tinha sido perigoso... e se um carro da polícia aparecesse na estrada daquela região rica e o parasse? Não tinha a menor desculpa para estar ali. Mas fez o caminho de volta em menos de uma hora, evitou a porta principal do hospital e entrou no consultório pela porta dos fundos, que dava para o estacionamento. Eram exatamente 10 horas quando chegou.

Seu sobretudo, sapatos e meias estavam ensopados. Ele estava tremendo. Compreendeu que seria perigoso demais tentar levar o corpo para fora enquanto houvesse a mínima chance de encontrar alguém. A última troca de enfermeiras seria à meia-noite. Resolveu esperar até bem depois dessa hora para tornar a sair. A entrada de emergência ficava na ala leste do hospital. Pelo menos não precisava se preocupar com a possibilidade de ser visto pelos pacientes da emergência nem por um carro da polícia levando alguém para lá.

Colocou o despertador para as duas horas e se deitou na mesa de exames. Tratou de dormir até que o despertador tocasse.

Agora estava saindo da ponte de madeira, na direção de Winding Brook Lane. A casa dela ficava à direita.

Apagou os faróis dianteiros, penetrou no caminho, contornou a casa e encostou o carro de marcha a ré na porta da garagem. Tirou as luvas de motorista. Colocou luvas de cirurgia. Abriu a porta da garagem. Abriu o porta-malas. Carregou a forma embrulhada, passando pelas prateleiras de ferramentas, até a porta interna. Entrou na saleta. A casa estava silenciosa. Num instante, ele estaria livre.

Atravessou depressa o corredor até o dormitório principal, gemendo sob o peso do corpo. Colocou-o na cama, tirando o cobertor.

No banheiro ao lado do quarto, pôs cianureto no copo de flores azuis, juntou água e derramou a maior parte na pia. Lavou cuidadosamente a pia e voltou para o quarto. Colocando o copo perto da mão da morta, deixou cair algumas gotas na colcha. As impressões digitais dela achavam-se certamente no copo. O *rigor mortis* estava começando. As mãos estavam frias. Dobrou com todo o cuidado o cobertor branco.

O corpo estava estirado de barriga para cima na cama, com os olhos abertos, lábios contorcidos, tendo uma expressão agônica de protesto. Perfeito. Muitos suicidas mudam de opinião quando é tarde demais.

Tinha esquecido alguma coisa? Não. A bolsa dela, com as chaves, estava no sofá. Havia um resto de cianureto no copo. Tirar ou não o casaco? Deixou-o. Quanto menos manipulasse o cadáver, melhor.

Tirar ou não os sapatos? Ela os teria atirado longe?

Ergueu o longo cafetã que Vangie estava usando e sentiu o sangue fugir do rosto. O pé direito inchado exibia um mocassim usado. O esquerdo estava coberto apenas pela meia.

O outro mocassim deveria ter caído. Onde? No estacionamento, no consultório, na casa? Correu para fora do quarto procurando, refazendo seus passos até a garagem. O sapato não estava na casa nem na garagem. Furioso pela perda de tempo, correu até o carro e examinou o porta-malas. O sapato não estava lá.

Provavelmente tinha caído quando a estava carregando para o estacionamento. Teria ouvido se tivesse caído no consultório e não estava no depósito dos suprimentos.Tinha certeza disso. Por causa daquele pé inchado, ela usava sempre aqueles mocassins. Tinha ouvido a recepcionista brincar com ela por causa disso.

Precisava voltar, vasculhar o estacionamento e achar aquele sapato. E se quem o apanhou a tivesse visto usando-o? Ia haver falatório quando seu corpo fosse descoberto. E se alguém dissesse: "Ora, eu vi o mocassim que ela estava usando caído no estacionamento. Deve tê-lo perdido segunda de noite ao voltar para casa." Porém, se ela tivesse andado nem que fosse apenas uns poucos passos no estacionamento sem um sapato, sua meia ficaria bastante suja. A polícia iria reparar. Tinha que voltar ao estacionamento e encontrar aquele sapato.

Mas agora, voltando para o dormitório, abriu a porta do quarto de vestir. Um monte de sapatos de mulher estava espalhado pelo chão. A maior parte com saltos absurdamente altos. Era ridículo alguém pensar que ela pudesse usá-los nas suas condições e com aquele tempo. Havia três ou quatro pares de botas, porém ela nunca teria condições de fechar uma bota sobre aquela perna inchada.

Então os viu. Um par de sapatos de saltos baixos, razoáveis, da espécie usada pela maioria das grávidas. Pareciam relativamente novos, mas haviam sido calçados pelo menos uma vez. Aliviado, pegou-os. Voltando depressa para a cama, tirou o sapato do pé da morta e meteu seus pés nos sapatos que acabava de trazer do armário. O do pé direito estava apertado, mas deu um jeito de abotoá-lo. Metendo o mocassim que ela estava usando no enorme bolso vazio de sua capa de chuva, apanhou o cobertor branco. Com este sob o braço, saiu do quarto, desceu o corredor, passou pela saleta e mergulhou na noite.

Quando entrou no estacionamento do hospital, a chuva e o granizo haviam cessado, mas ventava e fazia muito frio. Dirigindo para a parte mais afastada, estacionou o carro. Se o guarda de segurança viesse ao seu encontro e lhe dirigisse a palavra, simplesmente diria que havia recebido um chamado para encontrar ali uma de suas pacientes, que estava em trabalho de parto. Se, por algum motivo, aquela declaração fosse checada, fingiria estar ofendido, dizendo que evidentemente se tratava de um chamado falso.

Mas seria muito mais seguro não ser visto. Mantendo-se na sombra da cerca viva que margeava a linha divisória do estacionamento, refez rapidamente os passos que dera, de onde havia deixado o carro até a porta do consultório. Logicamente, o sapato devia ter caído quando mudara o corpo de braço para abrir a mala do carro. Agachando-se, examinou o chão. Silenciosamente, refez cuidadosamente seu caminho até o hospital. Os quartos de todos os pacientes daquela ala estavam agora imersos em escuridão. Ergueu os olhos para a janela do meio do segundo andar. A cortina estava sem dúvida abaixada. Alguém a havia endireitado. Curvando-se, caminhou lentamente pelo chão asfaltado. Se alguém o viu! A raiva e a frustração fizeram-no esquecer do frio intenso. Onde estava o sapato? Tinha que achá-lo.

Faróis surgiram na curva, entrando no estacionamento. Ouviu-se o frear estridente de um carro. O motorista, provavelmente querendo dirigir-se à emergência, reparou que havia tomado o caminho errado. Fez uma volta apertada e saiu do estacionamento.

Tinha que sair dali. Não adiantava. Caiu para a frente ao tentar erguer-se. Sua mão escorregou pelo asfalto liso. E então sentiu-o: o couro sob seus dedos. Agarrou-o e ergueu-o. Apesar da pouca luz, tinha certeza. Era o mocassim. Achara-o.

Quinze minutos depois, estava girando a chave na fechadura de sua casa. Tirou a capa de chuva e pendurou-a no armário do vestíbulo. O grande espelho da porta refletiu sua imagem. Assustado, verificou que os joelhos de sua calça estavam molhados e sujos. Também estava descabelado. Suas mãos, cheias de lama. Suas faces ruborizadas e os olhos, apesar de naturalmente saltados, estavam esbugalhados e empapuçados. Parecia um homem em choque emocional, uma caricatura dele mesmo.

Correndo para o andar superior, tirou a roupa, jogou-a numa cesta de roupa suja, tomou banho e meteu-se num pijama e num robe. Estava muito excitado para dormir e, além disso, tinha uma fome brutal.

A governanta tinha deixado fatias de carneiro numa travessa. Havia um pedaço fresco de *brie* na queijeira sobre a mesa da cozinha. Maçãs ácidas, frescas, encontravam-se na gaveta da geladeira. Arrumou cuidadosamente uma bandeja e levou-a para a biblioteca. Preparou no bar uma boa dose de uísque e sentou-se na escrivaninha. Enquanto comia, passou em revista os acontecimentos da noite. Se não tivesse parado para examinar seu caderno de anotações, teria perdido a mulher. Ela teria partido e então seria tarde demais para detê-la.

Destrancando a escrivaninha, abriu a grande gaveta central e deslizou o fundo falso, onde conservava sempre seu arquivo especial. Uma pasta simples de fole, de papel manilha, jazia no fundo. Procurou uma folha imaculada e fez a anotação final:

*15 de fevereiro*

*Às oito e quarenta da noite, este médico estava fechando a porta dos fundos de seu consultório. Determinada paciente acabava de deixar Fukhito. Determinada paciente dirigiu-se a este médico e disse que estava indo para sua casa em Minneapolis, para ver seu antigo médico, Emmet Salem, com quem iria ter seu filho. A paciente estava histérica e foi persuadida a entrar. Evidentemente, não era possível deixar a paciente partir. Lamentando a necessidade, este médico preparou-se para eliminar a paciente. Sob o pretexto de dar-lhe um copo d'água, este médico dissolveu cianureto no copo e forçou a paciente a ingerir o veneno. A paciente expirou precisamente às oito e cinqüenta e um da noite. O feto tinha 26 semanas de idade. É opinião deste médico que, se tivesse nascido, teria sobrevivido. As completas e precisas anotações médicas estão nesta pasta e devem substituir e anular os registros do consultório do Hospital Westlake.*

Suspirando, pousou a caneta, meteu a anotação final no envelope e lacrou a pasta. Levantou-se, andou até a última prateleira da estante, meteu a mão atrás de um livro, tocou num botão e um painel girou nos gonzos, desvendando um cofre de parede. Abriu-o rapidamente e meteu a pasta, reparando inconscientemente o número crescente de envelopes. Poderia recitar seus nomes de cor: Elizabeth Berkeley, Anna Horan, Maureen Crowley, Linda Evans... mais de seis dúzias: os sucessos e fracassos do seu gênio médico.

Fechou o cofre e tornou a colocar o livro no lugar. Depois subiu lentamente as escadas. Tirou o robe, meteu-se na imponente cama de quatro colunas e fechou os olhos.

Agora que havia terminado, sentiu-se tão exausto que quase vomitou. Teria omitido alguma coisa, esquecido de algo? Tinha colocado o vidrinho de cianureto no cofre. Os mocassins. Ia livrar-se deles em algum lugar, na noite seguinte. Os acontecimentos das últimas horas giravam furiosamente em sua cabeça. Quando estava fazendo o que era necessário, tinha ficado calmo. Agora que estava acabado, como das outras vezes, seu sistema nervoso berrava protestando.

Jogaria fora a roupa na manhã seguinte, a caminho do hospital. Hilda era uma governanta sem imaginação, mas notaria a lama e a sujeira dos joelhos da calça. Tinha que descobrir quem era o paciente que estava no quarto do centro do segundo andar na ala leste e o que ele teria podido ver. *Não devo pensar nisso agora.* Era preciso dormir. Apoiando-se num cotovelo, abriu a gaveta da mesinha-de-cabeceira e apanhou uma caixinha de comprimidos. Estava precisando de um sedativo leve. Com ele, poderia dormir umas duas horas.

Seus dedos procuraram e fecharam-se sobre uma pequena pílula. Engoliu-a sem água, tornou a se deitar e fechou os olhos. Enquanto esperava o efeito, tratou de se dizer que estava a salvo. Porém, por mais que tentasse, não pôde afastar o pensamento de que a prova mais condenatória de sua culpa lhe era inacessível.

# 3

— SE NÃO SE IMPORTA, gostaríamos que saísse pela porta dos fundos — disse a enfermeira. — A entrada da frente está muito cheia de gelo, e os empregados estão procurando limpá-la. O táxi estará lá, esperando.

— Não me importo nem de pular a janela, se isso me fizer ir para casa — respondeu Katie, veementemente. — Só fico triste porque tenho de voltar aqui na próxima sexta-feira. Vou fazer uma pequena operação no sábado.

— Ah! — A enfermeira olhou para a papeleta. — Qual o problema?

— Parece que herdei um problema que minha mãe tinha. Praticamente, sofro uma hemorragia todo mês, durante a menstruação.

— Então deve ser por isso que a contagem de seus glóbulos vermelhos foi tão baixa quando chegou. Não se preocupe. É uma coisa sem importância. Quem é seu médico?

— Dr. Highley.

— Ah, ele é o melhor. Mas a senhora deverá ir para a ala oeste. Todos os pacientes dele vão para lá. É como um hotel de luxo. Ele é o manda-chuva aqui, a senhora sabe. — Continuou olhando para a papeleta de Katie. — A senhora não dorme muito, não é?

— Na verdade, não. — Katie franziu o nariz com nojo ao abotoar a blusa, que estava salpicada de sangue. Deixou a manga esquerda pender livre sobre o braço enfaixado. A enfermeira ajudou-a a colocar a capa.

A manhã estava encoberta e bastante fria. Katie achou que fevereiro estava se tornando o mês de que menos gostava. Tremeu ao pisar no estacionamento, relembrando o pesadelo. Aquele era o setor que estivera olhando do quarto. O táxi chegou. Agradecida, caminhou para ele, estremecendo por causa da dor nos joelhos. A enfermeira ajudou-a a entrar, cumprimentou-a e fechou a porta. O motorista pisou no acelerador.

— Para onde, senhora?

De uma janela do quarto do segundo andar que Katie acabara de deixar, um homem observava sua partida. A papeleta que a enfermeira havia deixado na mesa estava em sua mão. *Kathleen N. DeMaio, 10 Woodfield Way, Abbington. Local de trabalho: escritório do promotor municipal de Valley.*

Sentiu um arrepio de medo percorrê-lo. *Katie DeMaio.*

A papeleta indicava que ela tinha tomado um sonífero forte.

De acordo com o relatório, não tomava medicamentos regularmente, nem mesmo soníferos ou tranqüilizantes. Portanto, não devia ter tolerância a eles e estaria bastante grogue com o que haviam lhe dado na noite anterior.

Havia uma anotação na papeleta dizendo que a enfermeira noturna a encontrara sentada no leito às duas e oito da madrugada, muito agitada e falando em pesadelos.

A cortina da janela devia ter-se enrolado. Ela foi até a janela. O que teria visto? Se tivesse observado alguma coisa, mesmo que pensasse ter tido um pesadelo, sua experiência profissional deveria importuná-la. Ela era um risco, um risco inaceitável.

# 4

COM OS OMBROS SE TOCANDO, sentaram-se no reservado dos fundos do bar da rua 87. Rocamboles intocados foram postos de lado e eles tomavam café soturnamente. O braço do uniforme verde-azulado dela pousava nos bordados dourados da manga dele. Os dedos da mão direita dele estavam enlaçados com os da mão esquerda dela.

— Senti saudades — disse ele, com carinho.

— Eu também, Chris. É por isso que lamento você estar aqui. Só torna tudo pior.

— Joan, dê-me um pouco de tempo. Juro por Deus que daremos um jeito. Precisamos.

Ela balançou a cabeça. Chris virou-se para a companheira e verificou com tristeza como a moça estava infeliz. Seus olhos cor de avelã estavam enevoados. Seu cabelo castanho-claro, penteado para trás num coque naquela manhã, deixava à mostra a palidez de sua pele, habitualmente clara e suave.

Pela milésima vez, perguntou-se por que não havia rompido definitivamente com Vangie, quando fora transferido para Nova York no ano anterior. Por que havia concordado em esperar um pouco mais numa tentativa de manter o casamento, quando dez anos de tentativas não tinham adiantado? E agora, a gravidez. Pensou na briga horrível que tivera com Vangie, antes de abandoná-la. Devia contar a Joan. Não, não ajudaria em nada.

— Gostou da China? — perguntou ele.

— Fascinante, totalmente fascinante — respondeu Joan, animando-se. Era aeromoça da Pan American. Haviam-se conhecido seis meses antes, no Havaí, quando um dos comandantes da United, Jack Lane, dera uma festa.

Joan estava baseada em Nova York e dividia um apartamento em Manhattan com duas outras colegas da Pan Am.

É inacreditável como certas pessoas se entendem imediatamente. Ele lhe disse que era casado, mas também teve a habilidade de informar honestamente que, quando havia sido transferido da base de Minneapolis para Nova York, quis terminar com Vangie. A derradeira tentativa de salvar o casamento não tinha dado certo. Ninguém era culpado. Para início de conversa, o casamento nunca deveria ter se realizado.

E então Vangie lhe contou sobre a criança.

— Você chegou ontem à noite — Joan estava dizendo.

— Foi. Tivemos um problema com o motor em Chicago e o resto do vôo foi cancelado. Pegamos uma carona de volta.

Chegamos por volta das seis horas, e me instalei no Holiday Inn da rua 57.

— Por que não foi para casa?

— Porque não a vejo há duas semanas e *precisava vê-la.* Vangie não me espera antes das onze. Assim, não se preocupe.

— Chris, eu lhe disse que havia pedido minha transferência para a Divisão Latino-Americana. Foi aceita. Mudo-me para Miami na semana que vem.

— Joan, não faça isso!

— É a única maneira. Olhe, Chris, desculpe, mas não é minha vocação ser uma mulher à disposição de um homem casado. Não sou uma destruidora de lares.

— Nossa relação tem sido totalmente inocente.

— No mundo atual, quem acreditaria nisso? A grande verdade é que, dentro de uma hora, você estará mentindo para sua mulher, não é? E não se esqueça: sou filha de um ministro presbiteriano. Posso ver perfeitamente a reação de papai quando lhe disser que estou apaixonada por um homem que não só é casado, mas cuja mulher está finalmente esperando um filho pelo qual reza há dez anos. Puxa, ele ia ficar muito orgulhoso de mim. — Joan terminou o café. — E, diga o que disser, Chris, continuo tendo a sensação de que, se não fosse a minha presença, você e sua mulher estariam mais próximos. Estou ocupando seus pensamentos, quando deveria preocupar-se com ela. E ficará espantado quando descobrir como um filho é capaz de criar um laço entre as pessoas. — Suavemente, ela retirou os dedos do entrelaçamento com os dele. — É melhor eu ir embora, Chris. Foi um vôo muito longo e estou cansada. É melhor você também ir para casa.

Encararam-se. Ela tocou-lhe o rosto, procurando desfazer as rugas profundas e tristes de sua testa.

— Nós, na verdade, poderíamos ser muito felizes juntos. — Depois acrescentou: — Você parece cansado, Chris.

— Não dormi muito na noite passada. — Ele esboçou um sorriso. — Não vou desistir, Joan. Juro que vou para Miami atrás de você; e, quando chegar lá, estarei livre.

# 5

KATIE DESCEU DO TÁXI. Subiu com dificuldade os degraus do alpendre, meteu a chave na fechadura, abriu a porta e murmurou:

— Graças a Deus, estou em casa.

Sentia-se como se tivesse estado ausente durante semanas em vez de uma noite, e encarava com uma alegria diferente os tons castanhos, suaves e repousantes da entrada e da sala de estar, as plantas penduradas, que haviam atraído sua atenção na primeira vez que visitara a casa.

Apanhou o vaso de violetas africanas e aspirou o perfume penetrante de suas pétalas. Suas narinas achavam-se impregnadas com o cheiro de anti-sépticos e remédios. Seu corpo estava duro e dolorido, agora mais ainda do que quando deixara o leito naquela manhã.

Mas finalmente estava em casa.

*John. Se ele estivesse vivo, se ele estivesse aqui para eu lhe telefonar na noite passada...*

Katie pendurou a capa e atirou-se no sofá de veludo cor de damasco na sala de estar. Olhou o retrato de John na cornija da lareira. John Anthony DeMaio, o juiz mais moço do condado de Essex. Lembrava nitidamente da primeira vez que o vira. Ele tinha ido fazer uma conferência na turma de Criminologia da Faculdade de Direito de Seton Hall.

Quando a aula terminou, os estudantes aglomeraram-se em torno dele.

— Juiz DeMaio, espero que a Suprema Corte rejeite o recurso do processo *Collins.*

— Juiz DeMaio, concordo com sua decisão em *Reicher contra Reicher.*

Então chegou a vez de Katie.

— Juiz, preciso dizer-lhe que não concordo com seu despacho no processo *Kipling.*

John esboçou um sorriso.

— Evidentemente, é um direito seu, senhorita...

— Katie... Kathleen Callahan.

Ela nunca entendeu por que acrescentou o Kathleen. Ele, porém, iria chamá-la sempre de Kathleen Noel.

Naquele dia tomaram café juntos. Na noite seguinte, ele a levou ao Monsignor II, restaurante de Nova York, para jantar. Quando os violinistas se aproximaram da mesa, ele pediu que tocassem *Viena, cidade dos meus sonhos,* cantando baixinho: "*Wien, Wien, nur Du allein...*" Quando os músicos terminaram, John perguntou:

— Já esteve em Viena, Kathleen?

— Nunca saí do país, a não ser para ir às Bermudas com a faculdade. Foram quatro dias de chuva.

— Um dia vou levá-la ao exterior. E primeiro lhe mostrarei a Itália. É um país muito bonito.

Quando se despediu dela naquela noite, John disse:

— Você tem os mais belos olhos azuis que já tive o prazer de ver. Não acha que doze anos de diferença seja muito, não é, Kathleen?

Três meses depois, quando ela se formou na Faculdade de Direito, casaram-se.

AQUELA CASA. John havia sido criado nela e a tinha herdado dos pais.

— Sou muito apegado a ela, Kathleen, mas procure ter certeza. Talvez queira algo menor.

— John, fui criada num apartamento de três peças em Queens. Eu dormia num sofá-cama na sala de estar. "Privacidade" era uma palavra que eu conhecia só pelo dicionário. *Adoro* esta casa.

— Que bom, Kathleen.

Amavam-se muito, mas, além disso, eram muito bons amigos. Katie lhe falou do pesadelo.

— Quero avisar-lhe que, de tempos em tempos, acordo gritando como uma condenada. Isso começou após a morte de meu pai, quando eu tinha oito anos. Ele estava internado por causa de um ataque cardíaco e depois teve outro. Ao que parece, o velho que partilhava o quarto com ele apertou o botão da campainha, chamando a enfermeira, mas ninguém apareceu. Quando chegou alguém para atender ao chamado, era tarde.

— E então você começou a ter pesadelos.

— Acho que ouvi contar o fato tantas vezes, que me fez mal. No pesadelo, estou num hospital, indo de cama em cama à procura de papai. Fico vendo rostos de gente conhecida nas camas. Estão todos dormindo. Às vezes, são meninas do colégio ou primos... ou outras pessoas quaisquer. Mas continuo procurando papai. Sei que ele precisa de mim. Finalmente, vejo uma enfermeira, corro para ela e lhe pergunto onde está papai. Ela sorri e diz: "Ah, ele morreu. Toda essa gente aí está morta. Você também vai morrer aqui."

— Pobrezinha.

— Ah, John, conscientemente sei que é absurdo dar importância a isso. Mas juro que fico infantilmente apavorada com a idéia de ser internada num hospital.

— Vou ajudá-la a superar isso.

Ela conseguiu transmitir-lhe o que realmente acontecera depois da morte do pai.

— Senti muita falta, John. Sempre fui muito agarrada a ele. Molly tinha dezesseis anos e andava por aí com Bill. Por isso, não creio que a tenha afetado tanto. Mas durante todo o curso, continuei pensando como seria divertido se ele estivesse presente às festas e à formatura. A cada primavera, eu temia os jantares de pai e filha.

— Você não tinha um tio ou alguém que pudesse ir com você?

— Só um. Levaria muito tempo fazê-lo ficar sóbrio.

— Ah, Kathleen! — Ambos caíram na risada. John continuou: — Bem, querida, vou tirar essa tristeza de dentro de você.

— Você já tirou, juiz.

Passaram a lua-de-mel viajando pela Itália. A dor começou naquela viagem. Voltaram a tempo para a reabertura do tribunal. John o presidia no condado de Essex. Ela foi contratada como auxiliar de um juiz criminal no condado de Valley.

John foi fazer um exame geral de saúde um mês depois de terem voltado para casa. A internação de uma noite no Monte Sinai estendeu-se por três dias de testes adicionais. Então, numa tarde, ele estava esperando por Katie no elevador, impecavelmente elegante no robe de veludo vermelho-escuro, com um leve sorriso nos lábios. Ela correu para John, percebendo como sempre os olhares dos outros passageiros do elevador se lançavam na direção dele, pensando como John impressionava, mesmo de pijama e robe. Ela ia lhe dizer isso, quando o marido falou:

— As coisas não estão boas para nós, querida.

Mesmo então, ele só pôde falar daquela maneira. Naqueles poucos e curtos meses, em todos os sentidos, eram apenas um. De volta ao quarto, John disse:

— É um tumor maligno. Aparentemente em ambos os pulmões. E, no entanto, Kathleen, eu nem fumo.

Incredulamente, ambos riram num paroxismo de sofrimento e ironia. John Anthony DeMaio, juiz da Corte Superior do condado de Essex, ex-presidente da Associação de Advogados de Nova Jersey, com apenas 38 anos, acabava de ser condenado a uma sentença incerta de seis meses de vida. Para ele não havia *sursis* nem apelação.

Voltou ao tribunal.

— Morrer vestido com a toga, por que não? — perguntou ele, sacudindo os ombros. — Prometa-me que se casa novamente, Kathleen.

— Um dia, mas vai ser difícil substituí-lo.

— Fico contente por isso. Vivemos juntos cada minuto.

Mesmo em meio à tristeza, sabendo que o tempo estava passando, divertiram-se. Um dia, ele voltou do tribunal e disse:

— Acho que estou farto do tribunal.

O câncer havia-se espalhado. A dor aumentou ininterruptamente. No começo, precisou internar-se no hospital por uns dias, de tempos em tempos, para fazer quimioterapia. Os pesadelos dela recomeçaram, com regularidade. Mas John voltaria e não teriam mais tempo. Ela se demitiu do emprego. Queria ficar com ele todo o tempo.

Ao se aproximar o fim, ele perguntou:

— Você quer que sua mãe venha da Flórida e fique morando aqui?

— Meu Deus, não. Mamãe é ótima, mas moramos juntas até eu ir para a faculdade. Já chega. E, além do mais, ela adora a Flórida.

— Ainda bem que Molly e Bill moram perto. Eles lhe darão assistência. E você gosta das crianças.

Ambos se calaram. Bill Kennedy era cirurgião ortopedista. Ele e Molly tinham seis filhos e moravam em Chapin River, não muito distante. No dia em que John e Katie se casaram, apostaram com Bill e Molly que iriam bater o recorde deles.

— Teremos uma prole de sete — declarou John.

Na última vez que foi fazer a aplicação da quimioterapia, não voltou. Estava tão debilitado que tiveram de mantê-lo internado durante aquela noite. Estava conversando com ela quando sobreveio o coma. Ambos tinham esperado que o fim chegasse em casa, mas John morreu no hospital, naquela noite.

Na semana seguinte, Katie solicitou um cargo no escritório do promotor e a aceitaram. Foi uma boa decisão. O escritório vivia cronicamente com falta de pessoal e ela sempre tinha mais processos do que podia normalmente cuidar. Não houve tempo para introspecção. O tempo inteiro, diariamente, mesmo em muitos fins de semana, tinha que se concentrar na sua pasta lotada.

E, por outro lado, era uma ótima terapia. A raiva que havia acompanhado o sofrimento, a sensação de ter sido roubada, a fúria por John ter sido furtado de tanta vida fizeram com que se concentrasse nos processos em que trabalhava. Quando funcionava num processo criminal importante, sentia como se estivesse lutando fisicamente contra, no mínimo, uma espécie de diabo que destruía vidas.

Ficou na casa. John lhe deixou todos os seus consideráveis bens, mas, apesar disso, sabia que era uma bobagem para uma mulher de 28 anos, com um salário anual de 22 mil dólares, morar numa casa que valia 250 mil dólares, cercada de 20 mil metros quadrados de terras.

Molly e Bill sempre insistiram para que ela a vendesse.

— Você nunca vai se livrar da vida com John, se não a vender — dizia Bill.

Ele provavelmente tinha razão. Agora, Katie meneou a cabeça e levantou-se do sofá. Estava caindo diretamente no sentimentalismo. Era melhor telefonar para Molly. Se, na noite anterior, Molly tivesse procurado comunicar-se com ela sem o conseguir, deveria estar encantada. Vivia insistindo para que Katie "conhecesse alguém". Mas Katie não queria que Molly tentasse entrar em contato com ela no escritório e descobrisse que tinha sofrido um acidente.

Talvez Molly viesse, e poderiam almoçar juntas. Tinha ingredientes para fazer uma salada e *bloody mary*. Molly vivia eternamente de dieta, mas não dispensava seu *bloody mary* antes do almoço. "Pelo amor de Deus, Katie, como alguém com seis filhos pode *deixar* de tomar um gole no almoço?" A alegre presença de Molly iria rapidamente apagar a sensação de isolamento e tristeza.

Katie lembrou-se, então, da blusa manchada de sangue que estava usando. Depois de falar com Molly e enquanto esperasse sua chegada, tomaria um banho e mudaria de roupa.

Olhando-se no espelho sobre o sofá, viu que a escoriação sob o olho direito estava adquirindo uma brilhante cor arroxeada. Seu tom naturalmente moreno, que a mãe chamava de "negro irlandês", herdado do pai, estava de um amarelo doentio. Seu cabelo castanho, que ia até os ombros em ondas exuberantes e largas, estava emaranhado e caído sobre o rosto e o pescoço.

— Você precisava ver como ficou o outro cara — murmurou, com tristeza.

O médico lhe recomendou para não molhar o braço. Ela o enrolaria num saco plástico, que o manteria seco. Antes de conseguir pegar o fone, o telefone começou a tocar. *Molly*, pensou. *Juro que ela é uma feiticeira.*

Mas era Richard Carroll, o médico-legista.

— Katie, você está bem? Acabo de saber que sofreu um acidente.

— Nada grave. Saí ligeiramente da estrada. O diabo é que havia uma árvore no caminho.

— Quando foi isso?

— Por volta das dez, ontem à noite. Estava vindo para casa, diretamente do escritório. Trabalhei até mais tarde para adiantar serviço. Passei a noite no hospital e estou acabando de chegar. O aspecto não é agradável, mas estou passando bem.

— Quem a apanhou? Molly?

— Não. Ela ainda não sabe. Tomei um táxi.

— Sempre o mesmo caçador solitário, hein? — perguntou Richard. — Por que, diabo, não *me* chamou?

Katie riu. A preocupação na voz de Richard era, ao mesmo tempo, lisonjeira e ameaçadora. Richard e o marido de Molly eram velhos amigos. Várias vezes, nos últimos seis meses, Molly havia religiosamente convidado Katie e Richard para jantares íntimos. Mas Richard era muito grosso e cínico. Ela sempre sentia que havia algo duvidoso nele. Além disso, não tinha o mais longínquo interesse em manter uma ligação com alguém, especialmente se esse alguém trabalhasse com ela tão freqüentemente.

— Da próxima vez que eu atropelar uma árvore, me lembrarei — respondeu ela.

— Você vai ficar uns dias descansando, não é?

— Não — disse ela. — Estou tentando ver se Molly pode vir almoçar comigo. Depois, volto ao trabalho. Há pelo menos dez processos para estudar, e tenho um importante julgamento na sexta-feira.

— Não adianta dizer que você está maluca. Está bem. Preciso desligar. Meu outro telefone está tocando. Vou aparecer no seu escritório lá pelas cinco e meia e apanhá-la para um drinque. — Desligou antes que ela pudesse responder.

Katie discou o número de Molly. Quando a irmã atendeu, estava com a voz trêmula.

— Katie, acho que você ouviu falar nisso.

— Falar em quê?

— Há gente do seu escritório chegando aqui agora mesmo.

— Chegando onde?

— Na casa ao lado. Os Lewis. Aquele casal que se mudou no verão passado. Katie, pobre homem. Chegou em casa depois de um vôo noturno e encontrou... sua mulher, Vangie. Suicídio. Katie, ela estava grávida de seis meses!

Os Lewis. *Os Lewis.* Katie os conhecera na casa de Molly e Bill na festa do Ano-Novo. Vangie, uma linda loura. Chris era piloto civil. Estarrecida, ouviu a voz chocada de Molly:

— Katie, por que uma moça que queria tanto ter um filho iria se matar?

A pergunta ficou no ar. Katie foi percorrida por calafrios. Aqueles longos cabelos louros esparramando-se pelas costas. Seu pesadelo. Que loucura os truques que a mente nos prega. Assim que Molly disse o nome, seu pesadelo da noite anterior veio à tona. O rosto que vislumbrou da janela do hospital era o de Vangie Lewis.

# 6

RICHARD CARROLL ESTACIONOU o carro em Winding Brook Lane. Ficou chocado ao saber que os Lewis moravam ao lado de Bill e Molly Kennedy. Bill era médico residente quando Richard foi interno em St. Vincent. Mais tarde, especializou-se em Medicina Legal e Bill em Ortopedia. Ficaram agradavelmente surpresos ao se encontrarem no Palácio da Justiça do município de Valley, quando Bill foi testemunhar como especialista num julgamento sobre tratamento inadequado de paciente. A amizade superficial dos dias em St. Vicent tornou-se mais íntima. Agora, ele e Bill jogavam golfe com assiduidade, e Richard freqüentemente parava na casa deles após o jogo para um drinque.

Conheceu a irmã de Molly, Katie DeMaio, no escritório do promotor e ficou imediatamente atraído pela jovem e dedicada advogada. Ela representava uma volta aos tempos em que a Espanha invadiu a Irlanda, deixando um legado de descendentes de pele morena e cabelos escuros, para contrastar com o azul intenso dos olhos celtas. Mas Katie o havia delicadamente desencorajado, à sugestão de saírem juntos, fazendo com que ele filosoficamente a afastasse dos seus pensamentos. Não faltavam mulheres atraentes que achavam sua companhia muito boa.

Mas ouvindo Molly, Bill e as crianças falarem a respeito de Katie, de como era divertida, de como tinha ficado arrasada com a morte do marido, ficou novamente interessado. Então, nos últimos meses, fora a algumas recepções na casa de Bill e Molly, descobrindo, para sua tristeza, que estava muito mais caído por Katie DeMaio do que gostaria.

Richard sacudiu os ombros. Estava ali em função policial. Uma mulher de 30 anos havia se matado. Era sua tarefa procurar alguns sinais médicos que permitissem dizer que Vangie Lewis não tirara a própria vida. Naquele mesmo dia, mais tarde, faria uma autópsia. Seu maxilar enrijeceu ao pensar no feto que ela carregava. *Não teve a menor oportunidade. E o tão falado amor maternal?* Cordial e objetivamente, já estava antipatizando com a falecida Vangie Lewis.

Um jovem policial de Chapin River deixou-o entrar. A sala de estar ficava à esquerda do vestíbulo. Um homem, envergando uniforme de comandante de aviação civil, estava sentado no sofá, curvado para a frente, fechando e abrindo as mãos. Estava muito mais lívido do que a maioria dos mortos com quem Richard lidava e tremia violentamente. Richard sentiu um ligeiro impulso de simpatia. O marido. Aquele golpe brutal de chegar em casa e descobrir que a mulher é uma suicida. Resolveu conversar com ele depois.

— Por onde? — perguntou ao policial.

— Por aqui. — Com a cabeça, indicou os fundos da casa. — Atravesse a cozinha. Os quartos ficam à direita. Ela está no principal.

Richard caminhou depressa, procurando ao mesmo tempo sentir a atmosfera da casa. Cara, mas mobiliada sem pretensão, sem imaginação ou mesmo interesse. A passagem pela sala de estar lhe mostrou o típico aspecto de interiores tratados com indiferença, como se vê em tantas lojas de decoração da rua principal das cidadezinhas do interior. Richard tinha um fino senso de cor. Pensou consigo mesmo que isso o ajudava consideravelmente no trabalho. Mas sombras conflitantes imprimiram-se em sua consciência, como o som de notas desafinadas.

Charley Nugent, o detetive encarregado do Setor de Homicídios, estava na cozinha. Cumprimentaram-se rapidamente.

— Que tal a coisa? — perguntou Richard.

— Conversaremos depois que você vir.

Morta, Vangie Lewis não era agradável de ver. O cabelo louro, comprido, mais parecia agora castanho sujo. O rosto estava contorcido. As pernas e braços, tesos pela chegada do *rigor mortis*, pareciam ter sido estirados. A capa estava abotoada e, devido à gravidez, ficava acima dos joelhos. As solas dos sapatos mal se viam sob a longa e florida túnica.

Richard ergueu a roupa acima dos tornozelos. As pernas dela, visivelmente inchadas, haviam estufado a meia-calça. O sapato do pé direito comprimia a carne.

Pegou habilmente um braço, manteve-o durante um momento e deixou-o cair. Examinou a descoloração em torno da boca, provocada pelo veneno. Charley postou-se a seu lado.

— Há quanto tempo?

— Mais ou menos entre doze e quinze horas, suponho. Ela está muito rígida. — A voz de Richard era inexpressiva, mas seu senso de harmonia estava perturbado. O casaco vestido. Os sapatos calçados. Teria ela chegado naquela hora ou estaria planejando sair? O que a teria levado subitamente a tirar a própria vida? O copo estava na cama, ao lado dela. Inclinando-se, cheirou-o. O inconfundível cheiro de amêndoas amargas do cianureto penetrou em suas narinas. Era incrível a quantidade de suicidas que tomavam cianureto desde aquela confusão do culto de Jones, na Guiana. Ergueu-se. — Ela deixou algum bilhete?

Charley balançou a cabeça. Richard pensou que Charley era o homem para aquele cargo. Estava sempre triste. As pálpebras caíam dolorosamente sobre os olhos. Parecia estar eternamente com um problema de caspa.

— Nenhuma carta. Nada. Era casada com o piloto há dez anos. Ele é o cara que está na sala. Parece arrasado. É de Minneapolis. Mudaram-se para o Leste há um ano. Ela sempre quis ter um filho. Finalmente, engravidou e ficou radiante. Começou a decorar o quarto do bebê. Falava no filho de manhã, de tarde e de noite.

— E então ela se matou e ao filho também?

— Segundo o marido, andava ultimamente muito nervosa. Havia dias em que tinha uma espécie de fixação, a de que ia perder a criança. Outras vezes dizia ter medo de dar à luz. Finalmente, soube que estava mostrando sinais de uma gravidez tóxica.

— E em vez de dar à luz ou encarar a perda do filho, preferiu se matar? — O tom de Richard era de dúvida. Podia garantir que Charley também não acreditava. — Phil está aí? — perguntou. Phil era outro membro antigo da equipe de Homicídios da Promotoria.

— Está pela vizinhança, conversando com uns e outros.

— Quem a encontrou?

— O marido. Acabava de chegar de uma viagem. Chamou uma ambulância e a polícia local.

Richard olhou para as queimaduras em torno da boca de Vangie Lewis.

— Ela deve ter realmente esparramado aquilo na boca — disse, meditativo — ou, talvez, tentado cuspi-lo, mas era muito tarde. Podemos conversar com o marido, trazê-lo aqui?

— Claro. — Charley fez um sinal ao jovem policial, que deu meia-volta e correu pelo comprido corredor.

Quando Christopher Lewis entrou no quarto, parecia estar a ponto de vomitar. Sua tez achava-se agora doentiamente esverdeada. O suor, frio e pegajoso, fazia sua testa brilhar. Tinha aberto a camisa e desfeito a gravata. As mãos estavam metidas nos bolsos.

Richard examinou-o atentamente. Lewis parecia perturbado, doente, nervoso. Mas estava faltando alguma coisa. Não parecia um homem cuja vida tivesse sido abalada.

Richard vira a morte inúmeras vezes. Testemunhara o sofrimento de parentes, num silêncio embaraçado. Alguns gritavam histericamente, guinchavam, choravam, atiravam-se sobre o morto. Outros pegavam a mão do falecido, tentando compreender. Pensou no jovem marido cuja mulher fora vítima de um tiroteio, enquanto ele saltava do carro para ir ao mercado. Quando Richard chegou, o homem estava segurando o corpo, atordoado, falando com a mulher, procurando animá-la.

Isso era sofrimento.

Qualquer que fosse a emoção que Christopher Lewis estivesse sentindo naquele instante, Richard apostaria a vida que não era a de um marido profundamente ferido. Charley o estava interrogando.

— Comandante Lewis, é duro para o senhor, mas as coisas ficarão mais fáceis se pudermos fazer-lhe algumas perguntas.

— Aqui? — parecia um protesto.

— Verá por quê. Não demoraremos. Quando viu sua mulher pela última vez?

— Há duas noites. Eu estava viajando para a costa do Pacífico.

— E chegou em casa a que horas?

— Há cerca de uma hora.

— Falou com sua mulher nesses dois dias?

— Não.

— Qual era o estado mental de sua mulher quando partiu?

— Já lhe disse.

— Repita para o Dr. Carroll.

— Vangie estava preocupada. Tornou-se muito apreensiva com a idéia de que podia abortar.

— O senhor estava assustado com essa possibilidade?

— Ela ficou muito pesada, como se estivesse retendo líquido, mas estava medicada e fui informado de que era uma coisa bastante comum.

— Falou com o obstetra a respeito, para se tranqüilizar?

— Não.

— Muito bem. Comandante Lewis, dê uma olhada neste quarto e veja se há alguma coisa fora do comum. Não é fácil, mas examine o corpo de sua mulher com cuidado e veja se há nele alguma coisa diferente. Por exemplo, este copo. Tem certeza de que é um dos existentes no banheiro?

Chris obedeceu. Seu rosto tornou-se progressivamente mais lívido ao examinar cuidadosamente cada detalhe do aspecto de sua falecida esposa.

Com os olhos semicerrados, Charley e Richard o espreitavam.

— Não — murmurou, finalmente. — Nada.

— Muito bem, senhor. — Charley tornou-se áspero. — Assim que tirarmos algumas fotos, levaremos o corpo de sua esposa para a autópsia. Podemos ajudá-lo a localizar alguém?

— Preciso dar uns telefonemas. Os pais de Vangie. Vão ficar arrasados. Vou até o escritório e falo de lá.

Assim que ele saiu, Richard e Charley entreolharam-se.

— Ele viu algo que nos escapou — disse Charley, com voz baixa. Richard balançou a cabeça.

— Eu sei.

Com ar soturno, olharam de novo para o cadáver.

# 7

Antes de desligar, Katie contou a Molly sobre o acidente e sugeriu que almoçassem juntas. Mas Jennifer, de 12 anos, e os gêmeos de seis, filhos de Molly, estavam em casa, convalescendo de um resfriado.

— Jennifer está bem, mas não quero deixar os dois garotos sozinhos tempo suficiente para virarem tudo de pernas para o ar — disse Molly. Combinaram, então, que ela apanharia Katie para almoçar, e depois a levaria de volta para casa.

Enquanto esperava, Katie tomou um banho rápido, dando um jeito de lavar e secar o cabelo usando apenas a mão direita. Vestiu um grosso suéter de lã e uma calça de casimira bem cortada. O suéter vermelho deu-lhe um pouco de cor às faces, e o cabelo caiu em ondas soltas até os ombros. Enquanto se banhava e vestia, tentou raciocinar sobre a alucinação da noite anterior.

Ela estivera mesmo na janela? Ou aquilo havia sido parte do sonho? Talvez a cortina tivesse subido espontaneamente, tirando-a do pesadelo. Fechou os olhos, enquanto mais uma vez a cena pairou em sua consciência. Pareceu muito real: a luz do porta-malas incidiu diretamente sobre o interior do veículo, nos olhos abertos, no cabelo comprido e nas sobrancelhas muito arqueadas. Durante um momento, ficou tudo muito claro. Foi o que a apavorou: a clareza da imagem. O rosto era conhecido, mesmo no sonho.

Contaria aquilo a Molly? Claro que não. Molly andava, ultimamente, preocupada com ela. "Katie, você está muito pálida. Está trabalhando demais. Tem estado muito sedentária."

Molly a havia forçado a marcar a operação. "Você não pode deixar as coisas assim indefinidamente. Essa hemorragia pode ser perigosa, se não for curada." E depois acrescentara: "Katie, tem que se convencer de que é jovem. Precisa tirar umas boas férias, relaxar, viajar."

Uma buzina soou estridentemente, quando Molly apareceu na sua velha camionete. Katie enfiou com dificuldade uma jaqueta de castor, erguendo a gola para proteger as orelhas, e correu para fora de casa o mais rápido que seus tornozelos inchados permitiram. Molly abriu a porta e inclinou-se para beijá-la. Olhou-a com ar crítico.

— Você não está exatamente viçosa. Qual é a *gravidade* do ferimento?

— Poderia ter sido muito pior. — O carro cheirava vagamente a manteiga de amendoim e a chicletes. Era um confortável odor familiar, e Katie sentiu-se reanimada. Mas sua disposição quebrou-se imediatamente, quando Molly disse:

— Nossa quadra está uma confusão. Sua gente bloqueou a casa dos Lewis e um detetive de sua repartição anda por lá fazendo perguntas. Pegou-me exatamente quando eu ia saindo. Disse-lhe que era sua irmã e trocamos elogios a seu respeito.

— Era provavelmente Phil Cunningham ou Charley Nugent.

— Um grandão. Corado. Simpático.

— Phil Cunningham. É um bom sujeito. Estava perguntando o quê?

— O de costume. Se sabíamos a que horas ela saiu ou voltou... esse tipo de pergunta.

— E você sabia?

— Quando os gêmeos estão doentes e irritados, não reparo nem se Robert Redford estiver na casa ao lado. Seja como for, mal vemos a casa dos Lewis nos dias de sol e muito menos de noite numa tempestade.

Estavam passando pela ponte de madeira, pouco antes da curva para Winding Brook Lane. Katie mordeu o lábio.

— Molly, por favor, deixe-me na casa dos Lewis, sim?

Molly voltou o rosto para ela:

— Por quê?

Katie esboçou um sorriso.

— Ora, sou assistente do promotor e ainda por cima conselheira do Departamento de Polícia de Chapin River. Normalmente, eu não precisaria ir, mas já que estou aqui, acho que devo.

O rabecão estava entrando de marcha a ré no caminho para a casa dos Lewis. Richard estava na porta olhando. Caminhou para o carro, quando Molly saltou. A mulher explicou, rapidamente:

— Katie veio almoçar comigo e achou que antes eu podia deixá-la aqui. Por que depois não vem com ela, se estiver livre?

O médico-legista concordou e ajudou Katie a sair do carro.

— Foi bom você vir — disse ele. — Há algo aqui que não me agrada.

Agora que iria ver a morta, a boca de Katie ficou seca. Lembrou-se do rosto no sonho.

— O marido está na saleta — disse Richard.

— Já o conheço. Acho que você também. Foi na festa de Ano-Novo de Molly. Não. Você chegou tarde. Saíram antes de você chegar.

— Muito bem — disse Richard. — É melhor falarmos a respeito mais tarde. O quarto é este.

Ela se forçou a olhar o rosto familiar e o reconheceu instantaneamente. Estremeceu e fechou os olhos. Estava ficando louca?

— Está se sentindo bem, Katie? — perguntou Richard, rapidamente.

Que loucura era aquela?

— Estou muito bem — respondeu, e a voz lhe pareceu bastante normal aos ouvidos. — Gostaria de conversar com o comandante Lewis.

Quando chegaram à saleta, a porta estava fechada. Sem bater, Richard abriu-a suavemente. Chris Lewis estava ao telefone, de costas para eles. Sua voz era baixa, mas clara.

— Sei que é incrível, mas lhe juro, Joan, que ela não sabia a nosso respeito.

Richard fechou a porta sem fazer barulho. Ele e Katie trocaram um olhar. Katie disse:

— Direi a Charley para ficar por aí. Vou recomendar a Scott que inicie uma investigação completa. — Scott Myerson era o promotor.

— Farei a autópsia tão logo o corpo chegue — falou Richard. — Assim que se confirmar morte por cianureto, começaremos imediatamente a procurar onde o adquiriu. Venha. Vamos abreviar ao máximo a visita a Molly.

A CASA DE MOLLY, como o carro dela, era um paraíso de normalidade. Katie parava lá com freqüência para um copo de vinho ou jantar, quando ia para casa, de volta do trabalho. O cheiro da boa comida sendo preparada. O barulho dos pés das crianças na escada. O brilho da televisão. As vozes barulhentas dos garotos, gritando e brigando. Para ela, isso significava voltar ao mundo real, depois de um dia lidando com assassinos, seqüestradores, ladrões, vândalos, anormais, incendiários, larápios. E como tinha um grande carinho pelos Kennedy, a visita a fazia apreciar a pacífica serenidade de seu próprio lar. Com exceção, é claro, dos momentos em que sentia o vazio de sua casa e procurava imaginar como se pareceriam, se John ainda vivesse e os filhos começassem a chegar.

— Katie! Dr. Carroll! — Os gêmeos se aproximaram. — Katie, viu todos esses carros da polícia? Aconteceu alguma coisa no vizinho! — Peter, dez minutos mais velho do que seu irmão gêmeo, era sempre quem falava primeiro.

— O vizinho aí do lado — reforçou John. Molly os chamava "Pete e Repete".

— Sumam — disse ela. — E não apareçam tão cedo.

— Onde estão os outros? — perguntou Katie.

— Billy, Diana e Moira voltaram para o colégio esta manhã, graças a Deus — disse Molly. — Jennifer está na cama. Dei uma espiada, e ela voltou a cochilar. A coitadinha ainda está indisposta.

Sentaram-se à mesa da cozinha. Esta era ampla e agradavelmente aquecida. Molly tirou bolos do forno, ofereceu bebidas, que foram recusadas, e serviu café. Molly tinha jeito para cozinhar, pensou Katie. Tudo o que ela preparava era gostoso. Mas quando Katie tentou comer, sentiu a garganta presa. Olhou para Richard. O médico-legista tinha passado mostarda na carne enlatada e estava comendo com evidente prazer. Ela lhe invejou o desembaraço. Podia, num certo nível, saborear um bom sanduíche. Porém, ela tinha certeza de que estava concentrado no caso Lewis. Sua testa estava franzida. Sua cabeleira castanha, despenteada. Seus olhos cinza-azulados mostravam-se pensativos. Seus ombros fortes estavam curvados para a frente, enquanto tamborilava com dois dedos de leve na mesa. Katie apostava que ele estava meditando sobre a mesma pergunta que ela: quem estaria falando com Chris Lewis no telefone?

Katie se lembrou da única conversa que tivera com Chris. Fora na festa de Ano-Novo e falaram sobre seqüestro. A conversa dele era interessante, inteligente e agradável. Com suas maneiras rudes, era muito atraente. E lembrava-se de que ele e Vangie mantiveram-se o tempo todo em lados opostos da sala apinhada e que ele não havia mostrado nenhum entusiasmo quando ela, Katie, o cumprimentara pela chegada do filho.

— Molly, qual a sua impressão dos Lewis... estou me referindo às relações entre os dois — perguntou.

— Francamente, eram difíceis — respondeu Molly, um tanto perturbada. — Ela estava tão vidrada na gravidez que, todas as vezes que vieram aqui, Vangie levou sempre a conversa para crianças, o que o deixava furioso. E visto minha experiência com gravidez, era uma verdadeira chatice para mim.

Richard parou de tamborilar e aprumou o copo.

— Como assim?

— Quero dizer, bem, você me conhece, Katie. No dia em que eles se mudaram para cá, no verão passado, visitei-os e os convidei para jantar. Vieram, e Vangie logo me disse o quanto queria ter um filho e como estava aborrecida porque seus melhores anos de gravidez estavam acabando, pois estava entrando nos trinta. — Molly bebeu um gole do seu *bloody mary* e olhou penalizada para o copo vazio. — Falei-lhe de Liz Berkeley. Nunca tinha sido capaz de conceber até que visitou um ginecologista que era uma espécie de especialista em fecundação. Liz acabava de ter uma menininha e, é claro, estava em êxtase. Eu disse a Vangie que o nome do médico era Highley. Ela o procurou e, meses depois, engravidou. Mas desde então tenho lamentado minha intromissão.

— Dr. Highley? — Katie estava espantada.

Molly acenou com a cabeça, em assentimento.

— Sim, aquele...

Katie sacudiu a cabeça, e a voz de Molly sumiu.

# 8

EDNA BURNS GOSTAVA do seu trabalho. Era contadora-recepcionista de dois médicos que dirigiam e faziam parte do grupo que constituía o Westlake Maternity Concept.

— O Dr. Highley é o chefão — costumava dizer às amigas. — Sabe, ele foi casado com Winifred Westlake, que depositou tudo em suas mãos. Ele comanda o espetáculo.

O Dr. Highley era obstetra e ginecologista, e como Edna explicava:

— É uma loucura ver como suas pacientes agem quando, finalmente, engravidam. Ficam tão felizes que a gente pensa que inventaram os filhos. Ele cobra os olhos da cara, mas é praticamente um milagreiro. Por outro lado, Highley também é a pessoa indicada para ver se alguém tem um problema interno que *não* quer que cresça. Se você me entende — acrescentava, com uma piscadela.

O Dr. Fukhito era psiquiatra. O Westlake Maternity Concept adotava a medicina integrada: mente e corpo tinham que estar em harmonia para atingir uma gravidez bem-sucedida, e muitas mulheres não podiam conceber porque estavam mentalmente carregadas de medo e ansiedade. Todas as pacientes da Ginecologia consultavam o Dr. Fukhito pelo menos uma vez, mas as grávidas eram convidadas a fazê-lo regularmente.

Edna gostava de contar aos amigos que o Westlake Concept havia sido sonhado pelo velho Dr. Westlake, que morreu antes de o pôr em prática. Então, cerca de oito anos antes, sua filha Winifred casou-se com o Dr. Higley, comprou a River Fall Clinic quando esta faliu, mudou o nome para o do seu pai e instalou o marido nela.

— Ela e o doutor eram loucos um pelo outro — costumava suspirar Edna. — Quero dizer, ela era dez anos mais velha do que ele e nada atraente, mas amavam-se com sinceridade. Ele me ordenava que mandasse flores duas vezes por semana à mulher e, apesar de muito ocupado, ia com ela fazer compras. Olhe, foi um choque a sua morte. Ninguém sabia que estava tão doente do coração.

"Mas — acrescentava, filosoficamente — ele se mantém ativo. Vi mulheres que nunca foram capazes de conceber ficarem grávidas duas e três vezes. Claro, muitas delas não chegavam a dar à luz, mas pelo menos sabiam que havia uma possibilidade. E podiam ver a espécie de cuidados que tinham. Vi o Dr. Highley trazer mulheres para o hospital, colocá-las na cama e mantê-las durante dois meses antes do parto. Custa uma fortuna, é claro, mas, acredite, quando se quer um filho e pode-se enfrentar os gastos, paga-se qualquer coisa para tê-lo. Mas em breve isso poderá ser lido por todo mundo. A revista *Newsmaker* vai publicar um artigo sobre ele e o Westlake Maternity Concept. Sai na quinta-feira. Vieram na semana passada e o fotografaram no consultório, de pé ao lado das fotos de todas as crianças que ele trouxe ao mundo. Muito bonito. E se acham que temos muito trabalho agora, esperem o que virá depois. O fone nunca ficará no gancho.

Edna era uma contadora nata. Seus lançamentos eram maravilhas de precisão. Adorava recibos e sentia um orgulho sensual em realizar depósitos bancários freqüentes e substanciais na conta do seu patrão. Uma placa grande e clara sobre sua mesa fazia saber que todos os pagamentos deviam ser em dinheiro. Nada de contas mensais. Pagamentos antecipados e prestações tinham que ser explicados pela Srta. Burns.

O Dr. Highley disse a Edna que, a menos que recebesse instruções diferentes, deveria marcar nova consulta quando a pessoa saísse. Se, por qualquer motivo, a paciente não comparecesse à consulta seguinte, Edna deveria telefonar-lhe para casa e marcar nova consulta com insistência. Era uma solução acertada e, como Edna notou alegremente, uma fonte de renda garantida.

O Dr. Highley sempre cumprimentava Edna pela boa ordem dos lançamentos e por sua habilidade em manter o livro de consultas com os horários cheios. A única vez em que o Dr. Highley falou asperamente com ela foi quando a apanhou conversando com uma paciente sobre os problemas de outra. Confessou que havia sido leviana ao se permitir dois *manhattans* no almoço, o que teria baixado sua guarda.

O doutor terminou o sermão, dizendo:

— Mais uma e perde o emprego.

Ela sabia que o patrão cumpriria a promessa.

Edna suspirou. Estava cansada. Na noite anterior, ambos os médicos trabalharam até tarde, e fora excitante. Depois, ela havia trabalhado um pouco nos livros de contabilidade. Estava ansiosa para chegar em casa naquela noite e por nada neste mundo tornaria a sair. Poria um robe e prepararia só para ela uma enorme quantidade de *manhattans*. Tinha presunto enlatado na geladeira, que serviria para a ceia, e depois veria televisão.

Eram quase duas horas. Mais três horas e iria embora. Enquanto estava tudo calmo tinha que examinar o caderno de consultas, para ver se havia marcado tudo direito. Apertando os olhos míopes, ela inclinou o rosto largo e sardento para a mão grossa. Hoje seu cabelo estava embaraçado. Não teve tempo para ajeitá-lo na noite anterior. Ficara meio cansada depois de tomar alguns drinques.

Era uma mulher pesada demais, de 44 anos, que parecia dez anos mais velha. Sua juventude desinteressante havia sido passada cuidando de pais idosos. Quando Edna viu fotografias suas na Drake Secretarial School, ficou um tanto surpresa ao constatar como tinha sido uma moça bonita, havia um quarto de século. Ligeiramente gorducha, mas, apesar disso, bonita.

Sua atenção estava apenas meio presa à página que estava lendo, mas imediatamente algo a despertou. Parou. A consulta das oito na noite anterior havia sido para Vangie Lewis.

Na véspera, Vangie havia chegado cedo e ficara conversando com Edna. Estava sem dúvida preocupada. Bem, Vangie era do gênero queixoso, mas tão bonita que Edna tinha prazer em apenas ficar olhando a moça. Vangie engordara muito durante a gravidez e, para o olhar experiente de Edna, estava retendo muito líquido. Edna rezou para que Vangie tivesse a criança sem qualquer complicação. A moça queria muito tê-la.

Por isso não culpava Vangie por estar triste. Ela, na verdade, não passava bem. No mês anterior, Vangie começara a usar aqueles mocassins porque seus outros sapatos não cabiam mais. Mostrou-os a Edna.

— Olhe só. Meu pé direito está tão inchado que só posso calçar os sapatões que minha empregada não usa mais. O outro está sempre caindo do pé.

Edna mexeu com ela.

— Ora, com esses sapatinhos de vidro eu deveria começar a chamá-la de Cinderela. E chamaríamos seu marido de Príncipe Encantado.

Ela sabia que Vangie era louca pelo marido. Mas Vangie ficou amuada, dizendo, impaciente:

— Ah, Edna, o Príncipe Encantado era o namorado da Bela Adormecida e não de Cinderela. Todo mundo sabe disso.

Edna começou a rir.

— Mamãe deve ter confundido tudo. Quando me contou a história da Cinderela, ela disse que o Príncipe Encantado aproximou-se com o sapatinho de vidro. Mas não tem importância... antes de esclarecer isso, terá seu filho e voltará a usar sapatos bonitos.

Na noite anterior, Vangie havia posto o longo cafetã que começara a usar para esconder a perna inchada.

— Edna — disse ela —, mal posso calçar até este sapatão. E para quê? Senhor Deus, para quê? — Estava quase chorando.

— Ah, querida, está se deixando abater — respondeu Edna. — Foi muito bom ter vindo ver o Dr. Fukhito. Ele a acalmará.

Nesse instante, o Dr. Fukhito tocou a campainha e mandou que a Sra. Lewis entrasse. Vangie caminhou pelo corredor até o consultório dele. Assim que saiu da sala de recepção, tropeçou. Tinha caminhado sem o sapato que havia descalçado.

— Ora, dane-se! — gritou, e continuou andando.

Edna apanhou o mocassim, pensando que Vangie voltaria para buscá-lo, quando acabasse a consulta com o Dr. Fukhito.

Edna sempre ficava até tarde nas segundas-feiras, para atualizar os livros de contas. Mas quando preparou-se para ir para casa às nove, Vangie ainda não havia voltado. Edna resolveu tentar a sorte e telefonar para o Dr. Fukhito, informando-o de que deixaria o sapato do lado de fora da porta do consultório, no corredor.

Mas no consultório do Dr. Fukhito ninguém atendeu. Isso queria dizer que Vangie havia saído diretamente pela porta que dava no estacionamento. Aquilo era loucura. Apanharia um resfriado mortal conservando o pé molhado.

Indecisa, Edna ficou com o sapato na mão e passou a chave na porta. Foi para seu carro no estacionamento e chegou no instante em que o enorme e vermelho Lincoln Continental de Vangie se afastava, com o Dr. Highley ao volante. Deu uns passos rápidos acenando para ele, mas não adiantou. Então foi para casa.

Talvez o Dr. Highley já tivesse marcado uma nova consulta para Vangie, mas Edna telefonaria para ela a fim de ter certeza. Discou rapidamente o número dos Lewis. A campainha tocou uma, duas vezes. Uma voz de homem respondeu:

— Residência dos Lewis.

— A Sra. Lewis, por favor. — Edna usou a voz comercial aprendida na Drake Secretarial School, seca porém amistosa. Pensou estar falando com o Comandante Lewis.

— Quem quer falar?

— Consultório do Dr. Highley. Queremos combinar com a Sra. Lewis uma nova consulta.

— Um instante.

Podia jurar que o bocal estava sendo tapado. Ouviu vozes abafadas. O que estaria acontecendo? Talvez Vangie tivesse sido levada passando mal. Se assim fosse, o Dr. Highley deveria ser comunicado imediatamente. A voz do outro lado recomeçou a falar.

— Fala o Detetive Cunningham, do escritório do promotor do Condado de Valley. Lamento, mas a Sra. Lewis faleceu subitamente. Diga ao médico dela que vai ser procurado amanhã de manhã por alguém do nosso serviço.

— *A Sra. Lewis morreu!* — A voz de Edna estava consternada. — Ah, o que aconteceu?

Houve um silêncio.

— Parece que ela se matou. — Cortaram a ligação.

Edna recolocou lentamente o fone no gancho. Não era possível. Não era absolutamente possível.

As clientes das duas horas chegaram juntas: a Sra. Volmer para o Dr. Highley e a Sra. Lashley para o Dr. Fukhito. Edna cumprimentou-as maquinalmente.

— Está passando bem, Edna? — perguntou a Sra. Volmer, com curiosidade. — Parece preocupada.

Edna sabia que a Sra. Volmer havia conversado algumas vezes com Vangie na sala de espera. Esteve a ponto de contar-lhe que Vangie morrera. Mas uma espécie de impulso aconselhou-a a contar primeiro ao Dr. Highley.

A cliente da uma e meia saiu. O médico falou no interfone:

— Edna, faça a Sra. Volmer entrar.

A atendente olhou para as mulheres. Não podia falar no interfone sem que elas ouvissem.

— Doutor, posso entrar por um instante? Preciso falar com o senhor. — Sua voz soou firme. Ficou contente por estar tão controlada.

— Claro. — A voz dele não parecia muito satisfeita. Highley era um pouco áspero. No entanto, podia ser simpático. Ela havia constatado isso na noite anterior.

Atravessou o corredor tão depressa quanto seu corpo pesado o permitiu. Estava ofegante, quando bateu na porta do consultório. Ouviu a voz dele.

— Entre, Edna. — Parecia um tanto irritado.

Timidamente, Edna abriu a porta e entrou no consultório.

— Doutor — começou, apressada. — Preciso lhe contar. Acabei de telefonar para a Sra. Lewis, Vangie Lewis, para marcar uma hora. O senhor me disse que, de agora em diante, queria vê-la semanalmente.

— Sim, eu sei. E, pelo amor de Deus, Edna, feche essa porta. Sua voz pode ser ouvida pelo hospital inteiro.

Ela obedeceu depressa. Procurando conservar a voz baixa, a mulher disse:

— Doutor, quando telefonei para a casa dela, um detetive atendeu. Disse que ela se matou e que amanhã virão procurar o senhor.

— A Sra. Lewis o quê? — Sua voz soou espantada. Agora que podia falar a respeito, as palavras de Edna, reprimidas na garganta, saíram aos borbotões.

— Ela estava tão preocupada ontem de noite, não é, doutor? Acho que ambos notamos. A maneira como falou comigo, a forma como agiu, como se não se incomodasse com coisa alguma. Mas quero que o senhor saiba: acho que foi a coisa mais bonita ver o senhor levando-a para casa ontem à noite. Tentei chamar sua atenção, mas o senhor não me viu. Portanto, acho que melhor que ninguém o senhor sabe em que estado ela estava.

— Edna, com quantas pessoas você comentou isso?

Havia alguma coisa no tom de voz dele que a deixou muito nervosa. Perturbada, evitou o olhar do médico.

— Ora, com ninguém, senhor. Acabo de saber.

— Não comentou nada sobre a Sra. Lewis com a Sra. Volmer ou qualquer outra pessoa na sala de espera?

— Não... não, senhor.

— E nem com o detetive no telefone?

— Não, senhor.

— Edna, amanhã, quando a polícia chegar, você e eu diremos tudo o que sabemos sobre o estado de espírito da Sra. Lewis. Mas agora preste atenção. — Apontou o dedo para ela e inclinou-se. Edna, sem querer, deu um passo para trás. — Não quero que fale sobre a Sra. Lewis com ninguém. *Ninguém*, está ouvindo? A Sra. Lewis era uma pessoa extremamente neurótica e instável. E a verdade é que o seu suicídio repercute muito mal para o nosso hospital. Como acha que vai parecer nos jornais, se vierem a saber que ela era nossa cliente? E certamente não quero vê-la fofocando na sala de espera com as outras clientes, algumas das quais têm uma ligação muito tênue com os futuros filhos. Está compreendendo?

— Sim, senhor — resmungou Edna. Devia ter sabido que o médico tinha certeza que ela faria algum comentário a respeito.

— Edna, você gosta do seu emprego?

— Gosto sim, senhor.

— Edna, não comente com ninguém, *ninguém*, entendeu?, *uma palavra* sequer sobre o caso Lewis. Se eu souber que você tocou nisso, está demitida. Amanhã falaremos com a polícia, porém com ninguém mais. O estado de espírito da Sra. Lewis é confidencial. Entendeu?

— Sim, senhor.

— Vai sair com amigos esta noite? Você sabe como fica quando bebe.

Edna estava à beira das lágrimas.

— Vou para casa. Não estou bem, doutor. Quero estar com a cabeça no lugar amanhã, quando a polícia me interrogar. Pobre Cinderela. — Soluçou ao mesmo tempo que as lágrimas escapavam dos seus olhos. E nesse instante viu a expressão do rosto dele. Zangada. Aborrecida. Edna empertigou-se e esfregou os olhos. — Vou fazer a Sra. Volmer entrar, doutor. E o senhor não precisa se preocupar — acrescentou, com ar digno. — Prezo nosso hospital. Sei o quanto seu trabalho significa para o senhor e suas clientes. Não direi uma única palavra.

O resto da tarde foi trabalhoso. Edna confinou o pensamento sobre Vangie no fundo da mente enquanto falava com as clientes, marcando consultas, recebendo dinheiro ou lembrando que estavam em atraso com os pagamentos.

Finalmente, às cinco conseguiu sair. Aconchegada num casaco sarapintado, imitando pele de leopardo, que combinava com o chapéu, ela dirigiu o carro para casa, um apartamento térreo em Edgeriver, a dez quilômetros do hospital.

## 9

NA SALA DE AUTÓPSIAS clinicamente impessoal do necrotério do condado de Valley, Richard Carroll removeu delicadamente o feto do cadáver de Vangie Lewis. Seus dedos longos e sensíveis ergueram o corpinho, reparando que o líquido amniótico começara a pingar. Vangie Lewis não ia carregar aquela criança durante muito tempo mais. Julgou que pesava cerca de um quilo e duzentos gramas. Era homem.

O primogênito. Sacudiu a cabeça pela perda, quando o colocou numa mesa ao lado. Vangie achava-se num estado avançado de toxemia. Era incrível que qualquer médico lhe tivesse permitido prosseguir até tão longe naquelas condições. Ficou interessado em saber qual havia sido a contagem de suas células brancas. Provavelmente, altíssima.

Já havia enviado amostras do líquido para o laboratório. Não tinha dúvida de que a cianureto matara a mulher. A garganta e a boca estavam seriamente queimadas. Vangie havia engolido uma grande dose, que Deus a ajudasse.

E as queimaduras em volta da boca? Richard examinou-as cuidadosamente. Tentou imaginar o momento em que ela tomou o veneno. Começou a engoli-lo, sentiu o ardor da queimadura, mudou de idéia e procurou cuspir fora. O veneno escorreu pelos lábios e queixo.

Para ele, algo não se encaixava.

Havia fiapos brancos, finos, pendurados no casaco. Pareciam provir de um cobertor. Ele os examinara. Supôs que a mulher estivera deitada numa colcha de *chenille*. Queria comparar os fiapos da colcha com os do casaco. Claro, o casaco parecia bastante usado e poderia ter apanhado os fiapos brancos em qualquer oportunidade.

O corpo ficara tão inchado que parecia ter a mulher posto uma roupa qualquer, apanhada ao acaso e que pudesse cobri-la.

Os sapatos, não. Eram outra nota incongruente. Eram calçados bem-feitos e caros. Além disso, estavam quase sem uso. Era improvável que Vangie tivesse saído segunda-feira com aqueles sapatos e eles continuassem naquele estado. Não havia marcas de água, apesar de as bainhas de sua calça terem respingos de neve suja. Aquilo não sugeria que ela poderia ter saído, voltado, decidido novamente sair, mudado os sapatos e depois se matado?

Isso também não soava bem.

Outra coisa. Aqueles sapatos eram tremendamente apertados. Especialmente o pé direito. Ela mal conseguiria amarrar o sapato e o peito era estreito. Era como meter o pé num torno. Levando em conta a forma como se vestia, por que se preocupar em colocar sapatos que a matariam de dor?

Sapatos que a matariam...

A frase ficou na cabeça de Richard. Ele se empertigou. Já havia terminado. Tão logo chegasse o resultado do laboratório, poderia dizer a Scott Myerson o que havia encontrado.

Mais uma vez tornou a examinar o feto. O cianureto penetrara na corrente sanguínea. Como a mãe, devia ter morrido sofrendo. Richard examinou-o com atenção. O milagre da vida nunca deixava de inspirar-lhe admiração. E esse sentimento só crescia a cada experiência que tinha com a morte. Maravilhou-se com o extraordinário equilíbrio do corpo: a harmonia das partes, músculos e filamentos, ossos e tendões, veias e artérias. A profunda complexidade do sistema nervoso, a capacidade do corpo em curar seus próprios ferimentos, a sua elaborada tentativa de proteger o nascituro.

Subitamente, curvou-se para o feto. Libertou-o apressadamente da placenta e examinou-o sob uma luz forte. Seria possível?

Foi um palpite, um palpite a ser confirmado. David Broad era o homem para isso. David era o responsável pela pesquisa pré-natal em Monte Sinai. Iria mandar-lhe aquele feto e pedir sua opinião.

Se o que ele acreditava fosse verdade, haveria uma excelente razão para o comandante Chris Lewis ter ficado muito preocupado com a gravidez da esposa.

Talvez suficientemente preocupado para matá-la!

# *10*

SCOTT MYERSON, promotor público do condado de Valley, marcou uma reunião em seu escritório com Katie, Richard e os dois detetives da turma de Homicídios designados para o suicídio Lewis. O escritório de Scott não combinava com a imagem inventada pela televisão mundial para a sala particular de um promotor. Era pequena. As paredes, pintadas de amarelo-claro. Os móveis, usados. Os velhos arquivos eram pintados de cinza-chumbo. As janelas davam para a prisão municipal.

Katie chegou primeiro. Cautelosamente, instalou-se na única poltrona razoavelmente confortável. Scott olhou-a esboçando um leve sorriso. Era baixo de estatura, com uma voz surpreendentemente profunda. Grandes óculos de aro, bigode cuidado e um terno discreto, meticulosamente cortado, faziam dele mais um banqueiro do que um promotor. Havia estado no tribunal o dia inteiro, num caso em que atuara pessoalmente, e somente tinha falado com Katie pelo telefone. Agora, examinava seu braço enfaixado, a escoriação sob o olho e a careta de dor que fazia quando movia o corpo.

— Obrigado por ter vindo, Katie — disse. — Sei como anda ocupada e fico agradecido. Mas é melhor que tire folga amanhã.

Katie balançou a cabeça.

— Não. Estou bem, e a dor estará provavelmente muito melhor amanhã de manhã.

— De acordo, mas, lembre, se começar a fraquejar, vá para casa. — Adotou um ar profissional. — O caso Lewis. Em que pé estamos?

Richard e os detetives chegaram enquanto ela estava falando. Silenciosamente, sentaram-se nas três cadeiras de armar que restavam.

Scott tamborilava com um lápis sobre a mesa enquanto ouvia. Virou-se para os detetives.

— O que trouxeram?

Phil Cunningham tirou o caderno de notas.

— Aquela casa não era um mar de rosas. Os Lewis foram a algumas reuniões na vizinhança. — Phil olhou para Katie. — Acho que sua irmã tentou incluí-los. Todos gostavam de Chris Lewis. Achavam que Vangie era uma pessoa intragável... tinha ciúmes dele sem disfarçar. Não se interessava em participar de nenhuma atividade da comunidade. *Nada* a interessava. Nas festas, estava sempre pendurada nele. Ficava muito irritada se ele conversava mais de cinco minutos com outra mulher. Ele era muito paciente com a esposa. Uma das vizinhas contou que seu marido lhe dissera, após uma dessas festas, que, se fosse casado com Vangie, a mataria com as próprias mãos. Quando ficou grávida, tornou-se realmente insuportável. Falava no filho o tempo todo.

Charley abriu seu caderno.

— Telefonaram do consultório do obstetra dela para marcar uma consulta. Eu disse que ia conversar com o médico amanhã.

Richard falou em voz baixa.

— Há algumas perguntas que eu gostaria de fazer àquele médico sobre o estado de Vangie Lewis.

— Já terminou a autópsia? — indagou Scott, dirigindo-se a Richard.

— Já. Foi sem dúvida cianureto. Morreu instantaneamente. A boca e a garganta estavam muito queimadas. O que leva ao ponto crucial. — Havia um jarro d'água e copos de papel sobre o arquivo. Richard dirigiu-se para lá e encheu generosamente um copo. — Muito bem — disse —, isto está cheio de cianureto dissolvido. Estou a ponto de me matar. Tomo um grande gole.

Bebeu rapidamente. O copo de papel ainda ficou meio cheio. Os outros o olhavam com atenção. Continuou segurando o copo.

— A meu ver, Vangie Lewis deve ter bebido pelo menos aproximadamente três vezes mais do que eu bebi para juntar a quantidade de cianureto que encontramos em seu organismo. Até agora isso confere. Mas aí está o problema. A parte externa de seus lábios, o queixo e até mesmo o pescoço foram queimados. A única maneira de isso acontecer seria se ela cuspisse parte da coisa... uma quantidade grande. Mas se engoliu a quantidade que parece de um só gole, quer dizer que sua boca estava vazia. Teria então tomado outra golada e cuspido? Impossível. A reação é instantânea.

— Ela não poderia ter engolido metade e cuspido o resto? — perguntou Scott.

Richard encolheu os ombros.

— Havia grande quantidade, tanto em seu organismo como no rosto, para sugerir uma dose dividida. *Poderia* ter acontecido assim, mas não acredito. O outro problema são os sapatos que ela calçava.

Richard expôs rapidamente sua crença de que Vangie Lewis não teria andado confortavelmente com os sapatos que tinha posto nos pés. Enquanto ouvia, Katie relembrava o rosto de Vangie. O rosto morto que havia visto no sonho e o rosto morto que viu na cama iam e vinham em sua mente. Forçou-se a prestar atenção na conversa e ouviu Charley dizer a Scott:

— ...Richard e eu desconfiamos que o marido reparou alguma coisa no corpo que não nos transmitiu.

— Acho que foram os sapatos — disse Richard.

Katie virou-se para ele.

— O telefonema que Chris Lewis deu. Já lhe falei a esse respeito, Scott.

— De fato. — Scott reclinou-se na poltrona. — Muito bem. Vocês dois — apontou para Charley e Phil — tratem de encontrar o que puderem sobre o comandante Lewis. Descubram a que horas seu avião chegou esta manhã. Vejam quem é essa Joan. Verifiquem os telefonemas dados por Vangie Lewis nos últimos dias. Mandem Rita ver o médico da Sra. Lewis e obter sua opinião sobre as condições físicas e mentais da mulher.

— Posso dizer-lhe sobre suas condições físicas — disse Richard. — Se ela não tivesse logo o filho, poderia economizar o cianureto.

— E outra coisa — continuou Scott. — Onde ela conseguiu o cianureto?

— Nenhum vestígio na casa — relatou Charley. — Nem um pingo. Mas a Sra. Lewis era jardineira amadora. Talvez tenha conservado um pouco do último verão.

— Para o caso de querer matar-se? — A voz de Scott soou desanimada. — Mais alguma coisa?

Richard hesitou.

— Talvez haja — falou, calmamente. — Mas é tão remota... e considerando o que acabo de saber, acho que estou perdendo tempo. Portanto, dê-me mais um dia. Então, talvez tenha mais alguma coisa para apresentar.

Scott concordou com a cabeça.

— Venha comunicar-me. — Levantou-se. — Acho que estamos todos de acordo. Não vamos encerrar este caso como suicídio. — Virou-se para Richard. — Mais uma pergunta: há alguma possibilidade de ela ter morrido em outro lugar e ter sido posta na cama?

Richard franziu o cenho.

— É possível... mas da maneira pela qual o sangue congelou nas veias, acho que estava na posição em que a encontramos desde o instante em que bebeu o cianureto.

— Muito bem — disse Scott. — Foi só um palpite. Vamos deixar o caso assentar.

Katie começou a levantar-se.

— Sei que é uma loucura, mas... — Sentiu o braço de Richard auxiliando-a.

— Você está muito tensa — disse ele, interrompendo-a.

Durante um momento, ela esteve a ponto de falar no seu sonho louco do hospital. A voz dele trouxe-a de volta à realidade. Como ia parecer boba perante eles. Sorriu, agradecida, a Richard.

— Principalmente na cabeça, acho eu — comentou Katie.

# *11*

ELE NÃO PODIA DEIXAR Edna estragar todo o seu trabalho. Suas mãos apertaram o volante. Podia senti-las tremer. Tinha que se acalmar.

Que extraordinária ironia ter sido ela, entre milhares, a vê-lo dirigir o Lincoln. Evidentemente, concluiu que Vangie estava com ele no carro. Mas no instante em que ela contasse à polícia, estaria tudo acabado. Podia ouvir as perguntas: "Doutor, o senhor levou a Sra. Lewis para casa? O que fez, depois de deixá-la? Chamou um táxi? Que horas eram, doutor? A Srta. Burns disse que o senhor saiu do estacionamento logo depois das nove da noite."

A autópsia iria certamente provar que Vangie tinha morrido mais ou menos naquela hora. O que iriam pensar, se dissesse que havia voltado ao hospital a pé, naquela tempestade?

Edna tinha que ser silenciada. Sua maleta estava no banco ao lado. A única coisa dentro dela era o peso de papéis de sua escrivaninha do consultório. Normalmente, ele nunca se dava ao trabalho de levar a maleta, mas a apanhara naquela manhã pensando em meter os mocassins nela. Pretendia ir jantar em Nova York e deixar os sapatos em latas de lixo diferentes, que seriam recolhidas na manhã seguinte.

Mas naquela manhã Hilda chegara cedo. Ficou conversando com ele na entrada, enquanto vestia seu sobretudo de lã cinza. Ela lhe estendera o chapéu e a maleta. Era impossível passar os mocassins da capa para a maleta, na frente dela. O que iria ela pensar? Mas não tinha importância. A capa estava no fundo do armário. Ela não tinha nenhum motivo para mexer nela e, naquela noite, quando liquidasse Edna, voltaria para casa. Livrar-se-ia dos sapatos na noite seguinte.

Era uma sorte que Edna morasse tão perto do hospital. Era por isso que ele conhecia seu apartamento. Várias vezes deixara trabalho lá para ela, quando estivera acamada com ciática. Só precisava conferir o número do apartamento para ter certeza. Tinha que fazer parecer um crime cometido durante um assalto. A repartição de Katie DeMaio iria cuidar do caso, com certeza, mas nunca ligaria o homicídio de uma modesta contadora com seu patrão ou com Vangie Lewis.

Apanharia sua carteira e as jóias que tivesse. Esforçando-se, lembrou que a mulher possuía um pregador em forma de borboleta, com um rubi minúsculo e um anel de noivado, com um pequeno diamante. Ela os havia mostrado quando o médico fora à casa dela, meses antes, levar-lhe trabalho.

— Este anel era de minha mãe, doutor — falou com orgulho. — Papai e ela se apaixonaram no primeiro encontro, e ele o deu a mamãe no segundo. Acredita que ambos estavam já entrando na casa dos quarenta? Papai me deu quando mamãe morreu. Foi há três anos, e ele não conseguiu viver mais de dois meses sem ela. Claro, mamãe tinha dedos mais finos. É por isso que eu o uso no mindinho. E ele deu-lhe o pregador no décimo aniversário de casamento.

Ele ficou irritado com o falatório, mas agora percebia que, como tudo na vida, era potencialmente útil. Esteve sentado ao lado dela, na cama. A mulher conservava sua barata caixa de jóias, de plástico, na gaveta da mesinha-de-cabeceira. Aquele anel, o pregador e a carteira que tinha na bolsa poderiam ser facilmente levados e deixariam bem claro que se tratava de homicídio por roubo.

Então se livraria deles e dos sapatos, ficando tudo acabado.

Exceto quanto a Katie DeMaio.

Passou a língua pelos lábios. Sua boca estava seca.

Tinha que pensar no apartamento de Edna. Como entraria? Ousaria tocar a campainha, pedindo para entrar? E se ela não estivesse só?

Mas estaria só. Tinha certeza. Ela havia ido para casa, tomar um drinque. Lembrou-se de seus gestos ansiosos e nervosos, quando a observou no corredor. Estava excitada, agitada, evidentemente preocupada pelas coisas que iria dizer à polícia no dia seguinte.

Um suor frio o invadiu quando pensou que ela poderia ter conversado com as clientes na sala de espera, antes de lhe ter falado sobre Vangie. As Ednas da vida precisavam de platéia. Ouçam-me. Notem-me. Eu existo!

*Não por muito tempo, Edna, não por muito tempo.*

Estava entrando no pátio de estacionamento do prédio dela. Da última vez, havia deixado o carro atrás do apartamento de Edna, numa das vagas para visitas. Teria coragem de fazer o mesmo? Estava frio, ventoso e escuro. Haveria pouca gente lá. Quem quer que chegasse, estaria com pressa e não repararia num carro escuro, comum e de preço médio. Da última vez, ele rodeara os fundos do bloco do edifício dela. Edna morava no térreo do último bloco. Cercas vivas procuravam esconder as grades enferrujadas que separavam o complexo de uma ravina escarpada que descia uns quatro metros e terminava em dormentes de estrada de ferro, um ramal da linha central.

A janela do banheiro de Edna dava para o estacionamento. Havia moitas altas e sem podar sob a janela. Esta ficava ao nível da rua — muito baixa, se sua memória não falhava. E se aquela janela estivesse destrancada? Naquele momento, se não se enganava, Edna devia estar muito bêbada. Poderia entrar e sair pela janela. Isso daria verossimilhança ao assalto. Caso contrário, tocaria a campainha, entraria, mataria Edna e depois iria embora. Mesmo que fosse encontrado ou visto lá fora, poderia simplesmente dizer que parou para entregar uns documentos e depois resolveu não os deixar porque ela estava bebendo. Algum invasor teria chegado mais tarde. Ninguém em seu juízo perfeito iria acusar um médico rico de roubar uma contadora sem dinheiro.

Satisfeito, diminuiu a marcha ao se aproximar do grupo de edifícios. Os dois prédios, exatamente iguais, erguiam-se solitários na fria noite de fevereiro.

O estacionamento tinha apenas meia dúzia de carros. Postou-se entre um jipe e uma camionete. Seu carro desapareceu no espaço escuro entre os veículos mais avantajados. Calçou as luvas de borracha e meteu o peso de papéis no bolso do casaco. Saindo cautelosamente do carro, fechou a porta sem barulho e desapareceu nas sombras profundas do prédio. Silenciosamente, agradeceu aos deuses pelo fato de Edna morar no último apartamento. Não havia absolutamente possibilidade de ele não saber aonde ir.

A persiana do quarto dela estava quase sempre abaixada, mas Edna tinha uma planta na janela. A persiana repousava sobre a planta e ele pôde ver o interior com clareza. O quarto estava parcamente iluminado. A janela encontrava-se ligeiramente aberta. Edna devia estar na sala de visitas ou na de jantar. O médico ouviu o som distante de um programa de televisão. Entraria pela janela.

Dando uma rápida olhada em torno, tranqüilizou-se: a área estava deserta. Com dedos enluvados, duros como aço, ergueu a janela, empurrou silenciosamente para cima a persiana e, sem ruído, colocou a planta no chão, do lado de fora. Mais tarde, aquilo seria uma prova concludente da forma de penetrar. Içou-se para o peitoril da janela. Para o seu tamanho, era um homem surpreendentemente ágil.

Estava no quarto. Através da luz fraca, percebeu o asseio impecável, a colcha bordada, o crucifixo sobre a cabeceira, as fotografias emolduradas de um casal de velhos, o paninho de renda no toucador de mogno compensado.

Agora, a parte necessária e que ele detestava. Apalpou o peso de papéis no bolso. Decidiu atacá-la com ele. Leu uma vez que um médico fora considerado culpado de assassinato por um ferimento feito com perfeição. Não podia deixar que sua capacidade profissional o denunciasse. Tinha sido essa capacidade que o levara àquele local.

Começou a andar na ponta dos pés no pequeno vestíbulo. Banheiro à direita. Sala de visitas, dois metros à esquerda. Cuidadosamente, espiou dentro dela. O aparelho de televisão estava ligado, mas a sala achava-se vazia. Ouviu o barulho de uma cadeira rangendo. Ela devia estar na mesa da copa. Com enorme cuidado, entrou na sala de visitas. Chegara o momento. Se ela o visse e gritasse...

Mas Edna estava de costas para ele. Usava um robe azul de lã e estava estirada numa cadeira à cabeceira da mesa. Uma mão achava-se junto de um desmesurado copo de coquetel e a outra descansando no colo. Uma jarra alta em frente dela achava-se quase vazia. Cabeça inclinada sobre o peito. Um respirar leve e tranqüilo o fez saber que Edna estava dormindo. Cheirava profundamente a álcool.

Avaliou rapidamente a situação. Seu olhar recaiu sobre o aquecedor sibilando à direita da mesa. Era de um modelo antigo, com tubos aparentes, pontudos. Seria possível que, afinal, não precisasse usar o peso? Talvez...

— Edna — sussurrou, suavemente.

— Que... ah... — Ela ergueu os olhos remelentos. Atônita, começou a levantar-se, voltando-se desajeitadamente na cadeira. — Doutor...

Um empurrão vigoroso atirou-a violentamente para trás. Sua cabeça explodiu de encontro ao aquecedor. Luzes cegantes inundaram seu cérebro. *Ah, a dor! Ó, meu Deus, a dor*! Edna suspirou. O suave calor do seu sangue esguichante mergulhou-a na escuridão. A dor espalhou-se, intensificou-se, atingiu o paroxismo, findou.

Ele pulou para trás, procurando manter-se afastado do sangue espalhado e depois curvou-se cuidadosamente sobre ela. Viu que a pulsação em sua garganta tremeu e parou. Ficou com o rosto muito próximo ao dela. A mulher parara de respirar. Meteu o peso de papéis no bolso. Agora não iria precisar dele. Não precisava preocupar-se em roubá-la. A coisa parecia como se ela tivesse caído. Ele estava com sorte. Estava a salvo.

Retornou rapidamente e entrou no quarto. Olhando para ter certeza de que o estacionamento continuava vazio, pulou de novo a janela, lembrou-se de colocar a planta no lugar, abaixou a persiana e fechou a janela na medida exata em que Edna a deixara.

Nesse instante, ouviu o barulho insistente de uma campainha: a *campainha dela!* Fora de si, olhou em volta. O chão, duro e seco, não tinha marcas de seus passos. O parapeito da janela estava meticulosamente limpo. Nenhuma poeira fora do lugar. Ele havia pulado por cima dela e por isso não havia marcas de seus pés na superfície branca.

Correu de volta até o carro. O motor pegou silenciosamente. Sem ligar os faróis, guiou para fora do bloco de apartamentos. Quando se aproximou da Estrada 4, ligou os faróis.

Quem estava parado na porta de Edna? Estaria essa pessoa tentando entrar? Edna estava morta. Não mais poderia fofocar a respeito dele. Mas esteve perto, terrivelmente perto.

A adrenalina inundou suas veias. Agora, só havia uma possível ameaça: Katie DeMaio.

Trataria de remover aquela ameaça. O acidente que ela sofrera lhe dava o pretexto de que necessitava para iniciar uma medicação.

Constava dos registros do hospital que a contagem sanguínea dela era baixa. Recebera uma transfusão na emergência.

Ele determinaria outra transfusão sob o pretexto de prepará-la para a operação.

Iria dar-lhe comprimidos de Coumadin. Ele agiria sobre seu sangue, desfazendo os benefícios da transfusão. Na sexta-feira, quando chegasse ao hospital, estaria à beira da hemorragia.

Era possível realizar uma cirurgia de urgência sem a administração de outros anticoagulantes. Mas, se necessário, injetaria heparina nela. Isso provocaria uma completa diminuição de coagulantes. Ela não sobreviveria à operação.

À contagem de glóbulos inicial, o Coumadin e a heparina seriam tão eficientes em Katie DeMaio quanto o cianureto em Vangie Lewis.

## *12*

RICHARD E KATIE SAÍRAM juntos do escritório de Scott. Ela sabia que ele ficaria aborrecido se sugerisse tomar um táxi para ir para casa. Quando entraram no carro dele, Richard disse:

— Jantar em primeiro lugar. Um filé e uma garrafa de vinho vão fazer com que seus sucos corram.

— Que sucos? — perguntou, cautelosa.

— Saliva. Estômago. Qualquer coisa.

Ele escolheu um restaurante do tipo cabana, pendurado precariamente em Palisades. A pequena sala de jantar era aquecida a lenha e iluminada com velas.

— Ah, que lindo — disse ela. Era evidente que Richard e o proprietário se conheciam.

— Dr. Carroll, que prazer — disse ele, levando-os para a mesa defronte do fogo e puxando uma cadeira para Katie.

Ela forçou um sorriso enquanto se sentava, pensando que Richard notara ou que ela devia parecer tão fria e constrangida quanto se sentia.

Richard pediu uma garrafa de St. Emilion. Um garçom trouxe pão de alho quente. Ficaram num silêncio amigável, bebericando e mordiscando. Katie lembrou que era a primeira vez que ficava com ele assim, frente a frente numa mesa pequena, isolados de todos na sala, encarando-se.

Richard era um homem forte, com uma aparência saudável, que ressaltava sua espessa cabeleira castanho-escura, suas feições marcadas e ombros largos e ossudos. *Quando envelhecer, terá um aspecto leonino*, pensou a moça.

— Você acaba de sorrir — disse Richard. — Dou-lhe um tostão por seus pensamentos.

Ela contou-lhe.

— Leonino. — Ele pesou a palavra, pensativo. — Um leão no inverno. Vou à forra. Quer saber em que estou pensando?

— Claro.

— Quando seu rosto está em repouso, seus olhos ficam muito melancólicos, Katie.

— Desculpe. Não era minha intenção. Nunca me imagino melancólica.

— Você sabe que há seis meses venho querendo convidá-la para sair, mas foi necessário um acidente que poderia tê-la matado para que isso se tornasse possível?

— Você nunca me convidou para sair — replicou ela, ambiguamente.

— Você nunca *quis* ser convidada. Exibe um cartaz muito claro. "Não Perturbe." Por quê?

— Não creio em sair com colegas de trabalho, de maneira geral — retrucou ela.

— Compreendo. Mas não é disso que estamos falando. Gostamos de estar juntos. Sabemos disso. Mas você não está aproveitando. Olhe o cardápio. — Seus modos alteraram-se, tornaram-se bruscos. — *L'entrecôte* e o *steak au poivre* são as especialidades da casa — disse ele. Como Katie hesitasse, sugeriu: — Experimente o *poivre*. É fantástico. Malpassado — acrescentou, esperançoso.

— Bem-passado — disse Katie.

Diante do seu olhar horrorizado, ela deu uma gargalhada.

— Malpassado, é claro.

O rosto dele iluminou-se. Pediu salada com o molho da casa e batatas assadas. Depois, recostou-se na cadeira e examinou a amiga.

— Tem se privado disso, Katie?

— Da salada? Do *steak?*

— Não. Pare de se esquivar. Está bem, não estou sendo justo. Estou tentando forçá-la e você é uma ouvinte cativa. Mas me conte o que faz quando não está no escritório ou na casa dos Kennedy. Sei que esquia.

— Sim. Tenho uma colega de colégio que é divorciada. No inverno seguinte à morte de John, ela me arrastou para Vermont. Atualmente, ela, eu e dois casais alugamos um apartamento em Stowe durante a temporada de esqui. Vou quase todos os fins de semana. Não sou uma grande esquiadora, mas me divirto.

— Eu também esquiava — disse Richard. — Tive que desistir por causa de uma torção no joelho. Preciso tentar de novo. Talvez um dia você me convide. — Ele não esperou resposta. — Meu esporte é velejar. Fui de barco para o Caribe na primavera passada e andei de ilha em ilha... "O esplendor dos céus sem nuvens, com as grandes velas enfunadas, elas deslizam com o vento pelas agitadas águas verdes..." Olhe o seu filé — terminou, despreocupadamente.

— Também cita William Carlos Williams — murmurou Katie.

Teve a esperança secreta de que ele ficasse impressionado com o fato de que ela conhecia a citação, porém ele não pareceu surpreso.

— Sim, cito — confirmou. — O molho da casa é bom, hein?

Tomaram o café sem pressa. Naquela altura, Richard já lhe havia contado coisas de sua vida.

— Durante o curso médico, fiquei noivo da vizinha. Acho que sabe que cresci em São Francisco.

— O que aconteceu? — perguntou Katie.

— Ficamos adiando o casamento. Finalmente, ela se casou com meu melhor amigo, quem quer que fosse. — Richard sorriu. — Estou brincando, é claro. Jean era uma excelente moça. Mas faltava alguma coisa. Numa noite, quando, pela quarta ou quinta vez, estávamos discutindo o casamento, ela disse: "Richard, nós nos amamos, mas sabemos que tem que haver alguma coisa mais." Jean tinha razão.

— Sem arrependimentos, sem vacilações? — perguntou Katie.

— Na verdade, não. Foi há sete anos. Estou um tanto surpreso por aquela "alguma coisa mais" não ter acontecido até agora.

Ele não pareceu estar esperando o comentário de Katie. Pelo contrário, começou a falar no caso Lewis.

— Fico furioso. Toda destruição de vida me deixa assim. Vangie Lewis era jovem. Tinha ainda muitos anos para viver.

— Está convencido de que não foi suicídio?

— Não estou *convencido* de nada. Preciso de muito mais informações antes de fazer um julgamento.

— Não consigo ver Chris Lewis como assassino. Hoje em dia é muito fácil obter divórcio, quando a gente quer ficar livre.

— Esse é outro ângulo a ser considerado — Richard apertou os lábios. — Vamos parar de falar nisso.

Eram quase dez e meia quando entraram no caminho que levava à garagem de Katie. Richard olhou especulativamente para a elegante casa de campo de pedra.

— Qual o tamanho desta casa? — perguntou. — Quero dizer, quantas peças tem?

— Doze — disse Katie, de má vontade. — Era de John.

— Não pensei que a tivesse adquirido com o salário de assistente do promotor — comentou Richard.

Ela abriu a porta do carro.

— Espere — disse ele. — Vou dar a volta. Pode estar ainda muito escorregadio.

Ela não pensou em convidá-lo a entrar, mas Richard não lhe deu oportunidade de se despedir na porta. Tirando-lhe a chave da mão, meteu-a na fechadura, girou-a, abriu a porta e seguiu-a.

— Não pretendo ficar — disse ele —, mas confesso uma irreprimível curiosidade pelo lugar onde você se esconde.

Katie acendeu a luz e esperou, um tanto ressentida, que ele olhasse o vestíbulo e depois a sala de visitas. Richard assoviou.

— Lindo, muito lindo. — Caminhou até o retrato de John e examinou-o. — Segundo me disseram, era um grande sujeito.

— Sim, era. — Pouco à vontade, Katie percebeu que em quase todas as mesas havia uma foto dela e John. Richard aproximou-se da seguinte.

— Uma viagem ao exterior?

— Nossa lua-de-mel. — Os lábios dela estavam secos.

— Quanto tempo você ficou casada, Katie?

— Um ano.

Ele ficou observando um sinal de dor desenhar-se no rosto dela. Era mais do que isso: também uma expressão de surpresa, como se ainda estivesse confusa pelo que tinha acontecido.

— Quando descobriu que ele estava doente? Disseram-me que foi câncer.

— Logo depois de voltarmos da lua-de-mel.

— Então você nunca fez outra viagem, não é? Depois dela, só houve um velório. Desculpe, Katie. Meu trabalho me embruteceu... acho que demais para o meu próprio bem. Vou embora. — Hesitou. — Você nunca fecha essas cortinas, quando está só?

Ela encolheu os ombros.

— Para quê? Ninguém vai invadir a minha casa.

— Você, mais do que ninguém, sabe da quantidade de assaltos a casas. E neste lugar você será o primeiro alvo, especialmente se souberem que mora só. Já pensou?

Sem esperar resposta, ele foi até a janela e fechou as cortinas.

— Vou embora. Vemo-nos amanhã. Como está indo para o trabalho? Seu carro já está consertado?

— Não, mas a prefeitura vai me emprestar um. Estará aqui amanhã de manhã.

— Muito bem. — Ele ficou um momento parado, com a mão na maçaneta, e depois, num sotaque irlandês quase perfeito, disse: — Tou indo agora, Katie Scarlett. Feche a porta. Não quero ninguém tentando entrar em Tara. — Curvou-se, beijou-lhe o rosto e sumiu.

Sorrindo, Katie fechou a porta. Uma recordação atravessou sua mente. Tinha cinco anos e estava brincando alegremente no quintal enlameado com seu vestido de Páscoa. Sua mãe gritou, furiosa. A voz divertida do pai imitou Gerald O'Hara: "É a terra, Katie Scarlett"... — depois, com voz aduladora, para a mãe: "Não fique zangada com ela. Todos os bons irlandeses amam a terra."

O relógio soou musicalmente. Depois da presença calorosa e desajeitada de Richard, a sala ficou vazia. Katie apagou rapidamente a luz e subiu a escada.

O telefone tocou exatamente quando ela deitou. *Molly provavelmente esteve tentando falar comigo*, pensou ao erguer o fone. Mas foi uma voz de homem que respondeu quando ela disse alô.

— Sra. DeMaio?

— Sim.

— Fala o Dr. Highley. Espero não estar telefonando muito tarde, mas tentei várias vezes falar com a senhora esta noite. Chamou a minha atenção o seu acidente e sua vinda ao nosso hospital na noite passada. Como está se sentindo?

— Muito bem, doutor. Foi muito gentil telefonar.

— Como está a hemorragia? De acordo com o registro, a senhora fez uma transfusão ontem.

— Acho que está na mesma. Pensei que havia terminado meu período, mas ontem recomeçou. Acho sinceramente que estava um pouquinho tonta, quando perdi o comando do carro.

— Bem, como sabe, deveria ter começado a tratar disso há um ano, pelo menos. Não faz mal. Daqui a uma semana tudo estará superado. Mas quero que faça outra transfusão para consolidar seu estado para a operação, e também quero que comece a tomar uns comprimidos. Pode vir ao hospital amanhã de tarde?

— Posso. Seja como for, teria que ir. Ouviu falar na Sra. Lewis?

— Ouvi. Uma situação triste e horrível. Bem, então a verei amanhã. Telefone cedo e marcaremos uma hora.

— Pois não, doutor. Obrigada.

Katie desligou. Quando apagou a luz, refletiu que o médico não a tinha agradado na primeira visita. Teria sido por causa de sua atitude reservada, tímida mesmo?

Ela achou que aquilo mostrava como se pode julgar mal as pessoas. *Foi muito gentil da parte dele tentar pessoalmente entrar em contato comigo esta noite.*

## *13*

BILL KENNEDY TOCOU a campainha na casa dos Lewis. Cirurgião ortopedista no Hospital Lenox Hill, havia passado o dia operando e só ouviu falar na morte de Vangie Lewis quando voltou para casa. Alto, cabelos prematuramente embranquecidos, estudioso e um tanto tímido em sua vida profissional, Bill tornava-se uma pessoa diferente quando entrava no cálido refúgio que Molly havia criado para ele.

A atarefada presença dela tornava-lhe possível deixar para trás os problemas dos seus pacientes e descansar. Mas naquela noite a atmosfera era diferente. Molly já tinha dado de comer às crianças e ordenou-lhes terminantemente que não aparecessem. Rapidamente, contou ao marido sobre Vangie.

— Telefonei e convidei Chris para jantar e dormir aqui esta noite, em vez de ficar sozinho lá. Ele não quer, mas você vai arrastá-lo para cá. Tenho certeza de que, pelo menos, aceitará jantar.

Enquanto caminhava pelo terreno entre as casas, Bill imaginou seu choque se chegasse em casa e tivesse perdido Molly. Mas não seria o mesmo para Chris. Ninguém de bom senso pensaria que aquele casamento poderia chegar perto do dele com Molly. Bill nunca chegou a contar a Molly que, certa manhã, quando estava tomando café num bar perto do hospital, viu Chris num reservado com uma linda moça de cerca de 20 anos. Estava na cara que ambos tinham um caso.

Vangie saberia daquela moça? Seria por isso que se matara? Mas com tanta violência! Sua mente lembrou o verão. Vangie e Bill estavam preparando um churrasco. Vangie começou a assar um pedaço de carne e aproximou a mão demais do fogo. Seu dedo ficou empolado e ela continuou, apesar das queimaduras de terceiro grau. Depois, começou a berrar por Chris, que procurou acalmá-la. Encabulado, Chris explicou: "Vangie tem pouca tolerância à dor." Quando Bill conseguiu um ungüento e passou no dedo, a bolha havia quase desaparecido.

Teria uma pessoa com a estrutura emocional de Vangie coragem para tomar cianureto? Qualquer pessoa que lesse a respeito daquele veneno saberia que, apesar da morte ser instantânea, o sofrimento era intenso.

Não. Bill teria jurado que, se Vangie Lewis se matasse, seria tomando comprimidos para dormir. Isso mostrava como se conhece pouco sobre a mente humana... mesmo alguém como ele, considerado um bom julgador do comportamento das pessoas.

Chris Lewis abriu a porta. Desde que o pegou com a moça, Bill havia-se tornado um tanto reservado com Chris. Simplesmente não simpatizava com homens que ficavam flertando quando as mulheres estavam grávidas. Mas, naquele instante, a visão do rosto cansado de Chris e a autêntica tristeza em seus olhos provocaram a compaixão de Bill. Segurou os braços do vizinho.

— Sinto muitíssimo.

Chris balançou a cabeça, de forma inexpressiva. Parecia que o sentido da vida lhe escapava, tudo aquilo era uma incógnita. Vangie estava morta. A briga que tiveram havia feito com que ela se matasse? Não podia acreditar, e contudo sentia-se só, apavorado e culpado. Permitiu que Bill o convencesse a jantar com ele. Tinha que sair da casa: não podia pensar claramente dentro dela. Molly e Bill eram gente boa. Podia confiar neles, com o que sabia? Podia confiar em *alguém?* Deprimido, apanhou um casaco e saiu com Bill.

O médico serviu-lhe um uísque duplo. Chris o entornou. Quando o copo ficou pela metade, forçou-se a beber mais devagar. O uísque estava queimando sua garganta e peito, abrindo passagem entre a tensão. *Calma*, pensou, *calma. Cuidado.*

Os filhos dos Kennedy foram até a saleta dar boa-noite. Eram crianças bem-educadas. E também simpáticas. O garoto mais velho, Billy, parecia com o pai. Jennifer era uma beleza morena. As mais moças, Dina e Moira, eram belas como Molly. Os gêmeos. Chris quase sorriu. Os gêmeos pareciam-se muito. Chris sempre quis ter filhos. Agora seu filho por nascer tinha morrido com Vangie. Outra culpa. Zangou-se por causa da gravidez dela. Seu filho, e nem por um momento ele o quis. E Vangie sabia disso. O que, *quem* a teria levado a matar-se? Quem? Era esse o problema. Porque Vangie não estava só na noite anterior.

Ele não contou à polícia. Seria mexer num formigueiro, *pedir-lhes* que iniciassem uma investigação. E aquilo levaria aonde? A Joan. A outra mulher. A ele.

Um empregado o vira deixar o motel na noite anterior. Voltou para casa, a fim de resolver tudo com Vangie. Chegou mesmo a rabiscar anotações para discutir com ela. Ela ficaria com a casa. Ele lhe daria 20.000 dólares por ano, pelo menos até que o filho fizesse 18 anos. Faria uma grande apólice de seguro de vida em favor dela. Pagaria a educação da criança. Poderia continuar freqüentando o psiquiatra japonês de quem gostava tanto. *Apenas me deixe ir, Vangie. Por favor, deixe-me ir. Não posso passar mais um instante da minha vida com você. É a nossa destruição...*

Ele chegou em casa. Mais ou menos por volta da meia-noite. Entrou no caminho de carros e, quando a porta da garagem abriu, percebeu que alguma coisa estava errada. Porque quase bateu no Lincoln. Ela tinha estacionado na sua vaga. Não, alguém havia estacionado o carro dela na sua vaga. Porque Vangie jamais tentaria colocar aquele carro grande na vaga entre as pilastras e a parede da direita. A garagem era enorme. Um lado podia abrigar dois carros. Era o lado de Vangie, o que ela sempre usava. E ela precisava de cada centímetro dele. Era uma péssima motorista e provavelmente sua visão periférica não era melhor. Simplesmente, não tinha boa noção de espaço. Chris sempre estacionava seu Corvette no lado mais estreito. Mas na noite anterior, o Lincoln tinha sido estacionado com grande mestria.

Entrou e encontrou a casa vazia. A bolsa de Vangie estava na poltrona do quarto deles. Ficou confuso, mas não assustado. Evidentemente, saíra com alguém para passar a noite fora. Ficou contente porque talvez ela tivesse uma amiga com quem se abrir. Sempre tentou fazê-la cultivar amizades. E Vangie sabia ser discreta. Ficou imaginando se ela tinha esquecido a bolsa. Vangie era esquecida ou talvez tivesse arrumado outra maior e não quisesse carregar muito peso.

A casa deixou Chris deprimido. Resolveu voltar para o hotel. Não havia dito a Joan que ia para casa. Tinha o cuidado de lhe falar o menos possível sobre Vangie pois qualquer menção a ela era uma lembrança contínua do que Joan sabia ser sua própria posição de intrusa. Se ele dissesse a Joan naquela manhã que ele e Vangie haviam brigado e que a mulher ficara tão zangada que havia ido para a casa de alguém em vez de ficar só, a moça teria um ataque de coração.

E então, naquela manhã, encontrou Vangie morta. Alguém estacionou o carro para ela antes da meia-noite. Alguém a levou para casa depois da meia-noite. E aqueles sapatos. No dia em que os calçou, lamentou-se sem parar. Foi perto do Natal, quando a levou a Nova York, tentando proporcionar-lhe algum divertimento. *Divertimento! Meu Deus, que dia infernal.* Ela não gostou da peça. O restaurante não tinha *piccata* de vitela, e era só o que ela queria. E não parou de falar na pressão que o sapato fazia no seu tornozelo direito.

Durante semanas ela só usou aqueles mocassins imundos. Ele pediu-lhe que usasse sapatos melhores e ela respondeu que só aqueles eram confortáveis. Onde estavam eles? Chris procurou pela casa inteira. Quem a levou para casa poderia saber.

Não disse à polícia nada daquilo. Não queria comprometer Joan. "Hospedei-me num motel porque eu e minha mulher havíamos brigado. Queria divorciar-me. Resolvi ir em casa e tentar entender-me com ela. Vangie não estava, e eu saí." Não lhe pareceu necessário juntar tudo aquilo. Mesmo os sapatos, na realidade, não tinham tanta importância. Vangie poderia ter querido estar bem-arrumada quando fosse encontrada. Aquela perna inchada a aborrecia. Era vaidosa. Mas devia ter dito aos tiras que estivera antes lá e como o carro estava estacionado.

— Chris, venha para a sala de jantar. Você vai sentir-se melhor se comer alguma coisa. — A voz de Molly era gentil.

Chris ergueu os olhos com ar fatigado. A luz fraca do corredor emoldurava o rosto de Molly e, pela primeira vez, descobriu uma semelhança entre ela e Katie DeMaio.

Katie DeMaio. Sua *irmã.* Não podia discutir aquilo com Bill e Molly. Envolveria Molly. Como poderia ela, honestamente, aconselhá-lo sobre se devia ou não ficar calado a respeito de sua volta à casa na noite passada, uma vez que sua própria irmã trabalhava no gabinete do promotor? Não. Tinha que resolver sozinho. Esfregou a mão nos olhos febris.

— Gostaria de comer alguma coisa, Molly — disse. — Seja o que for, está com um cheiro gostoso. Mas tenho que ir embora logo. O funcionário da funerária vai lá em casa apanhar as roupas de Vangie. Os pais dela querem vê-la antes do enterro.

— Vai ser quando? — perguntou Bill.

— O caixão deve ir amanhã de tarde para Minneapolis por via aérea. Irei junto. A cerimônia será no dia seguinte. O médico-legista ia liberar o corpo no fim desta tarde. — As palavras martelavam seus ouvidos... *Caixão... Corpo... Enterro... Ó, meu Deus*, pensou, *tem que ser um pesadelo. Eu queria separar-me de você, Vangie, mas não queria que morresse. Levei-a ao suicídio. Joan tinha razão. Eu devia ter ficado a seu lado.*

Às oito, voltou para casa. Às oito e meia, quando o encarregado do enterro chegou, já havia preparado a mala com as roupas íntimas e o esvoaçante cafetã que os pais de Vangie lhe deram de Natal.

O encarregado do enterro, Paul Halsey, foi simpático e falou pouco. Pediu rapidamente as informações necessárias. Nascida em 15 de abril. Anotou rapidamente o ano. Morta em 15 de fevereiro... "exatamente dois meses antes do seu trigésimo primeiro aniversário", comentou.

Chris fez uma massagem na dor que sentia entre os olhos. Alguma coisa estava errada. Mesmo naquela situação irreal, onde *tudo* estava errado, havia uma coisa específica.

— Não — disse. — Hoje é dia *dezesseis* e não *quinze.*

— A certidão de óbito estabelece claramente que a Sra. Lewis morreu entre oito e dez da noite passada, 15 de fevereiro — disse Halsey. — O senhor está pensando no dia 16 porque *achou-a* esta manhã. Mas o legista que efetuou a autópsia pôde determinar a hora da morte com grande precisão.

Chris olhou-o. Ondas de choque dissolveram sua sensação de exaustão e irrealidade. Chegou em casa à meia-noite e o carro e a bolsa de Vangie estavam lá. Esperou cerca de meia hora antes de voltar de carro para o motel em Nova York. Quando voltou para casa naquela manhã, verificou que Vangie havia chegado num determinado momento após sua partida e se matado.

Mas à meia-noite ela já estava morta havia três ou quatro horas. Isso significava que, num dado momento depois da meia-noite, após sua partida, alguém levou o corpo para lá, colocou na cama e deixou o copo vazio ao lado dela.

Alguém queria dar a impressão de que Vangie tinha se matado.

Ela teria se matado em outro lugar? Alguém tinha trazido seu corpo apenas porque não queria ser envolvido? Claro que não. Vangie nunca teria se infligido a dor do cianureto. Seu assassino encenara o suicídio.

— Ó, Cristo — murmurou Chris. — Ó, Cristo.

O rosto de Vangie ocupou sua visão. Os grandes olhos petulantes, de pestanas espessas. O nariz curto e reto. O cabelo cor de mel que caía sobre a testa. Os lábios pequenos e perfeitamente traçados. Ela deve ter sabido no último instante. Alguém a segurou, forçou o veneno boca adentro e a matou odiosamente, junto com a criança que trazia no ventre. Deve ter ficado apavorada. Uma enorme piedade encheu seus olhos de lágrimas. Ninguém, nenhum *marido*, poderia ficar calado e deixar essas mortes impunes.

Mas se contasse à polícia, se começasse uma investigação, haveria uma pessoa que seria inevitavelmente acusada. O encarregado do funeral estava olhando para ele, quando Chris disse, alto:

— Tenho que contar-lhes, e eles irão pôr a culpa em mim.

## 14

DESLIGOU O TELEFONE devagar. Katie DeMaio não desconfiou de nada. Mesmo quando ela tocou no nome de Vangie Lewis, não houve nenhum sinal de que o escritório do promotor quisesse alguma coisa mais do que discutir o estado emocional de Vangie com ele.

Mas o acidente de Katie tinha acontecido cerca de 24 horas antes. Ela provavelmente ainda estava sentindo uma certa carga de choque.

Sua pressão já estava baixa. Amanhã, quando o Coumadin fosse introduzido em sua corrente sanguínea, o mecanismo de coagulação começaria a entrar em colapso e, com a hemorragia que se seguiria, Katie ia sentir-se desorientada, delirante. Ela, com certeza, não seria suficientemente crítica para separar um suposto pesadelo de um fato real.

A menos, é claro, que houvesse perguntas demais sobre o suicídio. A menos que a possibilidade do corpo de Vangie ter sido removido fosse do conhecimento do escritório dela e discutida.

O perigo ainda era enorme.

Ele estava na biblioteca da casa de Westlake; agora sua casa. Assemelhava-se a uma mansão Tudor. Havia arcadas, estantes de livros embutidas e lareiras de mármore, papel de parede fabricado à mão e janelas espelhadas Tiffany: a espécie de lar impossível de reproduzir hoje, qualquer que seja o preço. O artesanato para isso não era mais encontrado.

A Casa de Westlake. O Hospital de Westlake. O Westlake Maternity Concept. O nome lhe tinha sido muito útil, proporcionou-lhe entrada imediata, social e profissionalmente. Ele era o eminente obstetra que conhecera Winifred Westlake a bordo de um transatlântico, casara-se com ela e tornara a se instalar na América, para continuar a obra do sogro.

Uma desculpa perfeita para sair da Inglaterra. Ninguém, incluindo Winifred, sabia nada a respeito dos anos anteriores em Liverpool, no Hospital Christ, em Devon.

Próximo do fim, ela começou a fazer perguntas.

Eram quase 11 horas e ele ainda não tinha jantado. A consciência do que ia fazer (e fez) com Edna havia lhe tirado a vontade de comer.

Mas agora estava tudo acabado, o relaxamento havia chegado. Agora, a necessidade de alimento era forte. Entrou na cozinha. Hilda havia deixado jantar para ele no forno de microondas; uma lagosta da Cornualha com arroz. Bastava aquecê-la durante uns minutos. Quando dispunha de tempo, gostava de preparar pessoalmente suas refeições. A comida de Hilda era sem imaginação, apesar de muito bem preparada.

Ela era também uma boa governanta. Highley gostava de entrar na casa elegantemente arrumada, tomar um drinque, comer à hora que tivesse vontade, passar o tempo trabalhando na biblioteca, sem a preocupação de que alguém pudesse chegar de supetão, como acontecia de vez em quando no laboratório do hospital.

Necessitava da liberdade caseira. Havia-se livrado da governanta que dormia em casa, no tempo de Winifred e do pai. Uma cachorra hostil, que o olhava atravessadamente, com ar raivoso, os olhos inchados de chorar.

— A Srta. Winifred nunca ficou doente até...

Ele a encarou e ela não terminou a frase. O que certamente ia dizer era "até se casar com o senhor".

O primo de Winifred não gostava dele e quis causar problemas depois da morte dela. Mas não pôde provar nada. Não houve o menor traço de prova palpável. Eles rejeitaram o primo, considerando-o um ex-herdeiro descontente.

Claro, afinal de contas não havia tanto dinheiro assim. Winifred havia empregado muito na compra do hospital. Atualmente, suas pesquisas estavam absorvendo incríveis quantias de dinheiro e a maioria dele tinha que provir diretamente da prática hospitalar. Ele não poderia aplicar por conta, é claro. Mas, apesar disso, poderia dar um jeito. As mulheres estavam sempre dispostas a pagar qualquer quantia para engravidar.

Hilda havia posto a mesa para ele na pequena sala de jantar ao lado da copa: a sala da manhã, como costumava ser chamada. Ele não comeria nada na cozinha, e a sala de jantar de seis por quatro metros era pomposa e ridícula para um comensal solitário. Esta sala, com sua mesa redonda de pé central, armário Queen Anne, a vista para o relvado cercado de árvores, era muito mais atraente.

Escolheu na geladeira uma garrafa gelada de Pouilly-Fuissé e sentou-se para comer.

Terminou o jantar pensativo, com a mente calculando a dosagem exata que daria a Katie DeMaio. O Coumadin não deveria ser detectado na sua corrente sanguínea após a morte. A falta de coagulação seria atribuída às transfusões. Se tivesse que administrar heparina, os traços dela e do Coumadin poderiam aparecer, se houvesse uma autópsia cuidadosa. Mas tinha uma idéia do que podia fazer para evitar isso.

Antes de ir deitar-se, dirigiu-se ao armário do vestíbulo. Teria agora os mocassins a salvo em sua bolsa, sem o risco de se repetirem os aborrecimentos da manhã. Metendo o braço no armário, alcançou o bolso da capa e tirou o sapato deformado. Esperançoso, meteu a mão livre no outro bolso: primeiro de maneira descuidada e depois insistentemente. Em seguida, apanhou o casaco e examinou-o de alto a baixo, fora de si. Então caiu de joelhos e apalpou as galochas colocadas em ordem no chão do armário.

Por fim levantou-se, olhando para o mocassim gasto que segurava. Viu-se novamente tirando o sapato do pé direito de Vangie.

O sapato do *pé direito.*

O sapato que estava segurando.

Começou a rir histericamente: sons barulhentos e convulsivos, arrancados da fúria frustrada do seu ser. Depois de todo o perigo, depois do ignominioso rastejar por todo o estacionamento como um cachorro farejando para achar uma pista, tinha estragado tudo.

Em algum lugar no escuro, provavelmente na hora em que se apertou junto à cerca viva, quando o carro apareceu no estacionamento, o sapato devia ter caído do seu bolso. O sapato que *encontrou* era o que já *tinha.*

E em algum lugar, o mocassim esquerdo, usado, gasto, feio, que Vangie calçava, estava esperando para ser achado. Esperando para traçar suas pegadas de volta na direção dele.

# 15

KATIE HAVIA POSTO o rádio-relógio para as seis da manhã, mas estava bem acordada muito antes da voz alegre e firme do locutor lhe desejar uma bela manhã. Teve um sono inquieto e várias vezes quase saltou apavorada por um sonho vago e perturbador.

Ela sempre deixava o aquecedor baixo de noite. Tiritando, apressou-se a ajustá-lo e depois fez rapidamente café, levando uma xícara com ela para a cama, onde se aninhou.

Apoiada nos travesseiros, com o acolchoado apertado em torno do corpo, ela bebeu sofregamente enquanto o calor da xícara aquecia seus dedos.

— Assim é melhor — murmurou. — E, agora, o que está havendo comigo?

O velho toucador Williamsburg, com seu espelho oval central, ficava exatamente em frente da cama. Katie olhou-se nele. Seu cabelo estava desgrenhado, era um borrão castanho contra a alvura bordada das fronhas. O arranhão sob o olho mostrava-se agora arroxeado com pintas amarelas. Seus olhos estavam inchados de sono. Olheiras profundas acentuavam a magreza do seu rosto. *Como mamãe costumava dizer, estou parecendo um gato molhado*, pensou.

Porém, era mais do que a aparência. Era mesmo mais do que a dor geral do acidente. Era uma profunda sensação de apreensão. Teria ela recomeçado a sonhar aquele fantástico e apavorante pesadelo na noite passada? Não tinha certeza.

Vangie Lewis. Uma frase da encomendação do corpo de John voltou-lhe à memória: "Nós, que estamos contristados com a certeza da morte..." A morte era certa, é claro. Mas não daquela maneira. Já era terrível pensar em Vangie tirando a própria vida, mas parecia impossível que alguém escolhesse matá-la empurrando-lhe cianureto garganta abaixo. Katie recusava-se a acreditar que Chris Lewis fosse capaz daquela espécie de violência.

Pensou no telefonema do Dr. Highley. Aquela operação dos diabos. Ora, havia milhares de intervenções daquele tipo anualmente em mulheres de todas as idades. Não era a operação propriamente dita. Era o motivo para ela. E se não solucionasse a hemorragia? O Dr. Highley sugeriu que talvez fosse necessário pensar numa histerectomia.

Se, pelo menos, ela tivesse ficado grávida no ano vivido com John. Mas não ficou.

E se algum dia voltasse a se casar? Não seria uma mulher amarga e infeliz se então não pudesse ter filhos? *Pare com isso*, aconselhou-se. *Você lembra aquela frase do Fausto?* Choramos pelo que talvez nunca percamos.

Bem, pelo menos estava encarando a operação com calma. Exame sexta de noite. Operação no sábado, em casa no domingo. Volta ao trabalho na segunda-feira. Nada de excepcional.

Molly telefonara para o seu escritório na véspera. Disse:

— Katie, percebi que você não quis que eu falasse na frente de Richard, mas não acha que seria melhor adiar sua ida para o hospital até o mês que vem? Você fez um excelente exame geral.

— Nada disso — respondeu com firmeza. — Quero acabar logo com essa coisa. Além do mais, Molly, eu não me surpreenderia se esse negócio infernal tivesse contribuído para o acidente. Domingo, fiquei tonta por duas vezes.

Molly ficou aflita.

— Por que não me disse?

— Ora, vamos — respondeu Katie. — Você e eu detestamos lamentações. Quando for realmente grave, juro que gritarei por você.

— Espero que sim. Acho que pode muito bem livrar-se disso. — Depois perguntou: — Vai contar a Richard?

Katie procurava não se mostrar exasperada.

— Não, e não vou contar ao ascensorista ou ao guarda da esquina nem a um conselheiro dominical. Só a você e Bill. E agora vamos parar. Está bem?

— Está bem. E não banque a sabida. — Molly desligou com um gesto firme, tendo na voz uma mistura de afeição e autoridade, o aviso usado quando uma das crianças estava agindo mal.

*Não sou sua filha, Mollyzinha*, Katie ficou pensando. *Amo-a, mas não sou sua filha*. Mas enquanto bebia o café, ficou imaginando se estava dependendo demais de Molly e Bill, pedindo o apoio emocional deles. Estaria ela, na verdade, dependendo tanto assim dos dois?

*Oh, John*. Olhou instintivamente para o retrato dele. Nesta manhã era exatamente isso, um retrato. Um homem elegante, com ar sério, olhos suaves e penetrantes. Certa vez, no decorrer do primeiro ano de sua morte, apanhou aquele retrato, olhou-o e depois bateu com ele sobre a penteadeira, gritando: "Como pôde me abandonar?"

Na manhã seguinte, recuperou o equilíbrio, envergonhada, e tomou a resolução de nunca beber três copos de vinho quando estivesse deprimida. Ao endireitar o retrato, viu uma depressão na tampa da linda penteadeira, causada pela moldura de prata trabalhada. Procurou explicar ao retrato:

— Não é autopiedade, juiz. Estou zangada por *sua* causa. Queria que você vivesse mais quarenta anos. Você sabia gozar a vida, sabia fazer a vida valer a pena.

*Pois quem conheceria o pensamento de Deus? Ou quem seria Seu Conselheiro?* Essa frase da Bíblia veio à sua mente naquele dia.

*Recordando*, considerou Katie, *posso pensar melhor essas frases agora.*

Despindo a camisola de dormir verde-pálido, entrou no banheiro e abriu o chuveiro. A camisola escorreu sobre o banco da penteadeira. Ela, no colégio, preferia pijamas. Mas John comprou para ela camisolas e robes finos na Itália. Continuou sendo normal usá-los naquela casa, naquele quarto.

Talvez Richard tivesse razão. Talvez ela estivesse mantendo um velório. John seria o primeiro a culpá-la disso.

O chuveiro quente ajudou-a a reanimar-se. Tinha uma reunião marcada para as nove, uma audiência às dez e dois casos novos a serem preparados para julgamento na semana seguinte. E tinha muitas coisas para fazer no julgamento daquela sexta-feira. *Já é quarta-feira*, pensou, desanimada. *É melhor eu me mexer.*

Vestiu-se rapidamente, escolhendo uma saia castanha de lã macia e uma blusa nova de seda turquesa, de mangas compridas, que cobria o curativo no braço.

O carro chegou quando estava acabando de beber o segundo café. Ela foi até a oficina, assoviou ao ver a extensão do estrago na frente do seu carro, deu graças a Deus por não ter ficado seriamente ferida e foi para o escritório.

O CONDADO TIVERA uma noite agitada. Uma garota de 14 anos tinha sido violentada. Um acidente provocado por um bêbado resultara em quatro mortes. Uma autoridade policial telefonou pedindo que a promotoria ajudasse a estabelecer uma sessão de reconhecimento para uma vítima examinar suspeitos que haviam sido apanhados após um assalto à mão armada.

Scott estava saindo de sua sala.

— Linda noite — comentou Katie.

Ele concordou com a cabeça.

— Filho-da-puta... o idiota que bateu com o carro onde estavam aqueles garotos estava tão bêbado que não pôde ficar em pé. Os quatro meninos morreram. Eram quartanistas em Pascal Hill a caminho de uma festa. Por falar nisso, eu tinha a intenção de mandar Rita falar com os médicos no Hospital Westlake, porém ela está ocupada com o caso de estupro. Estou especialmente interessado no psiquiatra de Vangie Lewis. Quero sua opinião sobre o estado mental dela. Posso mandar Charley ou Phil, mas acho que uma mulher seria menos notada lá, poderia zanzar de um lado para outro e ver se a Sra. Lewis conversou com as enfermeiras ou estabeleceu relações com outras pacientes. Mas teremos que esperar até amanhã. Rita trabalhou a noite inteira e agora está às voltas com aquela garota que foi violentada, para ver se ela pode descobrir seu agressor. Temos quase certeza de que ele mora perto dela.

Katie hesitou. Não havia planejado dizer a Scott que era cliente do Dr. Highley ou que seria examinada no Westlake sexta-feira à noite. Mas não queria que alguém do escritório contasse isso a ele. Assim, ofereceu-se.

— Talvez eu possa ajudar. O Dr. Highley é meu ginecologista. Na verdade, tenho uma consulta com ele marcada para hoje. — Ela apertou os lábios, achando que não havia necessidade de entrar numa cansativa explicação sobre sua próxima operação.

As sobrancelhas de Scott ergueram-se. Como sempre, quando ficava surpreso, sua voz tornava-se grave.

— Que impressão você tem dele? Richard fez algumas observações ontem sobre o estado de Vangie. Parece pensar que Highley andou exagerando com ela.

— Não concordo com Richard. — Katie sacudiu a cabeça. — A especialidade do Dr. Highley é a gravidez de risco. É considerado por toda a parte como um homem milagroso. É esse o ponto importante. Ele procura tornar possível o nascimento de crianças que os outros médicos perdem. — Pensou no seu telefonema para ela. — Posso afirmar que ele é um médico muito preocupado.

A carranca de Scott provocou rugas na sua testa e em redor dos olhos.

— É essa sua opinião a respeito dele? Há quanto tempo o conhece?

Procurando ser objetiva, Katie pensou no médico.

— Não o conheço há muito tempo nem bem. Meu ginecologista aposentou-se, mudou-se há uns dois anos e eu não me preocupei em procurar outro. Então, quando comecei a sentir coisas... bem, minha irmã Molly ouviu falar nele por amigas que o elogiavam muito. Por isso marquei uma consulta no mês passado. Ele é muito competente. — Lembrou-se do exame. Tinha sido gentil e perfeito. "Fez bem em vir", disse ele. "Na verdade, devo dizer que não deveria ter ignorado esta situação por quase um ano. O útero, para mim, é um berço que deve ser sempre conservado em boas condições."

A única coisa que a surpreendeu foi que ele não tinha nenhuma enfermeira no consultório. Seu outro ginecologista sempre mandava entrar uma enfermeira antes de começar o exame. Mas agora tratava-se de outra geração. Ela achava que o Dr. Highley estava entre os 40 e os 50 anos.

— Como está sua agenda hoje? — perguntou Scott.

— Manhã ocupada, mas a tarde está folgada.

— Muito bem. Você vai ver Highley e fale também com o psiquiatra. Veja o que ele pensa a respeito de Vangie ser ou não capaz de matar-se. Descubra quando esteve lá pela última vez. Saiba se falou a respeito do marido. Charley e Phil estão checando Chris Lewis agora. Passei metade da noite acordado, pensando que Richard tem razão. Há alguma coisa que fede nesse suicídio. Converse também com as enfermeiras.

— As enfermeiras, não — disse Katie, sorrindo. — A recepcionista, Edna. Sabe da vida de todo mundo. Cheguei na sala de espera no mês passado e dois minutos depois estava lhe contando toda a minha vida. Talvez você deva, de fato, contratá-la para interrogar testemunhas.

— Eu devia contratar uma porção de gente — comentou Scott, secamente. — Fale com a Junta de Proprietários. Bem, nós nos veremos mais tarde.

Katie foi para sua sala, apanhou suas pastas e correu para o encontro com o advogado de defesa de um indiciado. Ela concordou em transformar uma acusação de "posse de heroína com intenção de venda" em simples "posse". Dali, foi depressa para uma sala de tribunal no segundo andar, onde ouviu, pensativa, um jovem de vinte anos ser condenado a sete anos de prisão. Poderia ter recebido vinte anos por roubo à mão armada e assalto com crueldade. Dos sete anos, ele cumpriria provavelmente um terço, e voltaria para as ruas. Ela sabia sua ficha de cor. *A prisão não serviria de reabilitação para aquele pássaro*, pensou.

No monte de recados esperando por ela, havia dois telefonemas do Dr. Carroll. Um às nove e quinze e o outro às nove e quarenta. Katie ligou para ele, mas Richard tinha ido atender um caso. Sua leve ansiedade para retornar os dois telefonemas foi substituída pelo desapontamento por não ter conseguido falar com ele.

Ligou para o consultório do Dr. Highley, cheia de esperança de ouvir o calor nasalado da voz de Edna. Mas quem atendeu foi uma mulher estranha, de voz baixa e áspera.

— Consultório médico.

— Oh! — Katie pensou rapidamente e resolveu perguntar por Edna. — A Srta. Burns está?

Houve uma pausa quase imperceptível antes da resposta.

— A Srta. Burns não virá hoje. Telefonou para avisar que está doente. Sou a Sra. Fitzgerald.

Katie percebeu o quanto esperava pela conversa com Edna.

— Lamento a doença da Srta. Burns. — Explicou sucintamente que o Dr. Highley estava esperando o seu telefonema e que também queria ver o Dr. Fukhito. A Sra. Fitzgerald mandou-a aguardar, e alguns minutos depois voltou a falar.

— Ambos irão vê-la, é claro. O Dr. Fukhito poderá atendê-la em qualquer horário, quinze minutos antes da hora, entre duas e cinco, e o Dr. Highley prefere às três horas, se for conveniente para a senhora.

— Às três com o Dr. Highley é ótimo — disse Katie — e por favor confirme às três e quarenta e cinco com o Dr. Fukhito. — Repondo o fone no gancho, fixou a atenção no trabalho.

Na hora do almoço, Maureen Crowley, uma das secretárias do escritório do promotor, meteu a cabeça na porta e ofereceu-se para levar-lhe um sanduíche. Mergulhada na preparação do julgamento de sexta-feira, Katie concordou com a cabeça.

— Presunto com pão preto, mostarda, alface e café puro — disse Maureen.

Katie ergueu os olhos, surpresa.

— Eu sou tão previsível assim?

A moça devia ter uns 19 anos, com uma cabeleira louro-avermelhada, olhos verde-esmeralda e o encantador tom de pele da verdadeira ruiva.

— Katie, em matéria de comida você é rotineira. — A porta fechou-se atrás dela.

"Você está pálida." "Você está num velório." "Você é rotineira."

Katie engoliu em seco com dificuldade e espantou-se ao perceber que estava à beira das lágrimas. *Devo estar doente para ficar tão sensível*, pensou.

Quando o sanduíche e o café chegaram, ela comeu e bebeu, sem perceber direito o que estava fazendo. O caso em que procurava concentrar-se era uma confusão total. O rosto de Vangie Lewis estava constantemente diante dela. Mas por que tinha Katie de vê-lo num pesadelo?

# *16*

RICHARD CARROLL TEVE uma noite trabalhosa. O telefone tocou às onze, minutos depois de ele ter chegado da casa de Katie, para informá-lo de que quatro jovens estavam no necrotério.

Colocou o fone no gancho devagar. Morava num edifício de dezessete andares ao norte da ponte George Washington. Durante um instante, ficou olhando pela janela panorâmica o horizonte nova-iorquino, os carros passando velozmente pela avenida Henry Hudson e as luzes verde-azuladas que destacavam a silhueta de linhas graciosas da ponte George Washington.

Naquele instante, telefonemas estavam informando os pais daqueles jovens que seus filhos não voltariam para casa.

Richard percorreu sua sala de estar com os olhos. Era confortavelmente mobiliada com um sofá enorme, amplas poltronas, um tapete oriental de tons castanhos e azuis, uma estante na parede e uma sólida mesa de carvalho que antigamente havia enfeitado a sala de visitas da casa de fazenda de um antepassado seu na Nova Inglaterra. Aquarelas originais, com temas de veleiros, estavam espalhadas com bom gosto pelas paredes. Richard deu um suspiro. Sua ampla espreguiçadeira de couro achava-se ao lado da estante. Pretendia preparar um drinque, ler durante uma hora e ir para a cama. Em vez disso, resolveu ir ao necrotério. Queria estar lá quando os pais chegassem para identificar os garotos. Deus sabia o pouco que era possível fazer por eles, mas Richard tinha certeza de que se sentiria muito melhor tentando.

Eram quatro da madrugada quando voltou ao apartamento. Enquanto tirava a roupa, ficou pensando se estava começando a ficar saturado daquele trabalho. Aqueles jovens estavam muito arrebentados. A colisão havia sido arrasadora. Apesar disso, podia-se ver como haviam sido encantadores. Havia, entre os adolescentes, uma garota que o atraiu particularmente. Tinha cabelos escuros, nariz fino e reto. Mesmo morta era graciosa.

Ela o fez lembrar-se de Katie.

O pensamento de que Katie havia sofrido um acidente de automóvel na segunda-feira deixou Richard novamente sobressaltado. Parecia-lhe que haviam progredido anos-luz em sua relação, naquele par de horas jantando.

O que assustava a pobrezinha? Por que não podia libertar-se de John DeMaio? Por que não podia dizer "Obrigada pelas recordações" e pronto?

Enquanto se metia na cama, sentiu-se tristemente gratificado por ter conseguido ajudar um pouco aqueles pais. Pôde garantir-lhes que seus filhos haviam morrido de forma instantânea, que provavelmente nada souberam nem sentiram.

Dormiu irrequieto durante duas horas e, às sete, já estava no escritório. Logo depois, chegou um aviso de que uma velha havia se enforcado num bairro arruinado de Chester, uma cidadezinha no extremo norte do condado. Foi para o local da morte. A suicida tinha 81 anos e era frágil, parecendo um passarinho. Tinha um bilhete pregado na roupa: *Não deixo ninguém. Estou muito doente e cansada. Quero estar com Sam. Por favor, desculpem o trabalho que estou dando.*

O bilhete trouxe à tona algo que estava incomodando Richard. Baseado em tudo o que tinha ouvido sobre Vangie Lewis, parecia-lhe claro que, se ela tivesse resolvido se matar, deveria ter deixado um bilhete explicando ao marido seu ato ou culpando-o por ele.

A maioria das mulheres deixava bilhetes.

Quando voltou para o escritório, Richard tentou ligar para Katie duas vezes, na ânsia de lhe falar, entre duas sessões do tribunal. Queria ouvir a voz dela. Sem saber por quê, sentia-se irritado por tê-la deixado só naquela casa enorme, na noite anterior. Mas não conseguiu.

Por que tinha o palpite de que Katie tinha algo na cabeça que a estava perturbando?

Foi para o laboratório e trabalhou sem parar até as quatro e meia. Voltando ao escritório, examinou os recados e ficou absurdamente feliz ao ver que Katie havia respondido aos seus telefonemas. *Por que não responderia?*, perguntou-se cepticamente. Uma assistente do promotor não podia ignorar os telefonemas do médico-legista. Ligou depressa para ela. A telefonista do escritório informou que Katie havia saído e não voltaria mais naquele dia. Não sabia para onde ela tinha ido.

*Raios!*

Aquilo queria dizer que não falaria com ela hoje.

Ultimamente andava jantando em Nova York com Clovis Simmons, atriz de rádio. Clovis era agradável. Sempre se divertia com ela, mas começava a haver sinais de que a coisa estava ficando séria.

Richard tomou uma decisão. Seria a última vez que sairia com Clovis. Não era justo para ela. Recusando-se a levar em consideração o motivo daquela súbita decisão, recostou-se na poltrona e fez uma careta. Um alerta mental estava enviando sinais. Isso o fez lembrar de uma viagem pelo Centro-Oeste, quando o rádio recomendou subitamente ficar de sobreaviso por causa de um furacão. O alerta era coisa séria. *Ficar de sobreaviso* sugeria encrenca em potencial.

Não havia exagerado quando dissera a Scott que, se Vangie Lewis não tivesse aquele filho logo, não teria precisado do cianureto. Quantas mulheres encontravam-se naquele mesmo estado em tratamento no Westlake Maternity Concept? Molly entusiasmara-se pelo obstetra porque uma de suas amigas tivera uma gravidez de sucesso. E os fracassos? Teria havido *quantos?* Haveria alguma coisa fora do habitual na média de mortes entre as pacientes do Westlake? Richard apertou o botão do interfone e chamou a secretária.

Marge estava na casa dos 50. Seu cabelo grisalho era cuidadosamente penteado no estilo popularizado por Jacqueline Kennedy no começo da década de 60. Sua saia ficava dois centímetros acima dos joelhos gorduchos. Parecia uma dona-de-casa suburbana num programa de televisão. Era, na verdade, uma excelente secretária, que absorvia totalmente o drama constante do setor.

— Marge — disse ele —, estou apostando num palpite. Quero realizar uma investigação não-oficial no Hospital Westlake... exatamente na maternidade. Essa concepção de maternidade está em atividade há cerca de oito anos. Quero saber quantas pacientes morreram, tanto no parto quanto de complicações de gravidez, e qual a relação entre as mortes e o número de pacientes tratadas lá. Não desejo que saibam que estou interessado. É por isso que não quero pedir ao Scott que obtenha os registros oficialmente. Conhece alguém lá que possa dar uma olhada nos registros do hospital na moita?

Marge enrugou a testa. Seu nariz, meio parecido com um pequeno e afiado bico de canário, franziu-se.

— Deixe comigo.

— Ótimo. E mais ainda. Verifique também todos os processos que por acaso existam contra os médicos da Maternidade Westlake. Não me importa que os processos tenham parado ou não. Quero saber o motivo, se existe algum.

Satisfeito por ter iniciado a investigação, Richard foi para casa tomar banho e trocar de roupa. Assim que saiu do escritório, recebeu um telefonema do Dr. David Broad, do laboratório pré-natal do Hospital Monte Sinai. O recado que Marge anotou pedia que Richard entrasse em contato com o Dr. Broad na manhã seguinte. Era assunto urgente.

## *17*

KATIE SAIU PARA O HOSPITAL faltando quinze minutos para as três. O clima tinha se fixado num frio tenaz, sombrio e nebuloso. Mas pelo menos o calor dos carros tinha derretido a maior parte do granizo das estradas. Deliberadamente, ela diminuiu a velocidade quando fez a curva no local de seu acidente.

Estava ligeiramente adiantada para a consulta, mas poderia ter economizado o tempo. A recepcionista, Sra. Fitzgerald, era friamente agradável, e quando Katie perguntou se substituía Edna freqüentemente, replicou, em tom formal:

— A Srta. Burns raramente falta, por isso quase nunca é substituída.

Para Katie, a resposta foi sem dúvida defensiva. Intrigada, decidiu continuar:

— Fiquei muito triste ao saber que a Srta. Burns está doente hoje — acrescentou. — Espero que não seja nada sério.

— Não. — A mulher estava evidentemente nervosa. — Apenas um vírus qualquer. Acho que estará boa amanhã.

Havia muitas futuras mães sentadas na sala de espera, mas estavam mergulhadas em revistas. Não havia meio de Katie iniciar uma conversa com elas. Pelo corredor que dava para os consultórios, chegou uma gestante de rosto redondo e movimentos lentos e deliberados. Uma campainha soou na mesa. A recepcionista pegou o fone.

— Sra. DeMaio, o Dr. Highley vai recebê-la agora — disse ela. Parecia aliviada.

Katie caminhou depressa pelo corredor. O consultório do Dr. Highley era o primeiro, lembrava-se. Seguindo as instruções impressas de bater e entrar, abriu a porta e entrou no consultório, que tinha o aspecto de um estúdio confortável. Uma das paredes estava coberta por uma estante. Retratos de mães com crianças cobriam quase completamente a segunda parede. Perto da escrivaninha trabalhada do médico havia uma cadeira de braços. Kate lembrava-se de que a sala de exames, um banheiro e uma combinação de cozinha/área de esterilização completavam o conjunto. O médico estava sentado à escrivaninha. Levantou-se e cumprimentou-a.

— Sra. DeMaio.

Seu tom era cortês, e o sotaque inglês quase imperceptível. Tinha cerca de um metro e setenta e cinco. Seu rosto, de pele lisa e maçãs redondas, terminava num queixo gordo e oval. Seu corpo dava a impressão de força poderosa, cuidadosamente controlada. Parecia um arremessador de peso. Escassos cabelos claros, mesclados de grisalho, cuidadosamente repartidos. Sobrancelhas e pestanas igualmente claras e olhos cor de aço, acentuadamente saltados. Olhado em detalhe, não era um homem atraente, mas o conjunto era imponente e dominador.

Katie ruborizou-se ao perceber que ele avaliou o exame minucioso e não gostou. Sentou-se depressa e, para estabelecer contato, agradeceu pelo telefonema. Ele recusou o agradecimento.

— Gostaria que a senhora tivesse algo para me agradecer. Se tivesse dito na emergência que era minha paciente, teriam providenciado um quarto na ala oeste. Muito mais confortável, garanto. Mas com a mesma vista — acrescentou.

Katie estava procurando na bolsa a tiracolo um caderno e caneta. Ergueu imediatamente os olhos.

— Vista. Nenhuma seria melhor do que uma que eu pensei ter visto na outra noite. Ora... — Interrompeu-se. O caderno a fez lembrar-se de que estava ali a serviço. Que iria o médico pensar dela, falando sobre pesadelos? Inconscientemente, procurou empertigar-se na cadeira muito baixa e macia. — Doutor, se me permite, vamos falar primeiro sobre Vangie Lewis. — Sorriu. — Acho que nossos papéis ficarão trocados pelo menos durante uns minutos. Preciso fazer umas perguntas.

O rosto dele tornou-se sombrio.

— Desejo apenas que haja uma forte razão para que nossos papéis sejam trocados. Aquela pobre moça. Tenho pensado muito nela desde que ouvi a notícia.

Katie meneou a cabeça.

— Conheci Vangie superficialmente e confesso que tive a mesma reação. Ora, trata-se de pura rotina, é claro, mas na ausência de um bilhete, a promotoria quer ter uma visão do estado mental de uma vítima de suicídio. — Fez uma pausa e perguntou: — Quando viu Vangie Lewis pela última vez?

O médico reclinou-se na poltrona. Seus dedos cruzaram-se sob o queixo, mostrando unhas imaculadamente limpas. Falou sem pressa:

— Foi na noite de quinta-feira. A Sra. Lewis estava vindo pelo menos semanalmente, desde que chegou à metade da gestação. Tenho sua ficha aqui.

Mostrou a pasta sobre a mesa. Estava escrito: LEWIS, VANGIE. Era um dado impessoal, achou Katie, uma lembrança de que havia exatamente uma semana que Vangie Lewis estivera na sala de exames ao lado daquele consultório, tirando a pressão arterial e confirmando as batidas cardíacas do feto.

— Como estava passando a Sra. Lewis — perguntou ela — física e emocionalmente?

— Primeiro, permita que lhe responda sobre suas condições físicas. Eram preocupantes. Havia perigo de gravidez tóxica, que eu observava bem de perto. Mas saiba que, a cada dia que passava, aumentava a perspectiva de sobrevivência da criança.

— O parto dela poderia chegar a termo normalmente?

— Impossível. Para falar a verdade, na última quinta-feira avisei a Sra. Lewis que era preferível que ela viesse dentro das próximas duas semanas, a fim de induzir o parto.

— Como Vangie reagiu a isso?

O médico franziu a testa.

— Pensei que a Sra. Lewis tinha uma preocupação grande pela vida do filho. Mas o fato é que, quanto mais se aproximava do nascimento em potencial, mais me parecia que ela temia o parto. Passou-me, inclusive, pela mente que ela não era diferente de uma garotinha que queria brincar de dona-de-casa, mas que ficaria apavorada se sua boneca virasse gente.

— Compreendo. — Katie rabiscou, pensativa, no caderno que tinha na mão. — Mas Vangie revelou alguma depressão específica?

O Dr. Highley sacudiu a cabeça.

— Não percebi. Todavia, acho que a resposta deve ser dada pelo Dr. Fukhito. Ele a viu segunda-feira à noite e é mais competente do que eu para reconhecer qualquer sintoma oculto. Minha impressão geral é que ela estava com um medo mórbido de dar à luz.

— Uma última pergunta — disse Katie. — Seu consultório é ao lado do Dr. Fukhito. Viu alguma vez, na segunda-feira, a Sra. Lewis?

— Não vi.

— Obrigada, doutor. O senhor foi muito útil. — Meteu o caderno na bolsa a tiracolo. — Agora é sua vez de fazer perguntas.

— Não tenho muitas. A senhora as respondeu na noite passada. Quando tiver terminado com o Dr. Fukhito, por favor vá à sala 101, no outro lado do hospital. Receberá uma transfusão de sangue. Espere cerca de meia hora, antes de dirigir de volta.

— Pensei que isso era para gente que doa sangue — disse Katie.

— Só para ter certeza de que não haverá reação. Também... — Procurou na enorme gaveta lateral da mesa. Katie percebeu vários frascos numa ordem estranha. Ele pegou um contendo nove ou dez comprimidos. — Tome o primeiro esta noite — disse. — Depois, um de seis em seis horas amanhã. Repita na sexta-feira. Quatro comprimidos ao todo, amanhã e sexta-feira. Aqui há o suficiente. Quero salientar que é muito importante que não se esqueça. Como sabe, se essa operação não resolver seu problema, teremos que considerar a necessidade de uma cirurgia mais radical.

— Tomarei os comprimidos — disse Katie.

— Ótimo. A senhora será examinada mais ou menos às 18h na sexta-feira.

Katie acenou com a cabeça, em assentimento.

— Muito bem. Farei as visitas da tarde e darei uma espiada na senhora. Não está preocupada, não é?

Ela lhe havia confessado seu medo a hospitais na primeira consulta.

— Não — respondeu. — Na verdade, não.

Ele abriu a porta para Katie.

— Então até sexta, Sra. DeMaio — disse, com voz suave.

## *18*

A DUPLA PHIL CUNNINGHAM e Charley Nugent retornou ao escritório do promotor às quatro da tarde, exibindo a excitação tensa de mastins que rastrearam sua presa. Invadindo a sala de Scott Myerson, começaram a exibir suas descobertas.

— O marido é mentiroso — disse Phil, decisivo. — Não deveria estar de volta antes de ontem de manhã, mas seu avião sofreu uma pane. Os passageiros foram desembarcados em Chicago e ele e a tripulação mandados de volta para Nova York. Chegou segunda-feira de tarde.

— Segunda de tarde! — berrou Scott.

— Isso. E registrou-se no Holiday Inn, na rua 57, Oeste.

— Como soube?

— Apanhamos a lista de sua tripulação no vôo de segunda-feira e falamos com todos. O comissário de bordo mora em Nova York. Lewis deu-lhe uma carona até Manhattan e acabou jantando com ele. Lewis contou-lhe uma história da carochinha sobre a mulher ter viajado, e então ele passaria a noite na cidade e veria um *show*.

— Contou isso para o comissário?

— Contou. Estacionou no Holiday Inn e registrou-se. Depois foram jantar. O comissário o deixou às sete e vinte. Depois disso, Lewis apanhou o carro e o registro da garagem mostra que o usou durante duas horas. Levou-o de volta às dez. E olhe isto: tirou-o novamente à meia-noite e voltou às duas.

Scott assoviou.

— Mentiu-nos sobre o vôo. Mentiu ao comissário sobre a mulher. Esteve com o carro em algum lugar entre oito e dez e meia-noite e duas. A que horas Richard disse que Vangie morreu?

— Entre oito e dez da noite — respondeu Phil.

Charley Nugent havia ficado, até o momento, em silêncio.

— E há mais — disse, finalmente. — Lewis tem uma garota, uma aeromoça da Pan Am. Chama-se Joan Moore. Mora na rua 87, Leste, 201, Nova York. O porteiro nos disse que o comandante Lewis levou-a do aeroporto para casa ontem de manhã. Ela deixou a bolsa com o porteiro e foram tomar café num bar do outro lado da rua.

Scott bateu com o lápis no tampo da mesa, sinal certo de que estava para expedir ordens. Seus assistentes esperaram, com os cadernos em punho.

— São quatro horas — disse Scott, seco. — Os juízes estão quase indo embora. Telefone para um deles e peça que espere uns 15 minutos. Diga que estamos precisando de um mandado de busca.

Phil pulou da cadeira e pegou o telefone.

— Você — Scott apontou para Charley —, descubra quem se ocupou do enterro de Vangie Lewis em Minneapolis. Pegue o encarregado do funeral. O corpo não pode ser enterrado, e dê um jeito para que Chris Lewis não proceda à cremação. Talvez precisemos examiná-lo melhor. Lewis disse quando voltará?

Charley fez um aceno afirmativo.

— Ele nos disse que voltará amanhã, logo após a encomenda do corpo e o enterro.

— Descubra em que avião virá e fique à espera dele — resmungou Scott. — Traga-o para um interrogatório.

— Você pensa que ele vai querer dar no pé? — perguntou Charley.

— Não, acho que não. Acho que vai querer enfrentar cinicamente. Se ele não for otário, saberá que nada temos contra ele especificamente. E quero conversar com a garota dele. O que sabe a seu respeito?

— Ela divide um apartamento com duas outras aeromoças. Está planejando transferir-se para a Divisão Latino-Americana da Pan Am e basear-se em Miami. Está agora em Fort Lauderdale, assinando o contrato de um apartamento. Volta sexta-feira, no fim da tarde.

— Vá até seu avião — disse Scott. — Convide-a a vir aqui responder a algumas perguntas. Onde ela estava segunda-feira à noite?

— Voando para Nova York. Temos certeza absoluta.

— Muito bem. — Fez uma pausa. — Mais uma coisa. Quero a relação das ligações telefônicas da casa de Lewis, principalmente na última semana, e quando fizer a pesquisa, veja se não há nenhuma espécie de secretária eletrônica em algum dos aparelhos. Ele é comandante da aviação. Não é de estranhar haver uma.

Phil Cunningham estava pousando o fone.

— O juiz Haywood vai ficar esperando.

Scott pegou o aparelho, discou rapidamente o número do escritório de Richard, perguntou por ele e murmurou:

— Raios. Logo hoje tinha que sair mais cedo!

— Precisa dele agora? — perguntou Charley, com curiosidade na voz.

— Quero saber o que ele quis dizer sobre alguma coisa não estar se encaixando. Lembra-se desse comentário? Pode ser importante. Está bem, vamos trabalhar. E quando for examinar aquela casa, faça com um pente fino. E procure cianureto. Temos que descobrir depressa onde Vangie Lewis conseguiu o cianureto que a matou. — E acrescentou, baixinho: — Ou onde o comandante Lewis o conseguiu...

# *19*

EM COMPARAÇÃO COM o consultório do Dr. Highley, o do Dr. Fukhito parecia mais espaçoso e claro. A escrivaninha, de linhas longas e elegantes, ocupava menos espaço do que a pesada mesa inglesa do Dr. Highley. Cadeiras graciosas com assentos e braços estofados e uma marquesa substituíam as cadeiras de couro do outro consultório. Em vez da parede com retratos emoldurados de mães e filhos, o Dr. Fukhito tinha uma série de valiosas gravuras em madeira de Ukiyo-e.

O Dr. Fukhito era alto para um japonês. A menos, pensou Katie, que sua postura fosse tão empertigada que parecesse mais alto do que provavelmente era. Não, ela julgava que ele tinha mais ou menos um metro e setenta.

Como seu colega, o Dr. Fukhito estava vestido com roupas caras e conservadoras. Seu terno listrado era realçado por uma camisa azul-clara e uma gravata de seda com listras azuladas. Seu cabelo de azeviche e seu bigode cuidadosamente aparado completavam a pele dourada e os olhos castanhos mais ovalados do que amendoados. Tanto pelos padrões ocidentais como pelos orientais, era um homem notavelmente elegante.

*E provavelmente um ótimo psiquiatra*, pensou Katie, pegando o caderno e dando-se deliberadamente tempo para assimilar as impressões.

No mês anterior, sua ida ao Dr. Fukhito havia sido rápida e informal. Sorrindo, ele havia explicado:

— O útero é uma parte fascinante da anatomia. Às vezes, um fluxo irregular ou desordenado pode indicar um problema emocional.

— Duvido — respondeu Katie. — Minha mãe teve esse mesmo problema durante anos e acho que é ou pode ser hereditário.

O médico a inquiriu sobre sua vida particular.

— E suponha que uma histerectomia venha um dia a se tornar necessária. Como a senhora se sentiria?

— Muito mal — respondeu Katie. — Sempre quis constituir uma família.

— Então, tem planos de se casar? Tem alguém na sua vida?

— Não.

— Por quê?

— Porque atualmente estou mais interessada no meu trabalho. — Ela terminou, abruptamente, a entrevista. — Doutor, o senhor é muito gentil, mas não tenho grandes problemas emocionais, posso lhe afirmar. Desejo muito me ver livre desse problema, mas lhe garanto que é puramente físico.

Ele concordou com simpatia, levantando-se e estendendo a mão.

— Bem, se resolver tratar-se com o Dr. Highley, lembre-se por favor que estou aqui. E se chegar a hora de precisar conversar certas coisas com alguém, pode querer experimentar-me.

Inúmeras vezes, no mês anterior, Katie pensou que não seria má idéia conversar com ele, para obter uma opinião objetiva e profissional de como se encontrava emocionalmente. Ou, imaginou, aquele pensamento havia brotado muito mais recentemente, por exemplo, desde o último jantar com Richard?

Afastando esse pensamento, endireitou-se na cadeira e ergueu a caneta. A manga arregaçou-se, desvendando o braço enfaixado. Para seu alívio, o médico não fez perguntas a respeito.

— Doutor, como sabe, uma paciente do senhor e do Dr. Highley, Vangie Lewis, morreu numa determinada hora da noite de segunda-feira.

Notou que as sobrancelhas dele ergueram-se ligeiramente. Seria porque ele estava esperando que ela afirmasse que Vangie havia se matado? Katie prosseguiu:

— Doutor, o senhor viu Vangie mais ou menos às oito daquela noite, não é verdade?

Ele confirmou.

— Estive com ela precisamente às oito horas.

— Ela demorou quanto tempo aqui?

— Cerca de quarenta minutos. Telefonou segunda-feira de tarde marcando uma consulta. Normalmente trabalho até as oito e estava com o horário completamente tomado. Disse-lhe isso, sugerindo que viesse terça-feira de manhã.

— Como ela reagiu?

— Começou a chorar no telefone. Parecia muito aflita, e assim, é claro, disse que viesse, que poderia vê-la às oito.

— Por que estava tão aflita, doutor?

Ele falou devagar, escolhendo cuidadosamente as palavras.

— Tinha discutido com o marido. Estava convencida de que ele não a amava nem queria o filho. Fisicamente, a tensão da gravidez estava começando a agir. Ela era muito imatura, na verdade... O mal-estar físico a estava apavorando e a perspectiva do parto tornara-se subitamente aterrorizante.

Inconscientemente, os olhos dele passaram para a poltrona à direita da escrivaninha. Vangie havia sentado nela na noite de segunda-feira, com o longo cafetã caindo em dobras em torno dela. Por mais que desejasse ter um filho, Vangie detestava roupas para grávidas, odiava perder a elegância. No mês anterior, procurara esconder o corpo volumoso e a perna inchada usando vestidos até o chão. Tinha sido um milagre não tropeçar e cair, da maneira como eles se enroscavam em seus pés.

Katie olhou-o com curiosidade. O homem estava nervoso. Que conselho teria dado a Vangie, que a fizera correr para casa e matar-se? Ou a enviado a um assassino, se o palpite de Richard estava certo? A briga. Chris Lewis não confessou ter brigado com Vangie. Curvando-se para a frente depressa, Katie perguntou:

— Doutor, compreendo que queira proteger as confidências que a Sra. Lewis lhe fez, mas trata-se de coisa oficial. Precisamos saber tudo o que puder dizer-nos sobre a discussão entre Vangie Lewis e o marido.

Para Fukhito, a voz de Katie estava vindo de muito longe. Revia os olhos apavorados de Vangie fixos nele. Com um esforço sobre-humano, ordenou os pensamentos e encarou Katie.

— A Sra. Lewis disse acreditar que seu marido estava apaixonado por alguém. E que o havia acusado disso. Disse que o avisou de que, quando achasse a mulher, ia tornar a vida dela um inferno. Estava furiosa, agitada, amarga e apavorada.

— O que o senhor lhe disse?

— Prometi que antes e durante o parto ela teria todo o cuidado necessário para ficar confortável. Disse que esperávamos que ela tivesse a criança que sempre desejou e que isso poderia ser o instrumento para um casamento mais duradouro.

— Como Vangie reagiu a isso?

— Começou a se acalmar. Mas então julguei necessário avisá-la de que, depois da criança nascer, se seu casamento não melhorasse, ela deveria encarar a possibilidade de terminá-lo.

— E então?

— Ficou furiosa. Jurou que jamais permitiria que o marido a deixasse, que eu era igual aos outros, que estava do lado dele. Levantou-se e apanhou o casaco.

— O que fez o senhor, doutor?

— Para mim estava claramente na hora de não fazer nada. Disse que fosse para casa, procurasse ter uma boa noite de sono e me telefonasse pela manhã. Percebi que era cedo demais para ela enfrentar o fato aparentemente irrevogável de o comandante Lewis desejar o divórcio.

— E ela foi embora?

— Foi. Seu carro estava estacionado no pátio de trás. Vez por outra, ela me pedia para usar minha entrada particular, a fim de poder sair pelos fundos. Segunda-feira de noite não pediu. Simplesmente saiu porta afora.

— E nunca mais teve notícias dela?

— Não.

— Compreendo. — Katie levantou-se e foi até a parede dos quadros. Queria fazer com que o Dr. Fukhito continuasse falando. Ele estava escondendo alguma coisa. E estava nervoso. — Segunda-feira de noite, também estive aqui como paciente, doutor. Tive um pequeno acidente de carro e me trouxeram para cá.

— Felizmente foi sem gravidade.

— Felizmente. — Katie parou diante de um dos quadros, *Uma pequena estrada em Yabu Koji Atagoshita.* — É lindo — disse ela. — Não é da série *Cem aspectos de Yedo?*

— É. A senhora conhece bastante a arte japonesa.

— Nem tanto. Meu marido sim, e me ensinou alguma coisa a respeito. Tenho outras reproduções da série, mas esta é belíssima. Não é interessante a concepção de cem aspectos do mesmo lugar?

Ele ficou alerta. Katie estava de costas para ele e não viu que seus lábios se transformaram em duas linhas finas e duras. Katie virou-se.

— Doutor, trouxeram-me para cá mais ou menos às dez horas da noite de segunda-feira. Pode dizer-me se havia alguma possibilidade de Vangie Lewis não ter ido embora às oito, que ainda estivesse no hospital, e que às dez, quando me trouxeram semi-inconsciente, eu pudesse tê-la visto?

O Dr. Fukhito olhou para Katie, sentindo o suor pegajoso do medo escorrer pela pele. Forçou um sorriso.

— Não sei como — respondeu ele.

Mas Katie reparou que os nós de seus dedos estavam contraídos e brancos, como se estivesse obrigando-se a ficar na poltrona para não fugir, e algo — fúria ou medo? — relampejou em seus olhos.

# 20

ÀS CINCO DA TARDE, Gertrude Fitzgerald ligou o telefone à secretária eletrônica e trancou a mesa. Nervosa, discou o número de Edna. Novamente não obteve resposta. Não havia dúvida. Edna andava bebendo cada vez mais ultimamente. Mas era uma pessoa bastante boa e cordial. Gostava mesmo de todos. Gertrude e Edna almoçavam juntas com freqüência, habitualmente na lanchonete do hospital. Às vezes, Edna dizia:

— Vamos sair e comer alguma coisa decente.

Isso significava que ela queria ir ao bar perto do hospital, onde podia beber um *manhattan*. Nessas ocasiões, Gertrude sempre procurava fazer com que ficasse numa só dose. Mas Edna argumentava:

— Querida, eu posso tomar dois esta noite.

Gertrude compreendia que Edna precisasse beber. Ela mesma não bebia, mas entendia aquela sensação desesperante de vazio, quando diariamente só se faz ir para o trabalho e depois voltar para casa, a fim de ficar olhando para quatro paredes. Ela e Edna divertiam-se às vezes com os artigos que falavam de fazer ioga ou jogar tênis ou ainda pertencer a um clube de passarinhos ou fazer um curso. E Edna costumava dizer:

— Não posso manter estas pernas gordas cruzadas. Não há meios de eu tocar o chão sem dobrar os joelhos. Sou alérgica a pássaros, e ao final da tarde estou cansada demais para me preocupar com a história da Grécia antiga. Desejo apenas que, no decorrer do dia, eu venha a encontrar um cara simpático que queira vir de noite à minha casa e, acredite, pouco me importa se ronca ou não.

Gertrude estava viúva havia sete anos, mas pelo menos tinha filhos e netos. Gente que se preocupava com ela, telefonava-lhe e, às vezes, pedia-lhe emprestado algumas centenas de dólares. Gente que precisava dela. Deus sabia que tinha também seus momentos de solidão, mas eram diferentes dos de Edna. Ela havia *vivido*. Estava com 62 anos, saudável, e tinha coisas para lembrar.

Podia jurar que o Dr. Highley sabia que ela estava mentindo quando disse que Edna havia telefonado informando estar doente. Mas Edna tinha confessado que o Dr. Highley lhe havia advertido sobre a bebida. E Edna precisava do emprego. Seus velhos pais lhe haviam custado uma nota antes de morrerem. Não que Edna tivesse se queixado. Foi uma coisa triste, e ela gostaria que eles ainda estivessem vivos. Sentia falta deles.

*E se Edna não esteve bebendo? Se estivesse doente ou coisa assim?* Esse pensamento fez com que Gertrude prendesse subitamente a respiração. Não tinha alternativa. Precisava ir à casa dela. Iria imediatamente. Se estivesse bebendo, iria obrigá-la a parar e trataria de fazê-la ficar sóbria. Se estivesse doente, cuidaria dela.

Tomada a decisão, Gertrude levantou-se rapidamente da mesa. Mais uma coisa. A tal Sra. DeMaio, do escritório do promotor, tinha sido muito simpática, mas era claro que ansiava falar com Edna. Provavelmente, ia telefonar-lhe no dia seguinte. O que queria dela? O que Edna saberia sobre a Sra. Lewis para lhe contar?

Era um problema intrigante, que ocupou o pensamento de Gertrude ao volante do carro, nos dez quilômetros até o apartamento da amiga. Mas continuava sem encontrar uma resposta, quando chegou à área de estacionamento para visitas, nos fundos do apartamento de Edna. Saltou e caminhou até a porta da frente.

As luzes estavam acesas. Apesar de as persianas brilhantes e esticadas estarem corridas, Gertrude percebeu que havia luzes na sala de visitas e na salinha de jantar. Quando se aproximou da porta, ouviu murmúrio de vozes. A televisão, claro.

Sentiu uma irritação momentânea. Ia ficar mesmo furiosa se Edna estivesse sentada, tranqüila e confortavelmente, na espreguiçadeira, sem se preocupar em atender o telefone. Ela, Gertrude, havia feito o serviço dela, coberto sua ausência, e agora tinha dirigido quilômetros fora do seu caminho para verificar se estava precisando de alguma coisa.

Gertrude tocou a campainha. Esta repicou como um dobre de sinos. Esperou. Apesar de prestar atenção, não ouviu barulho de pés apressados aproximando-se da porta ou uma voz conhecida gritando: "Já vou." Talvez Edna estivesse lavando a boca. Ela estava sempre com medo de que um dos médicos chegasse de repente, com algum trabalho urgente. Isso acontecera algumas vezes. Fora por isso que o Dr. Highley havia sido o primeiro a saber do problema de Edna.

Mas não havia nenhum som tranqüilizador de voz ou passos. Gertrude estremeceu, quando tocou novamente a campainha com força. Talvez Edna estivesse dormindo fora. Fazia um frio terrível. Ela própria queria ir para casa.

No quarto toque de campainha, seu aborrecimento passou, e Gertrude estava muito assustada. Alguma coisa estava errada e ela precisava entrar no apartamento. O zelador, Sr. Krupshak, morava exatamente do outro lado do pátio. Gertrude correu para lá e contou-lhe suas suspeitas. O zelador estava jantando e não ficou muito contente, mas sua mulher, Gana, apanhou o enorme molho de chaves pendurado sobre a pia.

— Vou com a senhora — disse.

As duas atravessaram o pátio correndo.

— Edna é uma boa amiga — confessou Gana Krupshak. — De vez em quando vou lá, conversamos e bebemos. Meu marido é contra bebida, até mesmo vinho. Na noite passada estive lá mais ou menos às oito. Tomei um *manhattan* com ela, e Edna me disse que uma de suas pacientes prediletas havia se matado. Bem, chegamos.

As duas estavam no pequeno alpendre que levava ao apartamento de Edna. A mulher do zelador remexeu nas chaves.

— É esta — murmurou. Meteu a chave e girou-a. — Esta fechadura é gozada... precisa-se dar uma mexidinha nela. — A fechadura abriu, e a mulher empurrou a porta enquanto falava.

As duas viram Edna ao mesmo tempo: caída no chão, as pernas torcidas sob o corpo, o robe azul aberto, mostrando uma camisola de dormir de flanela, o cabelo grisalho emplastrado em torno do rosto, os olhos abertos e sangue coagulado como uma coroa rubra no alto da cabeça.

— Não. Não. — Gertrude sentiu sua voz crescer, aumentar, tornar-se um guincho, transformar-se numa coisa incontrolável. Apertou as costas da mão contra a boca. Com voz espantada, Gana Krupshak disse:

— Na noite passada eu estava sentada com ela aqui. E... — a voz da mulher diminuiu de volume — ela estava ótima, dadas as circunstâncias... a senhora sabe o que quero dizer, a forma em que ela estava... e estava falando de uma paciente que se matou. E depois telefonou para o marido da tal paciente. — Gana começou a soluçar, barulhenta e estridentemente. — E agora a pobre Edna também está morta!

# 21

CHRIS LEWIS FICOU EM PÉ ao lado dos pais de Vangie, à direita do caixão, recebendo com tristeza as condolências dos amigos. Quando Chris telefonou avisando a morte da mulher, os dois haviam concordado em ver o corpo em particular, com um serviço fúnebre na manhã seguinte e um enterro privado.

Em vez disso, quando Chris chegou a Minneapolis à tarde, verificou que eles haviam optado por uma visitação pública naquela noite e que, depois do serviço na capela, na manhã seguinte, haveria um cortejo levando o corpo de Vangie ao cemitério.

— Muitos amigos queriam dar adeus à nossa filhinha. Pensar que há dois dias ela estava viva e agora se foi — soluçou a mãe.

Era apenas quarta-feira? Para Chris, parecia haver passado semanas desde que entrara na cena de pesadelo que era o quarto, na véspera de manhã. *Ontem de manhã.*

— Nossa filhinha não está linda? — perguntou a mãe a uma pessoa que se aproximou do caixão.

Nossa filhinha. Nossa garotinha. *Se ao menos a tivessem deixado crescer, tornar-se adulta*, pensou Chris, *tudo poderia ter sido diferente.* A hostilidade deles a Chris era controlada, mas estava de tocaia sob a superfície, pronta a atacar.

— Uma moça feliz não se mata — estava dizendo a mãe, em tom acusador.

Eles pareciam envelhecidos, cansados e esmagados pelo pesar: gente comum e trabalhadora, que negava tudo a si mesma para cercar uma filha bela e imprevisível de todo o luxo, o que a levava a acreditar que todos os seus desejos eram lei.

As coisas ficariam mais fáceis para eles se lhes contasse que alguém tirara a vida de Vangie? Ou era melhor ficar calado, poupando-os daquele horrível final? A mãe já estava procurando consolar-se, criando uma versão com a qual pudesse conviver:

— Chris estava viajando e nós morando muito longe. Minha filhinha sentiu-se muito doente e tomou um gole de alguma coisa que a fez dormir.

*Ó, meu Deus*, pensou Chris, *como as pessoas deturpam a verdade, distorcem a vida.* Queria conversar com Joan. Ela ficou tão preocupada quando soube a respeito de Vangie que mal pôde falar.

*Ela sabia sobre nós?*

Ele acabou confessando que Vangie suspeitava de que ele estivesse interessado em outra pessoa.

Joan deveria estar de volta da Flórida na tarde de sexta-feira. Ele iria para Nova Jersey no dia seguinte de tarde, logo depois do enterro. Nada diria à polícia até ter uma oportunidade de falar com Joan, avisá-la de que talvez fosse envolvida. A polícia devia estar à procura de um motivo para que ele matasse Vangie. Aos olhos deles, Joan seria o motivo.

*Poderia sair-se bastante bem sozinho? Teria ele o direito de envolver Joan, revelar uma coisa que iria ferir ainda mais os pais de Vangie?*

*Teria havido alguém mais na vida de Vangie?*

Chris voltou o olhar para o caixão, para o rosto agora tranqüilo da mulher, para as mãos silenciosamente cruzadas. Ele e Vangie mal haviam vivido como marido e mulher naqueles dez anos. Permaneceram lado a lado como dois estranhos. Ele, emocionalmente extenuado pelas brigas infindáveis, ela querendo ser adulada, bajulada. Ele chegou mesmo a sugerir quartos separados, mas ela tinha ficado histérica.

Vangie engravidou dois meses depois de se terem mudado para Nova Jersey. Quando ele concordou em mais uma tentativa final de conservar o casamento, fizeram o maior esforço para isso. Mas o verão fora infernal. Em agosto, ele e Vangie mal se falavam. Somente uma vez, em meados do mês, dormiram juntos. Ele pensou na ironia do destino ela ter ficado grávida após dez anos, justamente quando ele havia encontrado alguém.

Uma suspeita que Chris percebeu escondida em seu subconsciente veio subitamente à tona. Seria possível que Vangie tivesse um caso, outro homem que não quisesse assumir a responsabilidade dela e do filho? Ela teria enfrentado esse outro homem? Vangie havia ameaçado que, se ela soubesse quem era a mulher que Chris andava vendo, faria com que ela desejasse morrer. E se Vangie tivesse um caso com um homem casado? E se ela *o* ameaçasse histericamente?

Chris percebeu que estava recebendo condolências, murmurando agradecimentos, olhando rostos conhecidos, sem na realidade vê-los: vizinhos do condomínio onde ele e Vangie moraram antes de mudar para Nova Jersey, amigos da companhia de aviação, amigos dos pais de Vangie. Seus próprios pais estavam aposentados na Carolina do Norte. Nenhum dos dois estava com saúde. Aconselhou-os a não viajarem para Minneapolis naquele tempo frio.

— Sinto muito. — O homem que estava apertando suas mãos tinha cerca de 60 anos. Era de compleição frágil, mas muito atraente, tinha os cabelos grisalhos e sobrancelhas espessas sobre olhos inteligentes e penetrantes. — Sou o Dr. Salem — disse. — Emmet Salem. Trouxe Vangie à vida e fui seu primeiro ginecologista. Ela era uma das coisas mais belas que pus no mundo e nunca mudou. Só lamento não ter estado no consultório, quando ela me telefonou na segunda-feira.

— Ela lhe telefonou segunda-feira? — perguntou Chris, olhando-o.

— Telefonou. Minha atendente disse que ela estava muito agitada. Queria ver-me imediatamente. Eu estava num congresso em Detroit, então a atendente marcou uma consulta comigo para hoje. Ela havia planejado voar ontem, segundo eu soube. Talvez eu tivesse podido ajudá-la.

Por que Vangie lhe telefonara? Por quê? Chris achava impossível compreender. O que a teria feito voltar a um médico com quem não tinha contato havia anos? Ela não estava bem, mas se quisesse uma consulta, por que com um médico a dois mil quilômetros de distância?

— Vangie estava doente? — O Dr. Salem o olhava com curiosidade, aguardando a resposta.

— Não, doente não — respondeu Chris. — Como provavelmente sabe, ela estava grávida. Foi uma gravidez difícil desde o começo.

— *Vangie estava o quê?* — O médico elevou a voz, olhando espantado para Chris.

— Eu sei. Ela tinha desistido. Mas começou em Nova Jersey a freqüentar o Westlake Maternity Concept. Talvez tenha ouvido falar dele ou do Dr. Highley, Dr. Edgar Highley.

— Comandante Lewis, posso falar com o senhor? — O organizador do funeral pôs a mão no braço de Chris, levando-o para a sala particular do outro lado do saguão.

— Com licença — disse Chris ao médico. Confuso por causa da agitação do organizador do funeral, deixou-se levar para o escritório. O homem fechou a porta e virou-se para Chris.

— Acabo de receber um telefonema do gabinete do promotor do condado de Valley, Nova Jersey — disse. — A ordem escrita está chegando. Estamos proibidos de enterrar o corpo de sua mulher. Ele deve ser mandado de volta ao médico-legista de Valley, imediatamente após o serviço fúnebre amanhã.

*Eles sabem que não foi suicídio*, pensou Chris. *Já sabem*. Ele nada poderia fazer para esconder o fato. Assim que tivesse oportunidade de falar com Joan sexta-feira de noite, contaria tudo o que sabia ou suspeitava ao pessoal do promotor.

Sem responder ao organizador do funeral, virou-se e saiu do escritório. Queria falar com o Dr. Salem, saber o que Vangie dissera à atendente ao telefone.

Mas quando chegou na outra sala, o Dr. Salem já havia ido embora. Saiu sem falar com os pais de Vangie. A mãe da morta limpou os olhos inchados com um lenço empapado de lágrimas.

— O que foi que você disse ao Dr. Salem para fazê-lo sair daquela maneira? — perguntou. — Por que o deixou tão perturbado?

## 22

NA TARDE DE QUARTA-FEIRA, ele chegou em casa às seis. Hilda estava saindo. Seu rosto franco e impassível estava na defensiva. Ele a mantinha sempre a distância. Sabia que ela precisava e gostava do emprego. Por que não gostaria? Uma casa sempre limpa, sem patroa para dar ordens, sem crianças para bagunçar.

Sem crianças. Entrou na biblioteca, preparou um uísque e meditativo ficou olhando pela janela o volumoso corpo de Hilda desaparecer rua abaixo, na direção do ponto do ônibus, duas quadras além.

Escolheu a Medicina porque sua mãe morrera no parto. No seu parto. Lembrou-se das histórias que ouvira no decorrer dos anos, desde quando podia lembrar-se, contadas pelo homem tímido e retraído que tinha sido seu pai.

— Sua mãe queria muito ter você. Sabia do risco que corria, mas não se importava.

Sentava-se na farmácia em Brighton, vendo seu pai aviar receitas, e fazia perguntas: "O que é isso?", "Para que é esse comprimido?", "Por que põe etiquetas com aviso nesses frascos?" Ficava fascinado, sorvendo as informações que seu pai partilhava com ele de boa vontade; o único assunto sobre o qual seu pai podia falar. O único mundo que seu pai conhecia.

Foi para a faculdade de Medicina e terminou o curso entre os dez primeiros de sua classe. Recebeu ofertas para ingressar como interno nos principais hospitais de Londres e Glasgow. Em vez disso, escolheu o Hospital Christ, em Devon, com seu laboratório de pesquisas magnificamente aparelhado e a oportunidade que ele oferecia de pesquisa e prática. Tornou-se membro efetivo. Sua reputação como obstetra cresceu rapidamente.

Mas seu projeto foi posto de lado, adiado por sua incapacidade em testá-lo.

Casou-se com Claire aos 27 anos, uma prima distante do Conde de Sussex, infinitamente superior ao médico em condição social, mas a reputação dele e a expectativa de um futuro brilhante os nivelaram.

E a incrível ironia. Ele, especializado em nascimentos e fertilidade, casou-se com uma mulher estéril. Ele, cujas paredes estavam cobertas de fotografias de crianças que poderiam nunca ter nascido, não tinha esperança de tornar-se pai.

Quando começou a odiar Claire? Levou muito tempo... sete anos.

Foi quando ele finalmente percebeu que ela não se importava; que nunca havia se importado; que seu desapontamento era fingido; que ela *sabia* antes de se casar com ele que não podia conceber.

Afastou-se impacientemente da janela. Seria outra noite fria e ventosa. Por que fevereiro, o mês mais curto do ano, sempre parecia ser o mais longo? Quando tudo aquilo tivesse acabado, tiraria férias. Estava ficando irascível, perdendo o controle dos nervos.

Quase foi embora naquela manhã, quando Gertrude lhe disse que Edna telefonara, comunicando estar doente. Apertou a mesa com força, vendo as juntas dos dedos embranquecerem. Depois, lembrou-se. O pulso parou de bater, os olhos perderam o brilho, os músculos relaxando *in extremis.* Gertrude estava dando cobertura à amiga. *Gertrude estava mentindo.*

Franziu o cenho para Gertrude. Quando falou, sua voz era gelada.

— É muito inconveniente esta ausência de Edna hoje. Espero que ela esteja aqui amanhã.

O comentário valeu. Pôde se assegurar, pela contração dos lábios e pelos olhos baixos de Gertrude. Ela acreditou que Highley estava furioso com a falta de Edna. Provavelmente sabia que o médico já havia advertido Edna severamente por causa da bebida.

Gertrude provou ser uma aliada.

POLICIAL: E como o doutor reagiu quando lhe disse que a Srta. Burns havia faltado?

GERTRUDE: Ficou furioso. Ele é muito organizado. Não gosta de nada que altere a rotina.

O sapato perdido. Naquela manhã, havia ido novamente ao hospital logo após o amanhecer e mais uma vez procurara no estacionamento e no consultório. Vangie o estaria usando quando esteve no seu consultório na noite de segunda-feira? Viu que não tinha certeza. Estava usando aquele longo cafetã, com o casacão mal abotoado por cima. O cafetã era muito folgado. O casacão apertava a barriga. Ela ergueu o cafetã para mostrar-lhe a perna direita inchada. Viu o mocassim naquele pé, mas não havia reparado no outro. Ela o estaria usando? Simplesmente não sabia.

Se tivesse caído no estacionamento, quando carregou o corpo para o carro, alguém o teria apanhado. Talvez um empregado da limpeza o tivesse visto e posto fora. Muitos pacientes em alta tinham malas abarrotadas, cheias de caixas ou plantas e coisas pessoais de última hora, que não cabiam nas malas, e perdiam coisas entre o quarto do hospital e o estacionamento. Ele perguntou no setor de achados-e-perdidos, mas não havia sapato algum. Poderia simplesmente ter sido jogado na lata do lixo.

Pensou em quando tirou Vangie da mala do carro, levando-a pelos compartimentos da garagem dela. Eles estavam cheios de material de jardinagem. Seria possível que o sapato desaparecido tivesse roçado em alguma coisa saliente e caído sem que ele percebesse? Se fosse achado num dos cantos da garagem, surgiriam perguntas.

Se Vangie *não* estivesse com aquele sapato quando saiu do consultório de Fukhito, a parte de baixo da meia estaria suja. Se seu pé esquerdo estivesse muito sujo, ele teria reparado quando a colocou na cama. Mas o corredor entre os consultórios era acarpetado.

O pavor de descobrir que estivera o tempo todo carregando o sapato *direito,* o que se esforçou para tirar do pé de Vangie, deixou-o nervoso. Que loucura. Depois de um risco tão grande.

O sapato direito estava na maleta no porta-malas do carro. Não sabia direito como se desfazer dele... não enquanto o outro continuasse desaparecido.

Mesmo que a polícia iniciasse uma rigorosa investigação de suicídio, nada havia que constituísse prova contra ele. Seu arquivo no consultório podia sofrer um exame dos mais apurados. Seus registros verdadeiros, todos os registros autênticos dos casos especiais, estavam no cofre da parede de sua casa. O Dr. Westlake o instalara pessoalmente. Só Winifred sabia de sua existência.

Ninguém tinha motivo para desconfiar dele... ninguém a não ser Katie DeMaio. Ela esteve a ponto de contar-lhe algo, quando o médico falou da vista da janela do quarto do hospital, mas mudou de idéia abruptamente.

Fukhito apareceu quando ele fechava o consultório à noite. Estava nervoso.

— A Sra. DeMaio está fazendo uma porção de perguntas — disse o psiquiatra. — Será possível que não acredite que a Sra. Lewis tenha se matado?

— Na verdade, não sei. — Sentiu prazer com o nervosismo de Fukhito. Sabia o motivo.

— A entrevista que você deu à revista *Newsmaker* vai sair amanhã, não é?

Olhou Fukhito desdenhosamente.

— Vai. Mas garanto-lhe que dei a nítida impressão de que usei uma quantidade de consultores psiquiátricos. Seu nome não aparecerá no artigo.

Fukhito não ficou aliviado.

— Apesar disso, vai chamar a atenção para o nosso hospital, para nós.

— Para o *senhor*... não é isso o que quer dizer, doutor? — Quase deu uma gargalhada por causa do ar perturbado e culpado de Fukhito.

Agora, terminando seu uísque, percebeu que estava desprezando outra via de fuga. Se a polícia chegasse à conclusão de que Vangie fora assassinada, se *resolvessem* investigar Westlake, seria uma coisa fácil sugerir com ar relutante que interrogassem Fukhito. Principalmente por causa do seu passado.

Afinal de contas, o Dr. Fukhito foi a última pessoa que se sabia ter visto Vangie Lewis viva.

## 23

DEPOIS DE DEIXAR o Dr. Fukhito, Katie foi à ala leste do hospital fazer a transfusão. Ia ser efetuada numa parte separada por um biombo no setor de emergência. Depois que se deitou numa cama, com a manga arregaçada e a agulha enfiada no braço, tentou recompor sua chegada ao hospital na segunda-feira de noite. Achou que poderia ter estado naquele quarto, mas não tinha certeza.

O médico que dera os pontos no corte olhou para o interior do compartimento.

— Oi, pensei tê-la visto na recepção. Soube que o Dr. Highley determinou uma nova transfusão. Espero que tenha examinado a pressão.

— Sim, estou sob os cuidados do Dr. Highley.

— Ótimo. Deixe-me dar uma olhada no seu braço. — Ele refez a atadura enquanto ela continuava deitada. — Bom trabalho, modéstia à parte. Não ficará com nenhuma cicatriz para mostrar aos netos.

— Se eu os tiver — respondeu Katie. — Diga-me, doutor, segunda-feira passada de noite eu estava nesta cama?

— Sim, nós a trouxemos para cá depois da radiologia. Não se lembra?

— Está tudo meio confuso.

— A senhora perdeu muito sangue. Estava num belo estado de choque.

— Compreendo.

Quando a transfusão acabou, Katie lembrou-se de que o Dr. Highley lhe havia recomendado esperar meia hora para dirigir. Resolveu ir à sala da recepção e preencher os formulários necessários a uma paciente internada. Assim, não precisaria preocupar-se com eles na sexta-feira de tarde.

Quando saiu do hospital, eram quase seis horas. Percebeu que, automaticamente, pôs o carro na direção de Chapin River. *Que bobagem*, pensou, *você jantou sexta-feira com Bill e Molly. Nada de passar por lá hoje.*

Tomada a decisão, fez meia-volta e dirigiu para a avenida Palisades. Estava começando a sentir fome, e a idéia de ir para casa não a atraía. Que poeta escreveu sobre as alegrias da solidão e terminou o poema com os versos "Mas não vá para casa sozinho depois das cinco./Deixe alguém ficar esperando lá"?

Bem, Katie aprendera a conviver com a solidão, ensinara a si mesma a gozar o genuíno prazer de uma noite calma de leitura, com música tocando. A sensação de vazio que se abatia sobre ela ultimamente era algo novo.

Passou pelo restaurante onde ela e Richard haviam jantado na noite anterior e, impulsivamente, virou para o estacionamento. Esta noite ia experimentar a outra especialidade, o *entrecôte.* Talvez tivesse condições de pensar, naquele restaurante aquecido, acolhedor e silencioso.

O dono a reconheceu e acercou-se com prazer.

— Boa noite, madame. O Dr. Carroll não fez reserva, mas tenho uma mesa perto da lareira. Ele está estacionando?

— Acho que serei só eu esta noite — respondeu Katie, sacudindo a cabeça. Por um momento ele ficou sem jeito, mas recompôs-se rapidamente.

— Então, desconfio que fizemos uma nova e bela amiga. — Levou-a para uma mesa perto da que tinha partilhado com Richard.

Acenando com a cabeça afirmativamente à sugestão de um copo de Borgonha, Katie recostou-se e experimentou a mesma sensação de relaxamento que tivera na noite anterior. Agora, se pelo menos pudesse reunir seus pensamentos, selecionar as impressões que trouxera das conversas com os Drs. Highley e Fukhito sobre Vangie Lewis.

Tirando o caderno de notas, começou a examinar o que anotara durante as entrevistas. Dr. Highley. Katie havia esperado que o médico explicasse ou justificasse o fato de Vangie Lewis estar com problemas sérios com a gravidez. Ele fez exatamente isso, e o que disse era inteiramente razoável. Fez um relato completo do dia-a-dia do nascituro e comentários a respeito das reações de Vangie ao parto iminente. Ela ouvira de Molly a reação histérica de Vangie por causa de uma bolha no dedo.

E então? O que mais queria ela do Dr. Highley? Pensou no Dr. Wainwright, o cancerologista de Nova York, que cuidara de John. Depois da morte deste, o médico falara com ela, o rosto e a voz cheios de dor.

— Quero que saiba, Sra. DeMaio, que fizemos o possível para salvá-lo. Nada foi desprezado. Mas, às vezes, Deus toma as coisas nas mãos.

O Dr. Highley expressara seu pesar pela morte de Vangie, mas certamente não compaixão. Porém, é claro, tinha que ser objetivo. Ela ouvia Bill e Richard discutirem a necessidade de se permanecer objetivo quando se pratica a Medicina. Se não for assim, freqüentemente fica-se dividido e acaba-se inútil.

Richard. Sem querer, seus olhos deslizaram para a mesa em que havia estado com ele. Ele dissera: "Ambos sabemos que temos prazer um com o outro." E tinha razão. Katie sabia disso. Talvez fosse por isso que normalmente se sentia insegura com ele, como se as coisas pudessem escapar de suas mãos. Seria possível acontecer duas vezes na vida? Desde o começo a gente *sabe* que alguma coisa é certa, que alguém é certo para nós.

Quando, na véspera, ela e Richard estavam saindo da casa de Molly depois daquele rápido almoço, Molly os convidara para jantar na quinta-feira: amanhã. Molly disse:

— Liz e Jim Berkeley também virão. Ela é uma das que pensam que o Dr. Highley é Deus. Vocês poderão ter interesse em conversar com ela.

Katie compreendeu o quanto estava esperando daquele jantar.

Tornou a examinar seus apontamentos. Dr. Fukhito. Havia algo de errado com ele. Parecia-lhe que o homem pesava cada palavra quando discutia a visita de Vangie na segunda-feira à noite. Deu-lhe a impressão de um homem andando cuidadosamente num campo minado. De que tinha medo? Mesmo admitindo que ele tivesse uma preocupação razoável em proteger a relação médico-paciente, ele temia dizer algo que ela pudesse usar.

Além disso, tinha sido abertamente hostil, quando Katie perguntou se por acaso Vangie poderia ter estado no hospital às dez da noite quando ela, Katie, fora levada para lá.

E se ela *tivesse* visto Vangie? E se ela estivesse acabando de sair do consultório do Dr. Fukhito? Se tivesse ido para algum lugar do estacionamento? Isso explicaria ter visto o rosto dela naquele pesadelo maluco.

O Dr. Fukhito disse que Vangie não havia saído por sua entrada particular.

Ninguém a vira ir embora.

E se ela *não* tivesse saído? E se ela tivesse ficado com o médico? E se ele tivesse saído com ela ou a seguido até em casa? E se ele tivesse percebido seu instinto suicida e se sentisse um tanto responsável... O bastante para deixá-lo nervoso.

O garçom chegou e esperou o pedido. Antes de afastar o caderno, Katie fez uma anotação final: *Investigar o passado do Dr. Fukhito.*

# 24

MESMO ANTES DE ATRAVESSAR a ponte George Washington, entrar na direção do rio harlem e da estrada Franklin Delano Roosevelt na quarta-feira de tarde, Richard sabia que deveria ter cancelado o encontro com Clovis. Estava preocupado com a morte de Vangie Lewis. Seu subconsciente lhe dizia que tinha omitido algo na autópsia. Havia uma coisa que ele queria examinar mais apuradamente. O que era?

E estava preocupado com Katie. Estava tão apagada na noite anterior, tão pálida. Só depois de dois copos de vinho foi que um pouco de cor lhe voltara ao rosto.

Katie não estava bem. Era isso. Ele era médico e devia ter percebido antes.

Aquele acidente. O exame que lhe fizeram teria sido bastante preciso? Seria possível que tivesse ficado mais ferida do que julgaram? O pensamento atormentou Richard, quando ele virou na rua 53, ao sair da estrada FDR, na direção do apartamento de Clovis, uma quadra adiante.

Clovis tinha um jarro de martínis sequíssimos esperando para serem servidos e uma travessa de carne de siri ainda fumegante. Com sua pele imaculada, alta, corpo esbelto e uma tez de *viking*, ela lembrava a Richard uma Ingrid Bergman jovem. Até pouco tempo atrás, ele pensou que poderiam viver juntos. Clovis era inteligente, interessante e de bom temperamento.

Mas quando retribuiu o beijo dela com honesta afeição, percebeu com grande certeza que nunca se preocuparia com Clovis da forma como agora descobriu estar se preocupando com Katie DeMaio. Reparou que Clovis estava falando com ele.

— ... Só cheguei há dez minutos. O ensaio demorou. Há uma porção de modificações no texto. Por isso, preparei as bebidas e tira-gostos e achei que você podia descansar um pouco, enquanto me visto. Ei, está me ouvindo?

Richard aceitou o drinque e sorriu, dizendo:

— Desculpe. Estou num caso que não me larga. Importa-se que eu dê uns telefonemas enquanto se apronta?

— Claro que não — disse Clovis. — Telefone.

A moça apanhou o copo e caminhou para o corredor que levava ao quarto e ao banheiro.

Richard pegou seu cartão de crédito na carteira e discou para a telefonista. Não queria debitar sua chamada para uma mulher na conta de outra. Informou rapidamente à telefonista o número de sua conta. Quando a ligação foi feita, deixou a campainha soar uma porção de vezes e finalmente desistiu. Katie não estava em casa.

A seguir, tentou a casa de Molly. Provavelmente Katie estava lá. Mas Molly não havia falado com ela o dia inteiro.

— Na verdade, eu não a esperava — disse Molly. — Conto com vocês amanhã à noite. Não se esqueça. Ela provavelmente vai telefonar-me mais tarde. Gostaria que ela já estivesse em casa agora. Ela poderia suportar tudo mais facilmente se levasse a vida mais devagar.

Era a oportunidade de que ele precisava.

— Molly, há alguma coisa com Katie? — perguntou. — Alguma coisa física que não está bem, não é? Acidente à parte, quero dizer.

Molly hesitou.

— Acho melhor você conversar com Katie a respeito.

Estava certo. Um medo gelado o envolveu.

— Molly, preciso saber. *O que há com ela?*

— Ora, nada importante — respondeu Molly, apressada. — Eu lhe garanto. Mas não é coisa que ela queira discutir. E agora provavelmente já disse mais do que devia. Até amanhã.

A ligação foi cortada. Richard ficou olhando o fone mudo de cenho franzido. Ia colocá-lo no gancho, quando impulsivamente ligou para seu escritório. Falou com o assistente do turno da noite.

— Aconteceu alguma coisa fora do comum? — perguntou.

— Acabamos de receber um pedido de rabecão. Um corpo foi achado num apartamento em Edgeriver. Provavelmente um acidente, mas a polícia local acha melhor darmos uma olhada. A turma de Scott está indo para lá.

— Ligue-me com o gabinete de Scott — pediu Richard.

Scott não perdeu tempo com preliminares.

— Onde você está? — perguntou.

— Em Nova York. Precisa de mim?

— Preciso. A mulher achada em Edgeriver é a atendente com quem Katie queria falar hoje em Westlake. O nome é Edna Burns. Parece que telefonou hoje alegando doença, mas não há dúvida de que está morta há mais de vinte e quatro horas. O corpo foi achado por uma colega do Westlake. Estou tentando encontrar Katie. Gostaria que ela fosse lá.

— Dê-me o endereço — disse Richard.

Anotou rapidamente e desligou o telefone. Katie queria interrogar Edna Burns sobre Vangie Lewis, e agora Edna Burns estava morta. Bateu na porta do quarto de Clovis. Ela abriu, enrolada num robe de veludo.

— Ei, qual é a pressa? — perguntou, sorrindo. — Acabo de sair do chuveiro.

— Clo, desculpe. — Explicou rapidamente. Agora estava ansioso para sair. Ela ficou evidentemente desapontada.

— Ah, é claro, eu compreendo, mas contava ficar com você. Já faz algumas semanas... você sabe. Muito bem. Vá, mas jantaremos amanhã. Promete?

Richard contemporizou.

— Bem, muito em breve. — Virou-se para sair, mas a moça o pegou pelo braço e o forçou a abaixar-se para um beijo.

— Amanhã de noite — insistiu ela, com firmeza.

# 25

NA VOLTA DO RESTAURANTE para casa, Katie repassou na cabeça a conversa que tivera com Edna Burns na sua primeira visita ao Dr. Highley. Edna era uma ouvinte nata. Katie não era dada a discutir seus assuntos pessoais, mas, quando Edna pediu a primeira informação, ela abriu-se com simpatia. Sem acreditar muito nos próprios ouvidos, Katie viu-se contando a Edna tudo sobre John.

Até onde teria chegado *Vangie* com Edna? Estava freqüentando o Westlake desde o último verão. O que Edna saberia sobre o Dr. Fukhito? Havia algo estranhamente assustador em seu nervosismo. Por que estaria nervoso?

Katie parou em frente de casa e resolveu não guardar o carro ainda. Era quarta-feira e a Sra. Hodges havia estado lá. A casa cheirava levemente a cera com limão. O espelho sobre a mesa antiga de mármore do saguão brilhava. Katie viu que sua cama estava com lençóis limpos. O piso de cerâmica da cozinha estava reluzindo. Os móveis e tapetes tinham sido limpos com o aspirador. A roupa lavada fora recolocada nas gavetas e armários.

A Sra. Hodges trabalhava diariamente quando John era vivo. Estava agora aposentada e pedira para vir um dia na semana para cuidar da "minha casa".

Não ia durar muito. Era impossível. A Sra. Hodges tinha atualmente mais de 70 anos.

Quem iria substituir a Sra. Hodges quando ela não pudesse mais vir? Quem teria o mesmo cuidado com os valiosos objetos de arte, as antiguidades, a mobília inglesa, os encantadores objetos orientais?

*Está na hora de vender*, pensou Katie. *É evidente.*

Tirando o casaco, atirou-o numa cadeira. Eram só oito e quinze. A noite ainda estava no começo. Edna lhe dissera que morava em Edgeriver. Eram menos de vinte minutos de carro. E se ela telefonasse para Edna agora? Que tal sugerir fazer-lhe uma visita? A Sra. Fitzgerald dissera que Edna pretendia ir trabalhar no dia seguinte, portanto não devia estar muito doente. Se Katie era boa julgadora, Edna adoraria a oportunidade de fofocar sobre Vangie Lewis.

A Sra. Hodges sempre deixava um bolo, uma torta ou sonhos na cesta de pão para Katie. Levaria para Edna o que encontrasse e tomaria uma xícara de chá com ela. Um chá poderia render muito em matéria de fofocas.

O nome de Edna estava no catálogo. Katie discou rapidamente seu número. Tocou uma vez e a ligação foi atendida. Preparou-se para dizer "Alô, Srta. Burns", mas não chegou a fazê-lo.

Uma voz de homem disse:

— Pronto.

A palavra curta foi emitida secamente por uma voz não desconhecida.

— A Srta. Burns está? — perguntou Katie. — É a Sra. DeMaio, do gabinete do promotor.

— Katie! — Então ela reconheceu a voz. Era Charley Nugent, que continuou: — Que bom Scott ter achado você. Pode vir já?

— Vir? — Temerosa do que iria ouvir, Katie fez a pergunta: — O que você está fazendo no apartamento de Edna Burns?

— Você não sabe? Ela está morta, Katie. Caiu, ou foi empurrada, sobre o aquecedor. Está com a cabeça esfacelada. — Baixou a voz. — Ouça, Katie. Ela foi vista com vida pela última vez cerca das oito horas da noite passada. Uma vizinha esteve com ela. — Sua voz tornou-se um murmúrio. — A vizinha ouviu-a falando ao telefone com o marido de Vangie Lewis. Edna Burns disse a Chris Lewis que ia contar à polícia o que sabia sobre a morte de Vangie.

## 26

DEPOIS DE TER TERMINADO o segundo uísque, ele foi até a cozinha e abriu a geladeira. Dissera a Hilda para não fazer nada para aquela noite, mas lhe dera uma enorme lista de compras. Sacudiu a cabeça satisfeito ao ver as coisas novas na gaveta das carnes: filé de peito de frango, filé *mignon,* costeletas de carneiro. Aspargos frescos, tomates e agrião estavam no compartimento das verduras. *Brie* e *Jarlsberg* na caixa dos queijos. Esta noite, comeria costeletas de carneiro, aspargos e salada de agrião.

A exaustão emocional sempre o obrigava a comer. Na noite em que Claire morreu, saiu do hospital, aparentando um marido abatido pelo sofrimento, foi para um restaurante sossegado a umas doze quadras de distância e comeu barbaramente. Então voltou para casa, mascarando uma grande sensação de bem-estar com a aparência fatigada de um homem aniquilado pelo sofrimento. Os amigos que se haviam reunido para dar-lhe os pêsames, para compadecer-se dele, estavam decepcionados.

— Onde esteve, Edgar? Ficamos preocupados com você.

— Não sei. Não me lembro. Andando por aí.

Foi a mesma coisa após a morte de Winifred. Deixara os parentes e amigos no cemitério, recusando convites para jantar com eles.

— Não. Não. Preciso ficar só.

Voltou para casa, esperou o suficiente para responder a alguns telefonemas, depois entrou em contato com o serviço de atendimento.

— Se alguém telefonar, explique por favor que estou repousando e que mais tarde responderei.

Depois, pegou o carro e dirigiu para o Carlyle, em Nova York. Lá, pediu uma mesa sossegada e escolheu o jantar. Na metade da refeição, ergueu os olhos e viu Glenn Nickerson, primo de Winifred, do outro lado do salão do restaurante... Glenn, o treinador de atletismo da universidade, que era herdeiro dela até o seu aparecimento em cena. Glenn estava usando o terno azul e a gravata preta do cemitério, coisa barata, roupa feita, evidentemente comprada para o funeral. Seu traje normal era uma jaqueta esportiva, calça e tênis.

Nickerson o estava observando, sem dúvida. Ergueu o copo num brinde, com um sorriso sarcástico. Podia perfeitamente ter berrado seus pensamentos: *Ao viúvo sofredor.*

Highley fez o inevitável. Caminhou para ele, sem o menor sinal de embaraço, dizendo tranqüilamente:

— Glenn, por que não se sentou comigo quando me viu ali? Não sabia que freqüentava o Carlyle. Era o nosso lugar predileto para jantar. Ficamos noivos aqui... Winifred nunca lhe contou? Não sou judeu, mas acho que um dos mais belos costumes neste mundo desconcertante é o da fé judaica, na qual, após uma morte, a família come ovos para simbolizar a continuação da vida. Estou aqui para celebrar silenciosamente a continuação do amor.

Glenn o olhou, com o rosto duro como pedra. Depois, levantou-se e pediu a conta.

— Edgar, admiro sua capacidade de filosofar — disse ele. — Não considero o Carlyle um dos meus lugares habituais para comer. Apenas o segui até aqui porque resolvi visitá-lo e cheguei à sua casa exatamente quando seu carro estava saindo. Tive o pressentimento de que poderia ser interessante ficar de olho em você. E eu tinha razão.

Ele deu as costas a Glenn, caminhou com ar digno de volta à sua mesa e não tornou a olhar para ele. Poucos minutos depois, viu Glenn saindo pela porta do restaurante.

Na semana seguinte, Alan Levine, o médico que assistiu Winifred, contou-lhe indignado que Glenn lhe havia pedido para ver a ficha médica de Winifred.

— Botei-o porta afora — falou Alan, excitado. — Disse que Winifred tinha sofrido os sintomas clássicos de uma angina e que ele faria um favor a si mesmo se examinasse as estatísticas existentes de mulheres no início da casa dos 50 que tiveram ataques cardíacos. Apesar disso, teve o desplante de falar com a polícia. Recebi um telefonema do gabinete do promotor, perguntando com grandes rodeios se um ataque cardíaco podia ser provocado. Respondi-lhes que só o fato de estar vivo hoje é motivo bastante para ter um ataque de coração. Eles imediatamente encerraram o assunto, dizendo tratar-se de um parente deserdado querendo criar problemas.

*Mas pode-se provocar um ataque cardíaco, Dr. Levine.* Pode-se preparar pequenos jantares íntimos para sua querida esposa. Pode-se utilizar sua suscetibilidade à gastroenterite para provocar ataques tão fortes que parecerão ataques de coração no eletro. Depois de inúmeros desses, a mulher acaba tendo um ataque fatal. Morre na presença do seu próprio médico, que chega para encontrar o marido médico aplicando respiração boca a boca. Ninguém sugere a autópsia. E mesmo que alguém o fizesse, o risco seria muito pequeno.

O único risco ocorreria se eles pensassem em investigar a morte de Claire.

AS COSTELETAS ESTAVAM quase prontas. Temperou com maestria o agrião, tirou os aspargos da caçarola e apanhou meia garrafa de Beaujolais na prateleira de vinhos da adega.

Estava exatamente começando a comer quando o telefone tocou. Estudou a possibilidade de ignorá-lo, mas achou que, naquela altura dos acontecimentos, era muito perigoso deixar de atender. Atirando o guardanapo sobre a mesa, correu para a extensão na cozinha.

— Dr. Highley — disse, secamente.

Ouviu um soluço.

— Doutor... ah, Dr. Highley. É Gertrude, Gertrude Fitzgerald. Doutor, resolvi visitar Edna quando voltei para casa.

Ele apertou o fone com força.

— Doutor, Edna está morta. A polícia está aqui. Ela caiu. Doutor, o senhor pode vir já? Eles estão falando em fazer uma autópsia. Ela sempre detestou autópsias. Costumava dizer que cortar gente morta era horrível. Doutor, o senhor sabe como Edna ficava quando bebia. Eu disse a eles que o senhor já esteve aqui e pegou-a bebendo. Doutor, venha e diga-lhes como a encontrou várias vezes. Ah, por favor, venha e os convença de que ela caiu, para que eles não a retalhem.

# 27

ANTES DE SAIR DE CASA, Katie preparou uma xícara de chá e foi com ela para o carro. Dirigindo com uma das mãos, levou o líquido borbulhante aos lábios com a outra. Ela havia planejado levar bolo para Edna e tomar chá com a atendente. E agora Edna estava morta.

Como uma pessoa que havia encontrado uma única vez podia causar tal impressão nela? Seria apenas porque Edna era uma excelente pessoa, tão sinceramente preocupada com os pacientes? Havia tanta gente indiferente, tão desinteressada. Naquela única conversa com Edna no mês anterior fora facílimo falar sobre John.

E Edna tinha sido compreensiva. Ela dissera: "Sei o que é ver alguém morrer. Por um lado, a gente quer que a pessoa deixe de sofrer. Por outro, não quer que se vá." Tinha partilhado as conseqüências da perda. "Quando papai e mamãe morreram, todos os meus amigos disseram: 'Agora você está livre, Edna.' E eu perguntei: 'Livre para quê?' E aposto que a senhora também se sente assim."

Edna a tranqüilizara a respeito do Dr. Highley. "A senhora não encontrará médico melhor para qualquer problema ginecológico. É por isso que fico tão furiosa quando ouço alguém criticá-lo. E toda essa gente que o processa por incompetência! Garanto que eu própria os mataria. É esse o problema quando as pessoas pensam que a gente é Deus. Julgam que se pode fazer o impossível. Garanto-lhe que, quando um médico perde hoje um paciente, fica muito preocupado. E não falo apenas de obstetras. Refiro-me também aos geriatras. Acho que ninguém acredita que um dia vai morrer."

Que tinha Charley em mente quando lhe dissera que Edna havia telefonado para Chris Lewis na noite anterior? Praticamente, na mesma frase, Charley havia sugerido a possibilidade de jogo sujo.

— Não acredito nisso — falou Katie alto, quando passou da estrada 4 para Edgeriver. Seria bem do feitio de Edna telefonar para Chris Lewis a fim de dar-lhe os pêsames. Queria Charley sugerir que Edna estaria, de certa forma, *ameaçando* Chris Lewis?

Tinha uma vaga idéia de onde o apartamento se situava e pôde achá-lo facilmente. Disse a si mesma que, para um apartamento daquele tipo, aquele estava num estado um tanto precário. Quando ela vendesse a casa, provavelmente mudaria por um tempo para um edifício de apartamentos. Havia alguns prédios debruçados sobre o Hudson que tinham apartamentos encantadores com terraços. E seria interessante ficar perto de Nova York. Estaria em melhores condições de ir ao teatro e a museus. *Quando* eu vender a casa, pensou. Em que momento *se* tornou-se *quando?*

Charley disse que o apartamento de Edna era o último entre os números 41 e 60. Disse para dirigir por trás do último bloco e estacionar. Ela diminuiu a marcha, percebendo que um carro havia penetrado no conjunto por outra estrada e estava entrando na mesma área à frente dela. Era um carro preto de tamanho médio. Durante um instante, o motorista hesitou e depois escolheu a primeira vaga de estacionamento disponível à direita. Katie ultrapassou-o. Se o apartamento de Edna era o último à esquerda, iria tentar ficar mais perto. Encontrou uma boa vaga e estacionou. Saiu do carro, percebendo que devia estar olhando para a janela dos fundos do apartamento de Edna. A janela achava-se erguida uns centímetros. A persiana estava arriada até a borda de um vaso de planta. Podia-se ver uma luz fraca saindo do apartamento.

Katie pensou na vista das janelas do seu quarto. Davam para o pequeno lago na mata por trás da casa. Já a vista de Edna dava para um pátio de estacionamento e uma cerca de correntes enferrujadas. Não obstante, dissera a Katie como gostava do seu apartamento, como era acolhedor.

Katie ouviu passos atrás dela e virou-se rapidamente. No estacionamento vazio, qualquer som parecia ameaçador. Um vulto surgiu perto dela, uma silhueta reforçada pela tênue luz do poste solitário. Teve a sensação de algo familiar.

— Perdão. Espero não tê-la assustado. — A voz educada tinha um leve sotaque inglês.

— Dr. Highley!

— Sra. DeMaio. Não esperava tornar a vê-la tão depressa e em circunstâncias tão trágicas.

— Então o senhor soube. Meu escritório telefonou para o senhor, doutor?

— Está gelado. Por aqui. Vamos por esta trilha que circunda o prédio. — Mal segurando-lhe o braço, acompanhou-a pela passagem. — A Sra. Fitzgerald telefonou-me. Ela substituiu a Srta. Burns hoje e evidentemente foi quem a encontrou. Ela está muito perturbada e pediu-me para vir. Até agora não tenho nenhum detalhe do que aconteceu.

— Nem eu — respondeu Katie. Estavam dobrando para a frente do prédio, quando a moça ouviu passos rápidos por trás deles.

— Katie.

Ela sentiu aumentar a pressão dos dedos do médico em seu braço, que afrouxou quando ela olhou para trás. Era Richard. A moça se virou, incrivelmente contente por vê-lo. Richard agarrou-a pelos ombros. Depois, suas mãos baixaram.

— Scott conseguiu falar com você?

— Não. Resolvi telefonar para Edna. Ah, Richard, este é o Dr. Edgar Highley. — Apresentou rapidamente os dois, que se cumprimentaram.

Katie pensou: *Como isto é absurdo. Estou fazendo apresentações e a poucos metros de distância, por detrás daquela porta, há uma mulher morta.*

Charley os fez entrar. Ficou aliviado ao vê-los.

— Seu pessoal deve estar chegando — disse a Richard.

— Já fotografamos, mas gostaria que o senhor também desse uma olhada.

Katie estava habituada com a morte. Durante seu trabalho, constantemente enfrentava cenas fortes e sangrentas de vítimas de crimes. Ela era capaz, normalmente, de isolar-se dos aspectos emocionais e concentrar-se nos ângulos legais das mortes criminosas.

Mas era uma coisa diferente ver Edna caída ao lado do aquecedor naquele tipo de camisola de flanela que sua própria mãe considerava indispensável. Ver o robe de veludo tão parecido com os que sua mãe costumava comprar na Macy's. Ver a prova palpável da solidão: as fatias de presunto enlatado e o copo vazio de coquetel.

Edna tinha sido uma pessoa muito alegre, que encontrara um certo tipo de felicidade naquele apartamento miseravelmente mobiliado, e mesmo ele a havia traído. Tornara-se o local de sua morte violenta.

Gertrude Fitzgerald estava sentada no sofá de veludo fora de moda no fundo da sala em forma de L, de onde não se via o corpo. Estava soluçando baixinho. Richard entrou diretamente na salinha de jantar para examinar a morta. Katie foi até a Sra. Fitzgerald e sentou-se ao lado dela no sofá. O Dr. Highley acompanhou-a e puxou uma cadeira de espaldar reto. Gertrude procurou conversar com eles.

— Oh, Dr. Highley, Sra. DeMaio, não é horrível, horrível demais?

As palavras provocaram um novo surto de soluços. Katie passou gentilmente o braço pelos ombros dela.

— Sinto muito, Sra. Fitzgerald. Sei que a senhora gostava muito da Srta. Burns.

— Ela sempre foi muito amiga. Muito alegre. Sempre me fazia rir. E talvez tivesse aquela pequena fraqueza. Todos têm sua pequena fraqueza, e ela nunca incomodou ninguém por isso. Oh, Dr. Highley, o senhor também vai sentir falta dela.

Katie ficou olhando quando o médico inclinou-se para Gertrude, com o rosto grave.

— Claro que vou, Sra. Fitzgerald. Edna era uma pessoa maravilhosamente eficiente. Tinha um grande orgulho do seu trabalho. O Dr. Fukhito e eu costumávamos brincar, dizendo que ela mantinha nossas pacientes tão à vontade que, quando as atendíamos, podiam dispensar o trabalho do Dr. Fukhito.

— Doutor — soluçou Gertrude —, eu disse a eles que o senhor já esteve aqui. Eu disse. O senhor conhecia o pequeno problema de Edna. Seria uma bobagem dizer que ela não caiu. Por que alguém iria fazer-lhe mal?

O Dr. Highley olhou para Katie.

— Edna sofria de ciática e, quando ficava acamada, eu, vez por outra, trazia-lhe trabalho para fazer em casa. Umas três ou quatro vezes apenas. Numa das vezes em que alegou estar doente, estive aqui de surpresa e foi então que soube ter ela um sério problema de alcoolismo.

Katie olhou para a saleta e percebeu que Richard já havia terminado o exame do corpo. Levantou-se, foi até ele e olhou para Edna. Rezou em silêncio:

*Ó meu Deus, dê-lhe descanso eterno. Que legiões de anjos a recebam. Que ela seja levada a um lugar de repouso, luz e paz.*

Lutando com o súbito nó na garganta, Katie perguntou baixinho a Richard o que havia achado. Ele encolheu os ombros.

— Até eu ter a oportunidade de ver a gravidade da fratura, direi que pode ser uma coisa ou outra. Sem dúvida, foi um esmagamento brutal, mas se ela estava bêbada... e é evidente que estava... poderia ter tropeçado quando tentou levantar-se. Era bastante pesada. Por outro lado, há uma enorme diferença entre ser atropelada por um carro ou por um trem. E é essa espécie de diferença que temos que avaliar.

— Algum sinal de entrada forçada? — perguntou Katie a Charley.

— Nenhum. Mas essa fechadura é do tipo que se pode abrir com um cartão magnético. E se ela estava tão bêbada quanto achamos que estava, qualquer pessoa poderia ter entrado.

— Por que qualquer um? O que você estava querendo dizer sobre o comandante Lewis?

— A mulher do zelador... chama-se Gana Krupshak... era amiga de Edna Burns. O fato é que estava com a Sra. Fitzgerald quando o corpo foi encontrado. Deixamos que ela voltasse ao seu apartamento pouco antes de você chegar. Estava muito perturbada. Seja como for, na noite passada ela veio aqui por volta das oito. Disse que Edna já estava meio de pileque. Ficou até as oito e meia e depois resolveu tirar o presunto da lata, esperando que Edna comesse alguma coisa e começasse a ficar sóbria. Edna contou-lhe sobre o suicídio de Vangie.

— Ela contou exatamente o *quê?* — perguntou Katie.

— Não muito. Citou o nome de Vangie e como era bonita. Então a Sra. Krupshak foi até a cozinha e ouviu Edna discar o telefone. A Sra. Krupshak ouviu a maior parte da conversa. Jurou que Edna chamou de "comandante Lewis" a pessoa com quem falava e disse-lhe que, no dia seguinte, falaria com a polícia. E preste atenção. A Sra. Krupshak jura que ouviu Edna ensinar a Lewis como vir até aqui e depois Edna disse alguma coisa sobre o Príncipe Encantado.

— Príncipe Encantado!

— Seu palpite é tão bom quanto o meu. — Charley encolheu os ombros. — Mas a testemunha é positiva.

— Evidentemente — disse Richard — estamos considerando o caso como um homicídio em potencial. Começo a concordar com o palpite de Scott sobre Chris Lewis. — Deu uma olhada na sala de visitas. — A Sra. Fitzgerald parece arrasada. Já acabou de conversar com ela, Katie?

— Já. Agora não está em condições de ser interrogada.

— Vou mandar um dos carros levá-la em casa — ofereceu-se Charley. — Um dos outros rapazes pode conduzir o carro dela.

Katie pensou: *Não acredito que Chris Lewis tenha feito isto a Edna. Não acredito que tenha matado Vangie.*

Olhou em torno.

— Tem *certeza* de que não falta nada importante?

Charley encolheu os ombros.

— Este lugar inteiro não vale mais de quarenta dólares num leilão. A carteira de dinheiro está dentro da bolsa dela: dezoito dólares. Cartões de crédito. O habitual. Nenhum sinal de alguma coisa fora do lugar, abandonada depois de saqueada.

— Está bem. — Katie virou-se para o Dr. Highley e Gertrude. — Vamos mandar levá-la em casa, Sra. Fitzgerald — disse, amavelmente.

— Que vão fazer com Edna?

— Precisam examinar a extensão dos ferimentos da cabeça dela. Não acredito que irão mais fundo. Mas se houver a menor probabilidade de alguém ter feito isso a Edna, precisamos saber. Pense nisso como uma forma de mostrar como valorizamos a vida dela.

A mulher choramingou.

— Acho que tem razão. — Olhou para o médico. — Dr. Highley, foi muita audácia minha ter-lhe pedido para vir aqui. Desculpe.

— O que é isso. — Ele remexeu nos bolsos. — Trouxe estes calmantes para o caso de a senhora precisar. Já que vão levá-la para casa, tome um imediatamente.

— Vou trazer um copo d'água — disse Katie.

Foi até a pia do banheiro. Este e o quarto ficavam do outro lado do vestíbulo, nos fundos. Enquanto deixava correr a água fria, percebeu que detestava a idéia de Chris Lewis começar a surgir como o principal suspeito em duas mortes. Voltando com a água para Gertrude, tornou a sentar-se ao lado dela.

— Sra. Fitzgerald, apenas para nos satisfazer, desejamos ter certeza de que não há possibilidade de Edna ter sido roubada. Sabe se ela possuía coisas valiosas... jóias, talvez?

— Oh, Edna tinha um anel e um broche dos quais se orgulhava muito. Ela só os usava em ocasiões especiais. Não sei onde os guardava. Esta é a primeira vez que venho aqui, sabe? Ah, espere um pouco. Doutor, lembro que Edna disse ter-lhe mostrado o anel e o broche. De fato, disse que mostrou-lhe o esconderijo deles, quando o senhor esteve aqui. Talvez possa auxiliar a Sra. DeMaio.

Katie enfrentou aqueles olhos cinzentos gelados. *Ele odeia isso*, pensou. *Na verdade, está furioso por ter vindo. Não quer participar disso.*

Estaria Edna apaixonada pelo médico?, imaginou Katie de repente. Teria ela exagerado o número de vezes que Highley havia vindo entregar-lhe trabalho, talvez mesmo dado a entender a Gertrude que ele estava um pouco interessado nela? Talvez sem procurar mesmo esconder a verdade, teria inventado um pequeno romance, fantasiado uma possível relação com ele. Se fosse assim, não era de espantar que a Sra. Fitzgerald se tivesse apressado em convocá-lo, e que ele parecesse agora muito atrapalhado e sem jeito.

— Na verdade, não conheço esconderijos — respondeu ele, com voz seca e levemente sarcástica. — Certa vez, Edna mostrou-me o broche e o anel, que estavam numa caixa na gaveta da mesinha-de-cabeceira. Dificilmente eu consideraria aquele local um esconderijo.

— Pode mostrar-me, doutor? — pediu Katie.

Passaram juntos pelo pequeno vestíbulo e entraram no quarto. Katie acendeu a lâmpada de cabeceira, uma garrafa barata, coberta com papel pregueado.

— Estava ali — falou o Dr. Highley, mostrando a gaveta na mesinha-de-cabeceira, no lado direito da cama.

Usando apenas as pontas dos dedos, Katie abriu a gaveta. Ela sabia que provavelmente teria havido uma investigação completa à procura de provas e que os técnicos em impressões digitais já haviam agido.

A gaveta era inesperadamente funda. Metendo o braço, Katie retirou uma caixa de jóias de plástico azul. Quando ergueu a tampa, um som semelhante ao de uma caixa de música invadiu o silêncio sombrio. Um pequeno broche e um anel fino com um velho diamante estavam acondicionados em veludo.

— Acho que eram estas as jóias — disse Katie. — Imagino que este achado elimine a teoria de roubo. Guardaremos isso no escritório até sabermos quem é o parente mais próximo. — Começou a fechar a gaveta, mas parou e olhou para o fundo. — Oh, doutor, olhe. — Colocou rapidamente a caixa de jóias na cama e meteu a mão na gaveta. — Minha mãe costumava guardar o velho chapéu usado por minha avó por motivos sentimentais. Edna deve ter feito a mesma coisa.

Estava mexendo num objeto, puxou-o para fora e levantou-o para o médico ver.

Era um mocassim castanho, muito gasto, muito usado e roto. Era um pé esquerdo. Enquanto o Dr. Edgar Highley olhava para o sapato, Katie disse:

— Era provavelmente da mãe dela, e Edna o considerava um tesouro tal que o conservava como uma jóia preciosa. Oh, doutor, se as coisas dignas de serem lembradas pudessem falar, teríamos um monte de recordações para ouvir, não é mesmo?

# 28

EXATAMENTE ÀS OITO da manhã de quinta-feira, a equipe de investigação da Divisão de Homicídios do condado de Valley dirigiu-se à casa dos Lewis. O grupo de seis homens era encabeçado por Phil Cunningham e Charley Nugent. Os detetives encarregados das impressões digitais foram avisados de que deviam concentrar-se no quarto, no banheiro principal e na cozinha.

Foi considerada a vaga possibilidade de acharem impressões digitais significativas que não pertencessem a Chris ou Vangie Lewis. Mas o relatório do laboratório levantou outra questão. As impressões digitais de Vangie estavam no frasco pousado a seu lado, mas havia algumas dúvidas a respeito da posição dessas impressões. Vangie era destra. Quando houvesse colocado os cristais de cianureto no copo, teria sido natural para ela segurar o copo com a mão esquerda e derramar com a direita. Mas apenas as impressões da esquerda estavam no frasco. Era um fato não conclusivo, mas perturbador, que ajudava a desacreditar o aparente suicídio.

O armário dos remédios em ambos os banheiros e o toucador do quarto de hóspedes já haviam sido examinados depois de o corpo ser encontrado. No entanto, foram repassados minuciosamente. Cada vidro foi aberto e cheirado. Mas o odor de amêndoas amargas que estavam procurando não foi encontrado.

— Ela deve ter guardado o cianureto em *algum lugar* — comentou Charley.

— A menos que tivesse trazido apenas a quantidade necessária que usou no copo e depois tenha jogado o envelope ou cápsula no vaso — sugeriu Phil.

O aspirador de pó foi usado com todo o cuidado no quarto, com a esperança de ser encontrado cabelo humano que não viesse das cabeças de Vangie ou Chris. Como disse Phil:

— Toda casa deve ter cabelos de entregadores de mercadorias, vizinhos etc. Todos nós deixamos cair cabelos o tempo todo. Mas a maioria das pessoas não leva nem mesmo os amigos íntimos ao quarto. Portanto, se for encontrado cabelo humano que não pertença à pessoa que durma no quarto, isso pode constituir um bom elemento.

Deram especial atenção às prateleiras da garagem. As costumeiras latas de tinta meio cheias, vidros de terebintina, utensílios de jardinagem, mangueiras, inseticidas, adubo e veneno para ervas daninhas, tudo em abundância. Phil resmungou aborrecido quando o dente de um ancinho prendeu seu casaco. Esse dente sobressaía na beira de uma prateleira, com o cabo enfiado entre o fundo da prateleira e uma lata de tinta grande. Curvando-se para livrar a manga, notou um pedaço de algodão estampado preso no dente. Aquele estampado. Ele o tinha visto recentemente. Era aquele tecido indiano: madras. O vestido que Vangie Lewis estava usando quando morreu. Pediu ao fotógrafo da polícia que fosse à garagem.

— Tire uma fotografia disto — falou, apontando para a ferramenta. — Quero um *close* deste material. — Depois de tirada a fotografia, removeu cuidadosamente o tecido do dente do ancinho e fechou-o num envelope.

Na casa, Charley estava examinando a escrivaninha na sala de visitas. *Curioso,* pensou. *Pode-se formar uma idéia real das pessoas pela maneira como guardam as anotações.*

Chris Lewis, evidentemente, cuidava das despesas da família. Os canhotos dos cheques estavam escritos com clareza, e as contas, exatas até o último centavo. Aparentemente, as contas eram integralmente pagas em dia. A enorme gaveta de baixo continha pastas arquivadas verticalmente. Estavam em ordem alfabética: AMERICAN EXPRESS; BANK AMERICARD; FEDERATED ANSWERING SERVICE; SEGURO; CARTAS PESSOAIS.

Charley apanhou a pasta das cartas pessoais. Folheou-a rapidamente. Chris Lewis mantinha correspondência regular com a mãe. *Obrigada pelo cheque, Chris. Não precisava ser tão generoso.* Isso tinha sido escrito havia apenas duas semanas. Uma carta de janeiro começava: *Papai recebeu a televisão para o quarto e está gostando muito.* Outra de julho passado: *O novo ar-condicionado é uma bênção.*

Charley ficou desapontado por não encontrar dados pessoais mais significativos e teve que admitir contra a vontade que Christopher Lewis era um filho generoso e preocupado com os velhos pais. Releu as cartas da mãe, procurando indícios das relações de Vangie e Chris. As cartas recentes acabavam sempre da mesma maneira: *É uma pena que Vangie não esteja passando bem* ou *Diga a Vangie que estamos torcendo por ela.*

Ao meio-dia, Charley e Phil resolveram deixar para o resto do grupo terminar a pesquisa e voltaram ao escritório. Tinham sido destacados para receber o avião de Chris Lewis às seis da tarde. Haviam descartado a idéia de arrombamento. Não havia traço de cianureto na casa ou na garagem. O conteúdo do estômago de Vangie revelou que ela havia feito uma refeição ligeira na segunda-feira e que provavelmente havia tomado chá com torradas cerca de cinco horas antes de morrer. Faltavam duas fatias no pão existente na cesta. A louça suja na lavadora de pratos falava por si mesma: um único prato de jantar, xícara e pires, prato de salada, provavelmente de domingo à noite. Um copo de suco e xícara do desjejum de segunda-feira. Uma xícara, pires e prato com resíduos de torradas, do jantar de segunda-feira.

Aparentemente, Vangie havia jantado sozinha no domingo. Ninguém havia comido com ela segunda-feira de noite. O bule de café na pia não estava lá terça-feira de manhã. Certamente, Chris Lewis havia preparado café algum tempo depois de o corpo ter sido encontrado.

O caminho de carros e o terreno haviam sido examinados minuciosamente e até aquele momento nada revelaram de estranho.

— Vamos passar o dia nisso, mas não esquecemos nada — disse Charley, com voz cansada. — E, além do fato de ela ter rasgado o vestido naquele ancinho na prateleira da garagem, conseguimos um enorme zero. Esperem aí. Ainda não examinamos o serviço de atendimento de telefonemas.

Ligou para o Federated Answering Service, cujo número obteve na pasta sobre a escrivaninha, e identificou-se.

— Dê-me os recados deixados tanto para o comandante como para a Sra. Lewis, desde segunda-feira — pediu.

Pegando a caneta, começou a escrever. Phil ficou olhando por cima do ombro dele: *segunda-feira, 15 de fevereiro, quatro horas da tarde. Northwest Orient Reservations telefonou. Confirmado o nome da Sra. Lewis no vôo 235, às quatro e dez da tarde, do Aeroporto de LaGuardia para o de Twin Cities, de Minneapolis/St. Paul, para terça-feira, 16 de fevereiro.*

Phil assoviou silenciosamente. Charley perguntou:

— A Sra. Lewis recebeu o recado?

Afastou ligeiramente o fone do ouvido para que Phil pudesse também ouvir.

— Ah, recebeu, sim — disse a telefonista. — Eu estava de serviço na tarde de segunda-feira e o transmiti à Sra. Lewis mais ou menos às sete e meia. — A voz da telefonista tornou-se mais forte. — Ela pareceu muito aliviada. Na verdade, disse: "Oh, graças a Deus."

— Está bem — falou Charley. — Houve mais alguma coisa?

— Na segunda-feira, 15 de fevereiro, às nove e meia da noite, o Dr. Fukhito deixou um recado para a Sra. Lewis telefonar para a casa dele assim que chegasse. Disse que ela tinha seu telefone particular.

Charley ergueu uma sobrancelha.

— Só?

— Apenas mais um — respondeu a telefonista. — A Srta. Edna Burns telefonou para a Sra. Lewis, segunda-feira, às dez horas da noite. Queria ter certeza de que ela receberia o recado e que lhe telefonasse por mais tarde que fosse.

Charley estava desenhando triângulos no bloco quando a telefonista lhe informou que não havia mais recados no serviço, nem na terça nem na quarta-feira, mas que ela sabia de um telefonema na noite de terça-feira, que foi atendido pelo comandante Lewis.

— Eu ia atender, quando ele entrou na linha — explicou ela. — Retirei-me imediatamente.

Respondendo a uma pergunta de Charley, ela afirmou que a Sra. Lewis não soube dos telefonemas nem do Dr. Fukhito nem da Srta. Burns. A Sra. Lewis não entrou em contato com o serviço depois das sete e meia da noite de segunda-feira.

— Obrigado — disse Charley. — A senhora foi muito prestativa. Provavelmente iremos precisar de uma pasta completa de recados para os Lewis até certo tempo atrás, mas falaremos depois sobre isso. — Colocou o fone no gancho e olhou para Phil.

— Vamos. Scott vai querer saber disso tudo.

— Como você interpreta isso? — perguntou Phil.

— De que outra forma posso interpretar? — resmungou Charley. — Mais ou menos às sete e meia da noite de segunda-feira, Vangie Lewis planejava ir a Minneapolis. Poucas horas depois estava morta. Às dez da noite de segunda-feira, Edna Burns tinha um recado importante para Vangie. Na noite seguinte, Edna morreu, e a última pessoa a vê-la viva ouviu-a falando com Chris Lewis, dizendo que tinha uma informação para a polícia.

— E o telefonema do psiquiatra japonês para Vangie na segunda-feira de noite? — perguntou Phil.

— Katie falou com ele ontem. — Charley encolheu os ombros. — Talvez ela tenha algumas respostas para nós.

# 29

Para Katie, a noite de quarta-feira parecia não ter fim. Meteu-se na cama assim que chegou do apartamento de Edna, lembrando-se primeiro de tomar um dos comprimidos que o Dr. Highley lhe havia dado.

Dormiu com o subconsciente agitado por imagens do rosto de Vangie flutuando. Antes de acordar, o sonho dissolveu-se num outro: o rosto de Edna como ficou depois da morte. O Dr. Highley e Richard curvando-se sobre ela.

Acordou com vagas e perturbadoras perguntas que escapavam do seu controle, recusando-se a ficar em foco. O velho e gasto chapéu preto da avó. Por que estava pensando naquele chapéu? Claro. Por causa do sapato velho que Edna evidentemente prezava. O que ela guardou com as jóias. Era isso. Mas por que apenas *um* sapato?

Fazendo uma careta ao levantar-se da cama, achou que a dor no corpo havia aumentado durante a noite. Seus joelhos, esfolados no pára-lama, estavam agora duros como ficaram logo após o acidente. *Ainda bem que a Maratona de Boston não vai ser hoje*, pensou, irônica. *Eu jamais venceria.*

Esperando que o banho quente fizesse a dor abrandar, entrou na banheira, inclinou-se e abriu as torneiras. Uma tontura a fez cambalear e agarrou-se na beira da banheira para não cair. Momentos depois, a sensação passou e ela virou-se devagar, temendo desmaiar. O espelho do banheiro mostrou-lhe como estava lívida, com a testa coberta de suor. *Foi aquela tremenda hemorragia*, pensou. *Se eu não for para o hospital amanhã de noite, acabarei sendo carregada para lá.*

O banho diminuiu um pouco a rigidez. A base de maquilagem bege disfarçou a palidez. Roupas diferentes — uma saia pregueada, uma blusa de lã grossa combinando e um suéter de gola alta — completaram a tentativa de camuflagem. *Pelo menos agora meu rosto não demonstra que estou a ponto de desmaiar, embora esteja*, pensou.

Engoliu outro dos comprimidos do Dr. Highley com o suco de laranja e tornou a pensar no fato ainda incrível da morte de Edna. Depois que saíram do apartamento da morta, Katie e Richard haviam ido até uma lanchonete tomar café. Richard pedira apenas um lanche, explicando que havia planejado jantar em Nova York. Ia sair com alguém. Ela tinha certeza. E por que não? Richard era atraente. Naturalmente não passava as noites sentado no próprio apartamento ou em visitas familiares a Molly e Bill. Richard tinha ficado surpreso quando ela lhe disser que voltara ao restaurante de Palisades. Depois ficara preocupado, quase absorto. Inúmeras vezes pareceu estar a ponto de fazer-lhe uma pergunta, depois evidentemente desistia. Muito embora ela protestasse, Richard insistiu em levá-la até em casa, entrando com ela e verificando se as janelas e portas estavam trancadas.

— Não sei por que me sinto mal vendo você sozinha aqui — disse ele.

Katie encolheu os ombros.

— Edna morava num apartamento térreo com paredes finas e mesmo assim ninguém percebeu que estava ferida e precisava de ajuda.

— Ela também não percebeu — disse Richard, secamente. — Morreu quase instantaneamente. Katie, esse Dr. Highley. Você o conhece?

— Entrevistei-o esta tarde a respeito de Vangie — desconversou a moça. A preocupação de Richard tinha diminuído. — Estou cansada.

— Claro. Está bem. Vejo-a amanhã. Suponho que Scott vá convocar uma reunião por causa de Edna Burns.

— Tenho certeza.

Richard ficou olhando para ela, com ar preocupado.

— Tranque a porta. — E não houve um alegre beijo de despedida no rosto.

Katie colocou o copo de suco de laranja na pia. Às pressas, pegou o casaco, a bolsa e foi para o carro.

Charley e Phil estavam começando a examinar a casa dos Lewis naquela manhã. Scott achava-se conscientemente tecendo uma teia em torno de Chris Lewis: uma teia circunstancial, mas consistente. Se pelo menos ela pudesse provar que havia outra fonte a explorar antes de Chris ser acusado. O problema de uma pessoa ser apanhada numa acusação de homicídio é que, mesmo provando a inocência, nunca perde a notoriedade. Anos depois as pessoas dirão: "Ah, o tal comandante Lewis. Esteve envolvido na morte da mulher. Um advogado esperto livrou-o, mas com certeza era mesmo culpado."

Katie chegou ao escritório pouco antes das sete e meia e não se surpreendeu ao encontrar Maureen Crowley já trabalhando. Maureen era a secretária mais dedicada que havia. Além disso, tinha uma mente naturalmente aguçada e podia resolver assuntos sem estar constantemente pedindo instruções. Katie parou na mesa dela.

— Maureen, tenho um trabalho. Pode vir assim que estiver livre?

A moça ergueu-se rapidamente. Tinha um corpo magro e gracioso. O suéter verde tornava mais intenso o verde dos seus olhos.

— Que tal agora, Katie? Quer café?

— Ótimo — respondeu Katie, acrescentando: — Mas sem pão preto com presunto... pelo menos agora não.

Maureen ficou sem jeito.

— Desculpe por ter dito aquilo ontem. Você, ao contrário dos outros, não entrou na rotina.

— Não garanto muito isso. — Katie entrou no escritório, pendurou o casaco e sentou-se, com o bloco de anotações que havia usado no Hospital Westlake.

Maureen trouxe o café, puxou uma cadeira e esperou em silêncio, com o bloco de estenografia no colo.

— O problema é o seguinte — disse Katie, calmamente. — Não estamos satisfeitos com o fato de a morte de Vangie Lewis ser considerada suicídio. Falei ontem com os médicos dela, Drs. Highley e Fukhito, no Hospital Westlake.

Ela ouviu uma respiração estridente e ergueu rapidamente os olhos. O rosto da moça estava lívido. Ante o olhar de Katie, gotas de suor apareceram em seu rosto.

— Maureen, está sentindo alguma coisa?

— Não. Não. Desculpe.

— Eu disse alguma coisa que a espantou?

— Não. Juro.

— Está bem. — Sem se convencer, Katie olhou para o bloco. — Até onde sabemos, o Dr. Fukhito, psiquiatra em Westlake, foi a última pessoa a ver Vangie Lewis viva. Preciso saber o mais rapidamente possível o máximo que puder sobre ele. Informe-se na Sociedade Médica do Condado de Valley e na Associação Médica Americana. Eu soube que ele é voluntário no Hospital Valley Pines. Talvez consiga alguma coisa lá. Acentue que se trata de informação confidencial, mas descubra de onde ele veio, onde estudou, outros hospitais aos quais esteja ligado, seu passado particular... qualquer coisa.

— Não quer que fale com alguém no Hospital Westlake?

— Pelo amor de Deus, não. Não quero que alguém lá saiba que estamos investigando o Dr. Fukhito.

Por alguma razão, a moça ficou aliviada.

— Vou começar já, Katie.

— Na verdade não é justo fazê-la vir cedo para realizar outro trabalho e sobrecarregar você. O velho condado de Valley não está pagando trabalho extra. Ambas sabemos disso.

— Não tem importância. — Maureen encolheu os ombros. — Quanto mais trabalho neste escritório, mais gosto. Quem sabe? Posso também querer ser advogada, mas isso significa quatro anos de escola e três de faculdade de Direito.

— Você será uma boa advogada — disse Katie, sinceramente. — Estou surpresa por não ter feito a universidade.

— Fui bastante louca para ficar noiva no verão em que terminei o ensino fundamental. Meus pais me convenceram a fazer secretariado antes de me casar, pois pelo menos teria uma profissão. Eles estavam certos. O noivado não agüentou a espera.

— Por que não começou o ensino médio em setembro em vez de trabalhar? — perguntou Katie.

O rosto da moça ficou sombrio. Katie reparou como ela estava infeliz e concluiu que Maureen tinha ficado muito ferida com o rompimento do noivado. Sem olhar para Katie, Maureen disse:

— Estava me sentindo impaciente e não queria ser estudante. Foi uma boa decisão.

Maureen saiu da sala. O telefone tocou. Era Richard. Tinha a voz cautelosa.

— Katie, acabei de falar com David Broad, o chefe da pesquisa pré-natal do Hospital Monte Sinai. Tive um palpite e mandei o feto de Vangie Lewis para ele. Katie, meu palpite estava certo. *Vangie não estava grávida de um filho de Chris Lewis. A criança que tirei do seu útero tinha características orientais definidas!*

# 30

EDGAR HIGHLEY FICOU olhando para Katie DeMaio, com aquele sapato na mão, mostrando-o para ele. Estaria zombando dele? Não. Ela acreditava no que dizia, que aquele sapato era alguma recordação sentimental de Edna.

*Tinha* que obter aquele sapato. Se pelo menos ela não falasse dele para o médico-legista ou para os detetives. E se ela resolvesse mostrar-lhes? Gertrude Fitzgerald poderia reconhecê-lo. Estivera de serviço várias vezes quando Vangie ia lá. Ele ouvira Edna brincar com Gertrude a respeito dos sapatinhos de vidro de Vangie.

Katie tornou a guardar o sapato, fechou a gaveta e saiu do quarto, com a caixa de jóias sob o braço. O médico seguiu-a, ansioso para ouvir o que ela ia dizer. Mas Katie apenas entregou a caixa de jóias ao detetive.

— O broche e o anel estão aí, Charley — disse. — Acho que liquida qualquer possibilidade de roubo. Não examinei a mesa ou o armário.

— Não importa. Se Richard desconfiar de morte suspeita, vasculharemos este lugar amanhã com um pente fino.

Uma batida compassada na porta, e Katie abriu-a para dar entrada a dois homens com uma maca.

Edgar Highley dirigiu-se a Gertrude. Ela havia bebido a água do copo que Katie levara para ela.

— Trarei mais água, Sra. Fitzgerald — disse ele, com voz calma.

Olhou para trás. Todos estavam de costas para ele, olhando os maqueiros preparando-se para erguer o corpo. Era sua oportunidade. Tinha que se arriscar a apanhar o sapato. Uma vez que Katie não o havia mencionado logo, era improvável que o fizesse agora.

Caminhou depressa para o banheiro, abriu a torneira e deslizou pelo corredor até o quarto. Usando o lenço para evitar impressões digitais, abriu a gaveta da mesinha-de-cabeceira. Estava procurando o sapato, quando ouviu barulho de passos no corredor. Fechou depressa a gaveta, meteu o lenço no bolso e estava parado na porta do quarto quando os passos cessaram.

Forçando-se a parecer calmo, virou-se. Richard Carroll, o médico-legista, estava no vestíbulo entre o quarto e o banheiro. Havia uma pergunta em seus olhos.

— Doutor — disse —, quero fazer-lhe algumas perguntas sobre Edna Burns. — Sua voz estava gelada.

— Pois não. — Depois, num tom que esperou fosse casual, acrescentou: — Estava exatamente pensando na Srta. Burns. É uma vergonha que sua vida tenha sido destruída.

— Destruída? — A voz de Richard era firmemente interrogativa.

— Sim. Edna tinha, na verdade, uma boa capacidade matemática. Nesta era de computadores, ela poderia ter usado esse talento para melhorar na vida. Em vez disso, tornou-se uma fofoqueira alcoólatra irrecuperável. Pode parecer duro, mas digo isso com muita pena. Eu gostava de Edna e francamente vou sentir falta dela. Com licença. Deixei a torneira aberta. Eu quero dar à Sra. Fitzgerald um copo de água fresca. Pobre mulher, está tremendamente abalada.

O Dr. Carroll afastou-se para deixá-lo passar. Teria sua crítica a Edna distraído o médico-legista de imaginar o que ele estaria fazendo em seu quarto?

Lavou o copo, encheu-o e o levou para Gertrude. Os maqueiros haviam retirado o corpo, e Katie DeMaio não estava na sala.

— A Sra. DeMaio foi embora? — perguntou ao detetive.

— Não. Está conversando com a mulher do zelador. Volta já.

Edgar Highley não queria ir embora antes de ter certeza de que Katie não havia falado sobre o sapato na frente de Gertrude. Quando a moça voltou, minutos depois, não tocou no assunto.

Saíram juntos do apartamento. A polícia queria manter o apartamento sob vigilância até que as buscas oficiais fossem completadas.

Ele caminhou deliberadamente com Katie até o carro dela, mas então o médico-legista juntou-se a eles.

— Katie, vamos tomar café — disse ele. — Você sabe onde fica a lanchonete Golden Valley, não sabe?

Richard esperou até ela ter entrado no carro, ligado o motor e dado a partida, antes de dizer:

— Boa noite, Dr. Highley. — E saiu bruscamente.

Enquanto voltava para casa, Edgar Highley imaginou que havia algum tipo de relação pessoal entre Katie DeMaio e Richard Carroll. Quando Katie teve a hemorragia grave, Richard Carroll ficou tanto profissional quanto emocionalmente interessado na coisa. Teria que ser muito, muito cuidadoso.

O comportamento de Carroll em relação a ele era hostil. Mas Carroll não tinha motivos para isso. Deveria ter dado sumiço no corpo de Edna? Mas com que objetivo? Não deveria tê-la empurrado com tanta força. Deveria tê-la roubado? Essa havia sido sua intenção original. Se o tivesse feito, teria encontrado o sapato na noite passada.

Mas Edna havia falado. Dissera a Gertrude que ele estivera no apartamento dela. Edna poderia ter sugerido que era coisa freqüente, e o mais importante: Gertrude disse a Katie que ele sabia onde estavam as jóias baratas. Se achassem que Edna fora assassinada, ligariam o crime ao trabalho de Edna no hospital? O que mais Edna teria dito?

Esse pensamento o atormentava quando foi para casa.

Katie era a chave. Katie DeMaio. Com ela fora do caminho, não havia prova para ligá-lo à morte de Vangie... ou de Edna. Seu arquivo estava em perfeita ordem. As fichas das pacientes atuais poderiam sofrer o exame mais minucioso.

Estacionou o automóvel na garagem e entrou em casa. As costeletas de carneiro estavam no prato, frias e cercadas de gordura. Os aspargos, murchos. A salada, flácida e quente. Teve que reaquecer os alimentos no forno de microondas e preparar nova salada. Em instantes, a mesa tinha a aparência de antes do telefonema.

À medida que tornava a preparar a comida, foi-se acalmando. Estava tão próximo da segurança. E breve seria possível partilhar seu gênio com o mundo. Já obtivera sucesso. Podia prová-lo sem qualquer dúvida. Um dia teria condições de proclamá-lo. Não já, mas algum dia. E não seria como aquele faroleiro que havia anunciado ter feito enxertos com sucesso, mas se recusara a dar a menor prova. Ele tinha anotações precisas, documentação científica, fotos, raios X, o relato diário, passo a passo de todos os problemas surgidos e como os resolvera. Estava tudo nas pastas do seu cofre secreto.

Quando chegasse a hora, queimaria as pastas referentes aos fracassos e exigiria o reconhecimento que lhe era devido. Até lá, teria certamente novas vitórias.

Nada deveria atrapalhar seu caminho. Vangie quase estragou tudo. E se ele não a tivesse encontrado quando saiu do consultório de Fukhito? Se ela não tivesse dito que tinha decidido consultar Emmet Salem?

Uma circunstância feliz. Sorte. Chamem como quiser.

Mas foi também uma coincidência que levou Katie DeMaio à janela na hora em que ele partiu com o corpo de Vangie. E uma fina ironia o fato de Katie ter contado a ele em primeiro lugar.

Tornou a sentar-se à mesa. Com intensa alegria viu que o jantar estava tão apetitoso, tão delicioso como quando o preparou pela primeira vez. O agrião estava fresco. As costeletas estavam perfeitas, os aspargos quentes, sob o molho holandês. Serviu o vinho num copo fino, admirando a delicada sensação de acetinado do cristal ao pegá-lo. O vinho tinha o profundo buquê do Borgonha que ele esperava.

Comeu sem pressa. Como sempre, a comida restaurou sua sensação de bem-estar. Faria o que devia e depois estaria em segurança.

O dia seguinte era quinta-feira. O *Newsmaker* com o artigo deveria estar nas bancas. Ia aumentar seu prestígio tanto social quanto profissional.

O fato de ser viúvo dava-lhe um charme especial. Conhecia a opinião de suas clientes. "O Dr. Highley é muito brilhante. Distinto. Tem uma linda casa em Parkwood."

Depois da morte de Winifred, deixou que seus contatos com os amigos dela diminuíssem. Eles eram muito hostis. Aquele primo dela continuava fazendo insinuações. Highley sabia disso. Foi por isso que, naqueles três anos, não se aproximara de outra mulher. Não que achasse a solidão um sacrifício. Seu trabalho era inteiramente absorvente, totalmente satisfatório. O tempo a ele dedicado foi compensador. Seus mais severos críticos profissionais reconheciam que ele era um bom médico, que o hospital estava magnificamente aparelhado, que o Westlake Maternity Concept havia sido copiado por outros médicos.

— Não permito às minhas pacientes que bebam ou fumem durante a gravidez — disse à repórter da *Newsmaker.* — São direcionadas a seguir uma dieta específica. Muitas mulheres ditas estéreis poderiam ter os filhos que desejam se tivessem o mesmo empenho que os atletas em período de treinamento. Muitos dos problemas de saúde existentes hoje teriam sido completamente evitados se as mães não tivessem comido alimentos errados e tomado medicamentos errados. Temos o exemplo palpável do que a Talidomida causou a montes de vítimas infortunadas. Sabemos que a mãe que usa drogas pode ter uma criança viciada. A mãe alcoólatra freqüentemente dá à luz uma criança retardada, menor que o normal e emocionalmente perturbada. Mas e os inúmeros problemas que simplesmente consideramos a sina do homem... bronquite, dislexia, hiperatividade, asma, audição e visão imperfeitas? Acredito que o lugar para eliminar esses males não é o laboratório e sim o útero. Não aceito uma paciente que não coopere com meus métodos. Posso apresentar dezenas de mulheres tratadas por mim, com uma história de inúmeros abortos, que agora têm filhos. Muitas mais podem sentir a mesma alegria *se* quiserem mudar seus hábitos, particularmente os de comer e beber. Muitas outras poderão engravidar e ter uma criança, se suas emoções não forem muito perturbadas, a ponto de se poder dizer estarem usando preservativos mentais muito mais eficientes do que os vendidos nas farmácias. Esta é a razão, a base do Westlake Maternity Concept.

A repórter do *Newsmaker* ficou impressionada. Mas sua pergunta seguinte foi maliciosa.

— Doutor, não é verdade que o senhor tem sido acusado de cobrar exageradamente?

— Exageradamente é *sua* opinião. Meus honorários, à parte uma vida quase espartana, são gastos no aprimoramento do hospital e na continuação do estudo pré-natal.

— Doutor, não é verdade que uma grande porcentagem dos seus casos tem sido de mulheres que abortaram várias vezes sob seus cuidados, mesmo *depois* de terem seguido rigidamente seu regime... e lhe pagarem dez mil dólares, além das despesas de hospital e laboratório?

— Seria uma loucura afirmar que posso levar qualquer gravidez de risco a termo. Sim. Houve casos em que a gravidez desejada começou e abortou espontaneamente. Depois de algumas dessas ocorrências, sugiro que minha paciente adote uma criança e ajudo a obter uma adoção conveniente.

— Desde que seja pago.

— Mocinha, presumo que tenha sido paga para me entrevistar. Por que não usa *seu* tempo para um trabalho voluntário?

Tinha sido bobagem agredir a repórter daquela forma. Bobagem criar animosidade, bobagem dar-lhe qualquer motivo para desacreditá-lo, para pesquisar muito profundamente seu passado. Disse que tinha sido obstetra-chefe em Liverpool antes de se casar com Winifred. Mas, é claro, não se referiu ao Hospital Christ, em Devon.

A pergunta seguinte da entrevistadora tinha o objetivo de metê-lo numa cilada.

— Doutor, o senhor faz abortos, não é?

— Sim, faço.

— Não é uma incoerência para um obstetra? Tentar salvar um feto e eliminar outro?

— Referi-me ao útero como um berço. Menosprezo o aborto. E deploro o sofrimento que testemunho quando recebo mulheres sem esperança de engravidar porque abortaram e seus úteros foram perfurados por médicos estúpidos, incompetentes e levianos. Penso que todos... e incluo meus colegas... devem ficar espantados ao saber como muitas mulheres negaram-se qualquer esperança de maternidade, porque resolveram retardar essa maternidade pelo aborto. O meu desejo é que todas as mulheres tenham seus filhos em boas condições de saúde. Para as que não querem, pelo menos posso garantir que finalmente quando mudarem de opinião estejam em condições de tê-los.

Essa declaração foi bem recebida, pois a atitude da repórter havia mudado.

Ele acabou de comer. Encostou-se no espaldar da cadeira e pôs mais vinho no copo. Sentia-se expansivo e confortável. As leis estavam mudando. Dentro de poucos anos, teria condições de anunciar seu gênio sem temor de perseguição. Vangie Lewis, Edna Burns, Winifred e Claire... estavam fora das estatísticas. Não haveria rastros.

Ficou olhando o vinho enquanto bebia, tornou a encher o copo e bebeu novamente. Estava cansado. Tinha uma cesariana marcada para o dia seguinte de manhã... mais um caso difícil para acrescentar à sua reputação. Havia sido uma gravidez de risco, mas o feto tinha o coração forte. Nasceria a salvo. A mãe pertencia à família Payne, de grande importância social. O pai, Delano Aldrich, era membro da Fundação Rockefeller. Era a espécie de família cujo patrocínio pesaria, se o escândalo de Devon tornasse a vir à tona.

Só havia um obstáculo. Ele havia levado a pasta de Katie DeMaio para casa. Tinha agora que começar a preparar a pasta substituta para mostrar à polícia, após sua morte.

Em vez da história que ela lhe forneceu de prolongados períodos de menstruação no ano anterior, ele escreveria: "A paciente queixa-se de hemorragias freqüentes e espontâneas, sem relação com o ciclo menstrual." Em vez de esponjosidade das paredes vaginais, provavelmente hereditária, uma condição que se curava definitivamente com uma simples intervenção cirúrgica, anotaria sinais de avaria vascular. Em vez de uma leve baixa da hemoglobina, escreveria que a hemoglobina estava cronicamente na zona de perigo.

Foi à biblioteca. A pasta com o nome de Kathleen DeMaio, que trouxera do consultório, estava sobre a escrivaninha. Tirou da gaveta uma pasta nova e pôs nela o nome de Katie. Trabalhou durante meia hora sem parar, examinando a pasta do consultório, para usar seus dados médicos anteriores. Finalmente terminou. Levaria a pasta refeita com ele para o hospital. Acrescentou a ela vários itens extraídos da outra, que iria guardar, quando terminada, no cofre da parede.

*A paciente sofreu um acidente de automóvel na noite de segunda-feira, 15 de fevereiro. Às duas da madrugada, a paciente, ainda sob ação de um sedativo, viu da janela do seu quarto a transferência dos restos mortais de Vangie Lewis por este médico. A paciente ainda não compreendeu que o que ela viu foi um acontecimento real e não uma alucinação. A paciente está levemente traumatizada pelo acidente, com uma hemorragia persistente. Inevitavelmente, ela terá condições para chegar a uma clara noção do que viu e por esse motivo não lhe pode ser permitido que se torne uma ameaça para este médico.*

*A paciente recebeu transfusão de sangue segunda-feira à noite na sala de emergência do hospital. Este médico prescreveu-lhe nova transfusão sob o pretexto de prepará-la para a operação de sábado. Este médico também administrou-lhe medicação anticoagulante, comprimidos de Coumadin, para tomar regularmente até sexta-feira de noite.*

Franzindo os lábios, ele largou a caneta. Era fácil imaginar como terminaria aquele relatório.

*A paciente entrou no hospital às seis horas da tarde de sexta-feira, dia 19 de fevereiro, queixando-se de tonturas e fraqueza geral. Às nove horas da noite, este médico, acompanhado pela Enfermeira Renge, encontrou a paciente com hemorragia. A pressão estava caindo rapidamente. Diante da grave perda de sangue, foi feita uma operação de urgência às 9 e 45 da noite.*

*A paciente, Kathleen Noel DeMaio, expirou às 10 horas da noite.*

Sorriu antecipando o término daquele caso perturbador. Cada detalhe estava cuidadosamente planejado, até a designação da enfermeira Renge para servir naquele andar, na noite de sexta-feira. Ela era jovem, inexperiente e morria de medo dele.

Depois de colocar a pasta em seu esconderijo provisório, na gaveta de cima da escrivaninha, subiu para o quarto e dormiu profundamente até as seis da manhã.

Três horas depois, fez uma cesariana na Sra. Delano Aldrich, a quem entregou um saudável garotinho e recebeu, como de direito, a lacrimosa gratidão da paciente e do marido.

# 31

A ENCOMENDAÇÃO DO CORPO de Vangie teve lugar às dez da manhã de quinta-feira na capela de uma funerária de Minneapolis. Com o coração partido de dor pelos pais de Vangie, Chris estava ao lado deles, com os soluços contidos atingindo-o com a violência de marteladas. Ele poderia ter tornado as coisas diferentes? Se tivesse tentado logo aplacar Vangie, ela estaria ali agora? Se tivesse insistido com ela para irem a um psicólogo juntos anos antes, isso teria beneficiado o casamento? Ele havia sugerido isso a Vangie, porém ela recusou.

— Não preciso de conselhos — disse. — E nunca sugira que fico preocupada com tudo o que me diz respeito. É o contrário. Você nunca se preocupa com coisa alguma. Não se importa com coisa alguma ou com ninguém. Você é que é o problema e não eu.

*Ah, Vangie. Vangie.* Teria um fundo de verdade aquilo que ela dizia? Ele realmente deixara de se importar muito cedo com o casamento.

Os pais ficaram muito ofendidos ao saberem que Vangie não podia ser enterrada, que seu corpo teria que ser embarcado de volta para o Leste.

— Por quê?

— Simplesmente não sei. — Não valia a pena ir além... não no momento.

*Graça maravilhosa, como o som é doce.* A voz de soprano da solista encheu a capela. *Perdi-me uma vez, mas agora me encontrei.*

Meses antes, no verão passado, sentiu que sua vida estava triste e sem esperança. Então foi àquela festa no Havaí. E Joan estava lá. Podia lembrar o momento exato em que a viu. Estava no terraço, num grupo. Ela disse alguma coisa que fez todos rirem e ela também riu, com os olhos semicerrados, a boca aberta e a cabeça atirada para trás. Ele pegou um copo e reuniu-se ao grupo. E naquela noite não saiu mais do lado de Joan.

*...estava cega e agora vejo.*

O médico-legista não teria liberado o corpo de Vangie na terça-feira se tivesse desconfiado de alguma coisa irregular. O que teria acontecido para fazê-lo mudar de idéia?

Pensou no telefonema de Edna. O que teria dito às outras pessoas? Poderia ela jogar alguma luz sobre a morte de Vangie? Antes de deixar Minneapolis tinha que conversar com o Dr. Salem. Tinha que descobrir o que ele sabia sobre Vangie que provocara sua reação de choque na noite anterior. Por que Vangie teria marcado uma consulta com ele?

Devia haver mais alguém na vida de Vangie. Agora, tinha certeza disso. E se Vangie se matou na frente de alguém e essa pessoa a levou para casa? Deus sabia que ela tivera inúmeras oportunidades de ter um caso com outro homem. Ele ficava fora de casa pelo menos metade do mês. Talvez ela tivesse conhecido alguém depois que se mudaram para Nova Jersey.

*Mas iria Vangie causar sofrimento a si mesma? Nunca*!

O ministro estava recitando a oração final:

— ... quando cada lágrima deve ser enxugada...

Chris levou os pais de Vangie para a antecâmara e ali receberam os pêsames de todos os amigos que compareceram à encomendação do corpo. Os pais de Vangie ficariam na casa de parentes. Tinham concordado que o corpo seria cremado em Nova Jersey e a urna remetida para ser enterrada no jazigo da família.

Finalmente, Chris pôde ir embora. Eram pouco mais de onze horas da manhã, quando chegou ao Athletic Club no centro de Minneapolis e pegou o elevador para o décimo quarto andar. Lá, no solário, pediu um *bloody mary* e se dirigiu a um telefone com o copo na mão.

Quando conseguiu comunicar-se com o consultório do Dr. Salem, disse:

— Sou o marido de Vangie Lewis. Tenho urgência de falar com o doutor.

— Lamento — respondeu a atendente. — O Dr. Salem saiu há pouco para ir à convenção da Associação Médica Americana, em Nova York. Só voltará na próxima semana.

— Nova York. — Chris ruminou a informação. — Pode me dizer, por favor, onde se hospedará? Pode ser necessário que eu entre em contato com ele lá.

A atendente hesitou.

— Acho que posso dar-lhe a informação. Tenho certeza de que o Dr. Salem pretende procurá-lo. Pediu-me que conseguisse seu número de telefone em Nova Jersey e sei que levou com ele a ficha médica de sua esposa. Mas caso ele não o encontre, o senhor pode procurá-lo no Hotel Essex House, em Central Park, Sul, na cidade de Nova York. Seu quarto lá é o 3219.

Chris havia tirado do bolso o caderninho de notas. Repetindo a informação, escreveu-a rapidamente.

A parte superior da página já estava cheia. Havia nela o endereço de Edna Burns e como chegar ao seu apartamento em Edgeriver.

# 32

SCOTT CONVOCOU UMA reunião ao meio-dia no seu escritório com as mesmas quatro pessoas que haviam estado presentes à reunião de um dia atrás para discutir a morte de Vangie Lewis.

Esta reunião era diferente. Katie sentiu a atmosfera pesada quando entrou no escritório. Scott também tinha convocado Maureen com caneta e papel.

— Pediremos sanduíches — disse ele. — Tenho que estar novamente no tribunal à uma e meia e precisamos agir rápido a respeito do comandante Lewis.

*Era o que eu esperava*, pensou Katie. Scott estava a zero no que dizia respeito a Chris. Olhou para Maureen. A moça achava-se envolta por uma aura de nervosismo quase visível. *Isso começou quando lhe dei aquela tarefa hoje de manhã*, pensou Katie.

Maureen percebeu seu olhar e esboçou um sorriso. Katie acenou com a cabeça.

— Hum-hum. O de costume. — Depois, acrescentou: — Teve sorte naquele telefonema?

Maureen olhou para Scott, que estava examinando uma pasta e não tomou conhecimento da conversa entre as duas.

— Até agora, não muito. O Dr. Fukhito não é membro da AMA ou da Sociedade Médica do Condado de Valley. Ele dedica a maior parte do seu tempo a crianças que sofrem de doenças mentais na Clínica Psiquiátrica de Valley Pines. Telefonei para a Universidade de Massachusetts. Fez o curso de Medicina lá.

— Quem lhe disse isso? — perguntou Katie.

Maureen hesitou.

— Lembro-me de ter ouvido por aí.

Katie teve uma sensação de ambigüidade na resposta, mas, antes que pudesse sondar mais, Richard, Charley e Phil entraram no escritório juntos. Informaram rapidamente a Maureen o lanche de sua preferência, e Richard puxou uma cadeira ao lado de Katie. Passou o braço pelas costas da cadeira dela e tocou na parte posterior da cabeça de Katie. Seus dedos eram fortes e quentes quando massageou ligeiramente os músculos do pescoço da moça.

— Puxa, como você está tensa — disse.

Scott ergueu os olhos, resmungou e começou a falar.

— Agora todos vocês já sabem que a criança no ventre de Vangie Lewis tinha características orientais. Isso abre duas possibilidades. A primeira é que, com o parto iminente, ela tenha entrado em pânico e se matado. Deve ter ficado histérica ao saber que jamais poderia fazer a criança passar por filho do marido. A segunda possibilidade é que Christopher Lewis tenha descoberto que sua mulher tinha um caso e a matou. Vamos examinar esta última hipótese. Suponhamos que ele houvesse chegado em casa inesperadamente na noite de segunda-feira. Discutiram. Por que ela estava voltando às pressas para Minneapolis? Seria por estar com medo dele? Não se esqueçam que Chris nunca confessou que ela estava indo para a casa dos pais e que pretendia ir antes que ele voltasse da viagem. Pelo que Katie nos diz, o psiquiatra declarou que Vangie correu para fora do seu consultório quase histérica.

— O psiquiatra *japonês* — disse Katie. — Há pouco mandei Maureen investigá-lo.

— Está sugerindo que poderia haver algo entre ele e Vangie? — indagou Scott, virando-se para ela.

— Por enquanto, não estou sugerindo coisa alguma — retrucou Katie. — O fato de que ele seja oriental certamente não significa que Vangie não tenha conhecido outro oriental. Mas isto posso lhes dizer: ele estava nervoso quando conversamos ontem e escolhia cuidadosamente cada palavra que me dizia. Certamente não extraí dele toda a verdade.

— O que nos leva a Edna Burns — disse Scott. — O que acha, Richard? Ela caiu ou foi empurrada?

— Não é impossível que tenha caído — Richard encolheu os ombros. — O nível alcoólico do sangue era ponto dois cinco. Ela estava bêbada. Muito bêbada.

— E essa história de bêbados e crianças poderem cair sem se machucar? — perguntou Katie.

Richard meneou a cabeça.

— Isso pode ser verdade em relação a ossos quebrados, mas não quando um crânio se choca contra um aguçado objeto de metal. Diria que, a menos que alguém confesse ter assassinado Edna, nunca seremos capaz de prová-lo.

— Mas é possível que tenha sido assassinada? — insistiu Scott.

— Sem dúvida — respondeu Richard, encolhendo os ombros.

— E ouviram Edna falando com Chris Lewis sobre o Príncipe Encantado — disse Katie, com voz pausada. Pensou no elegante psiquiatra. Iria alguém como Edna referir-se a *ele* como o Príncipe Encantado? Teria ela telefonado para Chris depois da morte de Vangie para contar-lhe que ela desconfiava de um caso? — Não acredito nisso — disse.

Os homens a olharam com curiosidade.

— Em que você não acredita? — perguntou Scott.

— Não acredito que Edna fosse malévola. Sei que não era. Não acredito que ela fosse capaz de telefonar para Chris Lewis depois de Vangie ter morrido para magoá-lo, contando-lhe que a mulher estava tendo um caso.

— Talvez ela tivesse tanta pena dele que não quisesse que o comandante se considerasse um marido desolado — disse Richard.

— Ou estava defendendo uns dólares — sugeriu Charley. — Talvez Vangie lhe tenha dito alguma coisa na segunda-feira à noite. Talvez ela soubesse que Chris e Vangie tinham brigado e por quê. Edna nada tinha. Evidentemente, continuava pagando as contas médicas dos pais, que morreram há uns dois anos.

Talvez não achasse que houvesse algum mal em pôr a mão em um pouco do dinheiro de Lewis. Ela o ameaçou de ir à polícia.

— Ela disse que tinha algo a informar à polícia — contestou Katie. — Foi isso o que disse à mulher do zelador.

— Está bem — retrucou Scott. — E a casa de Lewis? O que achou lá?

— Até agora quase nada. — Charley encolheu os ombros. — Há um número de telefone com o DDD 612 anotado no caderno junto do aparelho da cozinha. Não é o número dos pais de Vangie, temos certeza. Pensamos em telefonar daqui para ele. Talvez Vangie estivesse conversando com uma amiga, contando-lhe alguns dos seus planos. A outra coisa é que ela rasgou a roupa que estava usando num dente de um ancinho que estava na prateleira na garagem.

— O que quer dizer com a roupa que estava usando? — perguntou Scott.

— O vestido com que foi encontrada. Não pode ter esquecido. Era um longo, de algodão estampado.

— Onde estão as roupas que ela estava vestindo? — perguntou Scott a Richard.

— Provavelmente ainda estão no laboratório — respondeu Richard. — Providenciamos um novo exame, num trabalho de rotina.

Scott pegou o número do caderninho que Charley lhe entregou e passou-o a Katie.

— Por que não liga agora para lá? Se for uma mulher, você tem mais possibilidade de obter alguma coisa.

Katie discou o número. Houve uma pausa e depois o telefone começou a tocar.

— Consultório do Dr. Salem.

— É o consultório de um médico — sussurrou Katie, tapando o bocal com a mão. Falando com a pessoa do outro lado, ela disse: — Talvez você possa me ajudar. Meu nome é Kathleen DeMaio, do condado de Valley, Nova Jersey, assistente do promotor. Estamos efetuando um inquérito de rotina sobre a morte da Sra. Vangie Lewis na segunda-feira passada e encontramos o número do telefone desse médico no caderno dela.

Katie foi interrompida:

— Oh, que coincidência. Acabo de falar com o comandante Lewis. Ele também está tentando comunicar-se com o doutor. Como lhe expliquei, o Dr. Salem está neste momento a caminho de Nova York, para a convenção da AMA. Pode entrar em contato com ele mais tarde, no Hotel Essex House, em Central Park, Sul.

— Ótimo. Faremos isso. — Para não perder a oportunidade, Katie acrescentou: — Sabe alguma coisa sobre o telefonema da Sra. Lewis? Ela falou com o doutor?

— Não, não falou. Falou comigo. Telefonou na segunda-feira e ficou muito desapontada porque ele só voltaria ao consultório na quarta-feira. Marquei-lhe uma consulta de urgência na quarta-feira, porque ele ia tornar a se ausentar. Ela me disse que precisava vê-lo.

— Uma última pergunta — falou Katie. — Qual é a especialidade do Dr. Salem?

A voz da mulher soou orgulhosa:

— É um importante obstetra e ginecologista.

— Compreendo. Obrigada. A senhora foi muito útil. — Desligou e transmitiu a conversa aos outros.

— E Chris Lewis sabia da consulta — disse Scott — e agora quer conversar com o médico. Mal posso esperar até de noite. Temos uma porção de perguntas a fazer-lhe.

Bateram na porta e Maureen entrou sem esperar autorização. Estava carregando uma bandeja de papelão com xícaras de café e um saco de sanduíches.

— Katie — disse ela —, o telefonema de Boston sobre o Dr. Fukhito está na linha. Quer atendê-lo?

Katie confirmou de cabeça. Richard pegou o aparelho e estendeu-o para ela. Enquanto esperava que a ligação fosse completada, Katie começou a sentir uma lenta e persistente dor de cabeça. A batida contra o volante havia sido bastante forte para provocar uma concussão, mas percebeu que sua cabeça a estava incomodando havia vários dias. *Não estou funcionando plenamente*, pensou. Sua mente estava sendo testada por coisas demais. O que estava ela tentando lembrar? Alguma coisa. Uma impressão.

Quando se identificou, foi rapidamente transferida para o chefe de pessoal da Escola de Medicina da Universidade de Massachusetts. A voz do homem era cautelosa.

— Sim, o Dr. Fukhito formou-se entre os melhores de sua turma na universidade. Foi interno do Hospital Geral de Massachusetts, fazendo parte mais tarde do seu corpo clínico. Tinha também consultório particular. Saiu do hospital há sete anos.

— Saiu por quê? — perguntou Katie. — Quero que entenda que esta é uma investigação policial. Todas as informações serão mantidas em segredo, mas precisamos saber se há coisas no passado do Dr. Fukhito que devamos conhecer.

Houve um silêncio e depois o informante disse:

— Há sete anos pediram ao Dr. Fukhito que se demitisse, e sua licença em Massachusetts foi suspensa pelo período de um ano. Foi considerado culpado de comportamento antiético depois de se defender sem sucesso da acusação de tratamento inadequado de paciente.

— Qual foi o motivo do processo? — perguntou Katie.

— Uma antiga paciente processou o Dr. Fukhito por tê-la induzido a uma relação íntima com ele, quando estava em tratamento psiquiátrico. Estava divorciada recentemente e em grande dificuldade emocional. Como resultado dessa relação, teve um filho do Dr. Fukhito.

## 33

MOLLY ESTAVA TRABALHANDO ativamente na cozinha, contente porque todos os filhos tinham voltado para a escola. Mesmo Jennifer, a de 12 anos, achava-se bastante bem para ir naquela manhã. Na verdade, havia pedido para ir.

— Você é igual a Katie — resmungou Molly — quando resolve fazer alguma coisa. Está bem, vá lá, mas a pé, não. Está muito frio. Vou levá-la.

Bill só iria a Nova York de tarde. Estava planejando assistir a uma das sessões da convenção da AMA. Estava gozando a rara oportunidade de conversar tranqüilamente sentado na mesa, bebendo café, e Molly cortando as verduras.

— Tenho certeza de que Katie, Richard e os Berkeley vão gostar uns dos outros — estava dizendo Molly. — Jim Berkeley é inteligente e muito divertido. Por que a maioria dos publicitários é, na verdade, tão interessante?

— Porque seu negócio são as palavras — sugeriu Bill. — Embora deva dizer que conheci alguns com os quais não perderia meu tempo outra vez.

— Oh, claro — concordou Molly, distraída. — Ora, se Liz não passar a noite inteira falando da filha... Embora deva admitir que ela está muito melhor a esse respeito. Quando telefonei convidando-a no outro dia, ela só usou os primeiros vinte minutos para contar a última gracinha de Maryanne... que, por falar nisso, derramou seu mingau de aveia pela casa toda ao lhe darem comida. Não é um amor?

— É, se é o seu primeiro filho e esperou quinze anos para tê-lo — comentou Bill. — Lembro-me do tempo em que cada vez que Jennifer piscava, você anotava no seu diário.

Molly começou a cortar aipo.

— Lembre-se de que sua tia me deu o diário para os gêmeos. Não me lembro de tê-lo jamais desembrulhado... De qualquer modo, vai ser divertido. E mesmo que Liz faça alarde de sua filha, talvez dê um empurrãozinho em Katie e Richard.

Bill ergueu as sobrancelhas.

— Molly, você é tão sutil quanto um elefante. É melhor tomar cuidado, ou eles vão começar a se evitar completamente.

— Bobagem. Você não reparou na maneira como se olham? Há alguma coisa latente... mais do que latente... entre eles. Meu Deus, Richard telefonou-me ontem à noite para saber se Katie estava aqui e depois perguntou se havia alguma coisa com ela. Você precisava ver como ele estava preocupado. Garanto-lhe que Richard é louco por ela, mas é bastante inteligente para não demonstrar e assustá-la.

— Você falou com ele sobre a operação?

— Não. Katie ficou furiosa no outro dia, quando lhe perguntei se havia contado a ele. Por Deus, é incrível como as pessoas deixam as coisas acontecerem atualmente... Olhe, por que ela não pode simplesmente dizer a Richard: "Estou com um problema sem importância que mamãe também tinha e preciso fazer uma pequena cirurgia a cada dois anos porque parece que tenho a mesma constituição dela"? Em vez disso, o pobre homem fica evidentemente preocupado, pensando ser coisa séria. Não acho que seja justo com ele.

Bill levantou-se, foi até a pia, lavou sua xícara e seu pires, colocando-os no secador de louça.

— Acho que você nunca percebeu que Katie ficou profundamente traumatizada com a perda dos dois homens que amava e com os quais contava... o pai, quando tinha oito anos, e depois John, quando tinha 24. Ela me faz lembrar a cena final de *E o vento levou,* quando Rhett diz a Scarlett: "Dei-lhe o meu coração e você o esmigalhou. Depois dei-o a Bonnie e ela o esfacelou. Não vou arriscar-me uma terceira vez." É esse, mais ou menos, o problema de Katie. Mas, francamente, acho que ela vai resolvê-lo sozinha. Porém, se você ficar pairando sobre ela como a fêmea de um falcão, não vai ajudar. A coisa que eu mais gostaria seria vê-la junto com Richard Carroll. Ele faria bem a Katie.

— E joga golfe com você — completou Molly. Bill concordou com a cabeça.

— Isso também. — Ele pegou um talo de aipo e deu uma mordida. — Um conselho. Se Katie não quiser contar a Richard sobre a operação, não o meta nisso. Não seria justo com ela. Se ele persistir em se preocupar com Katie, terá que fazer-lhe uma espécie de declaração. Você os reuniu. Agora...

— Agora caia fora — suspirou Molly.

— Mais ou menos isso. E amanhã de noite, quando Katie se internar, você e eu iremos ao Metropolitan. Comprei há meses entradas para o *Otello* e não pretendo trocá-las. Você estará lá quando ela sair da sala de recuperação, no sábado de manhã, mas não vai fazer-lhe nenhum mal desejar que alguém fique com ela. Talvez ela pense um pouco nisso na sexta-feira de noite.

— Ir sozinha para o hospital? — protestou Molly.

— Sozinha — disse Bill, com firmeza. — Ela já está grandinha.

O telefone tocou.

— Tomara que não seja a enfermeira da escola dizendo que um dos garotos teve uma recaída — murmurou Molly. Seu "alô" foi cauteloso. Então seu tom mostrou preocupação.

— Oi, Liz. Ora, você não está telefonando para cancelar hoje à noite, não é?

Ficou ouvindo. Depois, falou:

— Ora, pelo amor de Deus, traga-a. Você tem carrinho... Claro, nós a poremos em nosso quarto e ela ficará muito bem lá... Claro que não me importo. Assim, se ela acordar, nós a traremos para baixo e ela participará da reunião. Será como antigamente aqui... Ótimo. Até as sete. — Pôs o fone no gancho. — A moça que costuma tomar conta da filha de Liz Berkeley disse que não pode ficar hoje, e ela está com medo de deixar a criança com alguém que não conhece e por isso vai trazê-la.

— Ótimo. — Bill olhou para o relógio da cozinha. — É melhor que eu me mande. Está ficando tarde. — Beijou o rosto de Molly. — Quer parar de se preocupar com sua irmãzinha?

Molly mordeu o lábio.

— Não posso. Estou com uma sensação arrepiante com relação a Katie, como se alguma coisa pudesse lhe acontecer.

## 34

QUANDO RICHARD VOLTOU para sua sala, ficou durante muito tempo olhando pela janela. Sua vista era bem mais atraente do que a do escritório de Scott. Além da esquina nordeste da cadeia municipal, uma nítida parte do pequeno parque em frente do Palácio da Justiça podia ser vista. Apenas meio consciente do que estava vendo, ficou observando uma rajada de granizo cair sobre a grama já coberta de gelo escorregadio.

*Tempo maravilhoso*, pensou. Olhou para o céu. Pesadas nuvens de neve estavam se formando. O corpo de Vangie Lewis estava vindo de Minneapolis para Newark no vôo das duas e meia. Seria apanhado às sete e levado para o necrotério. Na manhã seguinte, tornaria a examiná-lo. Não que esperasse encontrar alguma coisa mais do que já sabia. Não havia nele qualquer sinal de escoriações. Tinha certeza. Mas havia uma coisa com o seu pé ou perna esquerdos que ele notou, mas que considerou irrelevante na ocasião.

Botou esse pensamento de lado. Não adiantava especular antes de reexaminar o corpo. Vangie foi evidentemente uma pessoa muito emotiva. Teria sido induzida ao suicídio por Fukhito? Se ele fosse o pai do filho de Vangie, devia estar em pânico. Ficaria acabado como médico, se fosse apanhado novamente com uma paciente.

Mas Chris Lewis tinha uma namorada, boa razão para querer a mulher fora do seu caminho. E se ele soubesse do caso? Evidentemente, até os pais de Vangie sabiam de sua intenção de ir para Minneapolis. Seria possível que Vangie esperasse ter a criança assistida pelo obstetra de Minneapolis e ficar calada? Talvez dizer que o havia perdido? Se queria preservar seu casamento, poderia ter sido levada a isso. Ou se percebesse que um divórcio era quase inevitável, a prova absoluta de sua infidelidade poderia pesar na decisão.

Nada disso parecia verdadeiro.

Suspirando, Richard estendeu o braço, ligou o interfone e chamou Marge. Ela estava almoçando quando ele voltou do escritório de Scott e por isso não lhe passara os recados.

A moça entrou rapidamente com um maço de papéis na mão.

— Nenhum é muito importante — informou. — Ah, sim, há um que chegou assim que o senhor foi para a sala do Dr. Myerson. É do Dr. Salem. Não perguntou pelo seu nome e sim pelo médico-legista. Depois perguntou se havíamos feito a autópsia em Vangie Lewis. Disse-lhe que o senhor era o médico-legista e que a havia feito pessoalmente. Ele estava pegando um avião em Minneapolis, mas perguntou se o senhor podia lhe telefonar para o Hotel Essex House, em Nova York, às cinco horas. Parecia ansioso por lhe falar.

Richard franziu os lábios num assovio silencioso.

— Também estou ansioso para falar com *ele* — replicou.

— E tenho também as estatísticas das pacientes de obstetrícia do Westlake — continuou Marge. — Nos oito anos do Westlake Maternity Concept, dezesseis pacientes morreram, quer de parto, quer de gravidez tóxica.

— *Dezesseis?*

— *Dezesseis* — repetiu Marge, enfaticamente. — Todavia, a clientela é enorme. O Dr. Highley é considerado um excelente médico. Algumas das crianças que partejou são consideradas quase milagres, e as mulheres que morreram haviam sido advertidas por outros médicos que corriam grandes riscos.

— Quero examinar todas as mortes — disse Richard. — Mas se pedirmos a Scott que requisite os arquivos do hospital, iremos pô-los de sobreaviso e não quero que isso aconteça agora. Tem mais alguma coisa?

— Talvez. Nesses oito anos, duas pessoas processaram o Dr. Highley por incompetência. Ambos os processos foram arquivados. E um primo da mulher dele apareceu, dizendo que não acreditava que a prima tivesse morrido do coração. A promotoria contactou o médico particular dela, que disse que o primo estava doido. O primo era o único herdeiro, antes de Winifred Westlake ter-se casado com o Dr. Highley. Talvez por isso ele tenha querido arranjar encrenca.

— Quem era o médico particular de Winifred Westlake?

— O Dr. Alan Levine.

— É um médico famoso — disse Richard. — Conversarei com ele.

— E as pessoas que moveram processos por incompetência? Quer saber quem são?

— Sim, quero.

— Imaginei. Tome.

Richard olhou para os dois nomes na folha de papel que Marge lhe estendeu. *Anthony Caldwell, Old Country Lane, Peapack, N. J.* e *Anna Horan, Rua Walnut, 415, Ridgefield Park, N.J.*

— Você fez um bom trabalho, Marge.

— Eu sei — disse ela, meneando a cabeça e com voz satisfeita.

— Scott está agora no tribunal. Poderia deixar-lhe um recado para que me telefone assim que voltar ao escritório? E diga ao laboratório que quero as roupas de Vangie Lewis à disposição logo amanhã cedo. Todos os testes nos tecidos devem estar terminados esta tarde.

Marge saiu, e Richard começou a trabalhar na escrivaninha. Passava das quatro, quando Scott telefonou. Ouviu a decisão de Richard de interrogar os que fizeram queixas contra o Dr. Highley e não se impressionou.

— Olhe, atualmente não há médico, seja quem for, que não tenha sido processado por incompetência. Se o Dr. Schweitzer ainda estivesse vivo, ia viver um pesadelo. Mas vá em frente, se quer assim. Quando precisar, expediremos um mandado de busca e apreensão dos arquivos do hospital. Estou preocupado com o grande número de mortes obstétricas, mas mesmo isso pode ser explicável. Ele cuida de gestações altamente arriscadas. — A voz de Scott tornou-se grave. — Na verdade, estou mais interessado é no que esse Dr. Salem tem para dizer. Você conversa com ele, vem contar-me e agirei imediatamente. Entre nós, Richard, acho que estamos montando um caso circunstancial bastante consistente em torno do comandante Chris Lewis, que vai forçá-lo a se expor. Sabemos que seus movimentos segunda-feira à noite, quando sua mulher morreu, não estão bem explicados. Sabemos que Edna Burns telefonou-lhe na terça-feira de noite. Já sabemos que o encarregado do funeral deixou-o antes das nove da noite de terça-feira. Depois dessa hora, ficou só e poderia facilmente ter saído. E se tiver ido vê-la? Chris é habilidoso. Charley me disse que ele possui ferramentas sofisticadas na garagem. Edna estava bastante bêbada quando lhe telefonou. A vizinha nos contou. Suponha que ele tenha ido lá, destrancado o ferrolho, entrado no apartamento e empurrado aquela pobre mulher antes que ela soubesse o que estava acontecendo? Francamente, esse é o meu palpite, e ele estará aqui esta noite para nos contar tudo.

— Talvez você tenha razão — retrucou Richard. — Mas, apesar disso, vou checar aquele pessoal.

Alcançou o Dr. Alan Levine justamente na hora em que o médico estava saindo do consultório.

— Ofereço-lhe uma bebida — sugeriu Richard. — Não lhe tomarei mais de quinze minutos.

Concordaram em se reunir no Parkwood Country Club. A meio caminho para ambos, tinha a vantagem de ser tranqüilo nos dias de semana. Poderiam conversar no bar sem serem incomodados por pessoas conhecidas nem serem ouvidos.

Alan Levine era um James Stewart de 55 anos, o que o tornava benquisto dos pacientes mais idosos. Ambos gozavam da fácil cordialidade de profissionais que se respeitavam, tomavam com satisfação uma bebida juntos, se seus caminhos se cruzavam, e se cumprimentavam nos campos de golfe.

— Por vários motivos, estamos interessados no Hospital Westlake. — Richard foi direto ao assunto. — Winifred Westlake foi sua paciente. O primo dela tentou insinuar que ela não morreu de ataque cardíaco. O que pode me dizer a respeito?

Alan Levine olhou Richard com firmeza, tomou um gole do martíni, olhou para a vista que se descortinava da janela, para o campo de golfe coberto de neve, e franziu os lábios.

— Tenho que responder a essa pergunta em duas etapas — disse, vagarosamente. — Primeiro: Sim, Winifred era minha paciente. Durante anos, sofreu de úlcera. Especificamente, tinha todos os sintomas clássicos de uma úlcera duodenal, mas que nunca apareceu na radiografia. Quando sentia dor de vez em quando, fazia a radiografia habitual, obtinha resultado negativo, eu lhe prescrevia uma dieta adequada e ela sentia alívio quase imediato. Não era um grande problema. Então, no ano anterior ao seu encontro e casamento com Highley, ela teve um grave ataque de gastroenterite que alterou realmente seu eletrocardiograma. Levei-a para o hospital sob suspeita de um ataque cardíaco. Mas após dois dias no hospital, o eletro estava perfeitamente dentro da normalidade.

— Então, ela poderia ou não ter tido um problema cardíaco? — perguntou Richard.

— Não acho que tivesse tido. Nunca apareceu nos testes-padrão. Mas sua mãe morreu do coração aos 58 anos de idade. E Winifred tinha quase 52 quando morreu. Era mais velha do que Highley uns dez anos, sabe? Vários anos após o casamento, começou a me procurar com mais freqüência, queixando-se constantemente de dores no peito. Os exames nada revelaram de importante. Disse-lhe para observar a dieta.

— E então ela teve o ataque fatal? — perguntou Richard.

O outro médico concordou com a cabeça.

— Certa noite, durante o jantar, teve um ataque. Edgar Highley telefonou imediatamente para o serviço dele. Deu-lhes meu número de telefone, o número do hospital e disse-lhes para chamar a polícia. Segundo eu soube, Winifred tombou sobre a mesa de jantar.

— O senhor foi lá quando ela morreu? — perguntou Richard.

— Fui. Highley ainda estava tentando ressuscitá-la. Mas foi inútil. Morreu minutos depois de eu ter chegado.

— E o ataque cardíaco o convenceu? — tornou a inquirir Richard.

Novamente um ligeiro sinal de hesitação.

— Ela andava sentindo dores no peito aqueles anos todos. Nem todos os problemas cardíacos aparecem nos eletros. Nos dois anos anteriores à sua morte, ela estava com pressão alta periodicamente. Não há dúvida de que as doenças de coração costumam transmitir-se nas famílias. Sim, fiquei convencido na época.

— *Na época.* — Richard sublinhou as palavras.

— Acho que a convicção absoluta do primo, de que alguma coisa errada aconteceu quando ela morreu, perseguiu-me nestes últimos três anos. Praticamente atirei-o para fora do meu consultório quando foi me ver e me acusou de falsificar registros. Imaginei que ele fosse um parente descontente que odiava o sujeito que tomou o seu lugar no testamento. Mas Glenn Nickerson é um bom sujeito. É treinador em Parkwood High, e meus filhos freqüentam a sede. São todos loucos por ele. É um homem caseiro, membro ativo de sua igreja e do conselho municipal. Não é certamente a espécie de homem que ficaria meio maluco por ter sido deserdado. E certamente devia saber que Winifred deixaria seus bens para o marido. Ela era louca por Highley. Ele é gelado como um peixe.

— Percebo que não gosta dele.

Alan Levine terminou a bebida.

— Não gosto mesmo. Leu o artigo sobre ele no *Newsmaker?* Saiu hoje. Faz dele um medalhão. Suponho que irá torná-lo ainda mais insuportável. Mas devo fazer-lhe justiça. É um excelente médico.

— Excelente o bastante para provocar quimicamente um ataque cardíaco na mulher?

— Francamente, sempre desejei ter insistido numa autópsia — disse o Dr. Levine, encarando Richard.

Richard pediu a conta.

— Alan, você ajudou bastante.

— Não sei como. — Encolheu os ombros. — Que uso você poderá fazer disso?

— No momento, me dá uma base para falar com algumas pessoas. Depois, quem sabe?

Separaram-se na entrada do bar. Richard procurou moedas no bolso, foi até o telefone público e telefonou para o Hotel Essex House em Nova York.

— O Dr. Emmet Salem, por favor.

Ouviu-se o som agudo de um telefone de hotel tocando. Três, quatro, cinco, seis vezes. A telefonista interrompeu.

— Lamento, mas não respondem.

— Tem certeza de que o Dr. Salem está hospedado aí? — perguntou Richard.

— Tenho sim, senhor. Ele ligou especialmente para dizer que estava esperando um telefonema muito importante e queria ter certeza de que o chamariam. Foi apenas há vinte minutos. Mas acho que mudou de idéia ou coisa assim. Porque estamos ligando para seu quarto e não há resposta.

## 35

QUANDO SAIU DA SALA de Scott, Katie chamou Rita Castile e trabalharam juntas no material que ela precisava para os próximos julgamentos.

— Esse roubo à mão armada na área da delegacia vinte e oito — disse Katie — em que o réu cortou o cabelo na manhã após o crime. Precisamos do barbeiro como testemunha. Não é de admirar que as testemunhas não pudessem identificar com certeza. Apesar de fazê-lo usar uma peruca na identificação, ele não parecia o mesmo.

— Está aqui. — Rita separou o endereço do barbeiro. — É muito ruim você não poder fazer o júri saber que Benton tem uma enorme ficha como delinqüente juvenil.

— É a lei — suspirou Katie. — Tenho muita esperança de que um dia ela deixe de proteger criminosos. É só o que tenho para você agora, mas não virei durante o fim de semana, por isso a próxima semana vai ser trabalhosa. Prepare-se.

— Você não virá? — Rita ergueu a sobrancelha. — Puxa, não é sem tempo. Há meses você não goza um fim de semana inteiro. Espero que vá para fora e se divirta.

— Não sei se será muito divertido — disse Katie, rindo. — Oh, Rita, tenho um palpite de que Maureen está preocupada com alguma coisa hoje. Sem querer ser intrometida, você sabe de alguma coisa? Ela continua deprimida por ter rompido com o noivo?

Rita balançou a cabeça.

— Não, de jeito nenhum. Era coisa de criança e ela sabia disso. O habitual namoro desde os quinze anos e um anel de noivado como compromisso. Ambos compreenderam, no verão passado, que não estavam preparados para o casamento. Ele foi agora para a universidade, sem problemas portanto.

— Por que, então, ela parece tão infeliz? — perguntou Katie.

— Arrependimento — respondeu Rita, simplesmente. — Exatamente quando romperam, ela descobriu que estava grávida e fez um aborto. Ficou abatida, sentindo-se culpada. Contou-me que continua sonhando com a criança, que ouve uma criança chorar e tenta encontrá-la. Disse que daria tudo para ter tido o filho, mesmo que o tivesse entregue a pais adotivos.

Katie se lembrou como havia esperado ficar grávida de John, como havia ficado furiosa, quando, após a morte dele, alguém comentou que ela havia tido sorte em não ficar com um filho.

— A vida é muito estranha — disse ela. — Quem não quer acaba ficando grávida, e então é muito fácil cometer um engano com o qual vai conviver o resto da vida. Mas isso explica tudo. Obrigada por ter me contado. Eu estava com medo de ter dito alguma coisa que a tivesse magoado.

— Nada disso — falou Rita. Pegou as pastas que Katie lhe destinou. — Muito bem. Expedirei essas intimações e sairei à caça do barbeiro.

Depois da partida de Rita, Katie recostou-se na poltrona. Queria falar novamente com Gertrude Fitzgerald e Gana Krupshak.

A Sra. Fitzgerald e Edna haviam sido boas amigas. Almoçavam freqüentemente juntas. A Sra. Krupshak costumava ir de noite ao apartamento de Edna. Talvez ela lhes tivesse dito alguma coisa sobre o Dr. Fukhito e Vangie Lewis. Valia a pena tentar.

Telefonou para o Hospital Westlake e soube que a Sra. Fitzgerald estava em casa, doente. Pediu e obteve o número do seu telefone. Quando a mulher atendeu, ainda estava evidentemente perturbada. Sua voz estava fraca e trêmula.

— Tive uma das minhas enxaquecas, Sra. DeMaio — informou —, e não é de admirar. Cada vez que penso como a pobre Edna estava...

— Queria sugerir-lhe que nos encontrássemos aqui ou em sua casa — disse Katie. — Mas passarei o dia no tribunal amanhã, por isso acho que teremos de esperar até segunda-feira. Há apenas uma coisa que eu gostaria de lhe perguntar, Sra. Fitzgerald. Edna alguma vez chamou os médicos com quem trabalhava de "Príncipe Encantado"?

— *Príncipe Encantado?* — A voz de Gertrude Fitzgerald era de espanto. — Príncipe Encantado? Meu Deus. O Dr. Highley ou o Dr. Fukhito? Por que alguém chamaria um deles assim? Pelo amor de Deus, não.

— Está bem. Foi só uma idéia.

Katie despediu-se e ligou para a Sra. Krupshak. Atendeu o zelador. A mulher tinha saído, explicou. Estaria de volta pelas cinco.

Katie deu uma olhada no relógio. Eram quatro e meia.

— O senhor acha que ela se incomodará se eu passar por aí de volta para casa e conversar por uns minutos com ela? Prometo que serei breve.

— À vontade — respondeu o homem imediatamente, e depois acrescentou: — Como estão as coisas com o apartamento Burns? Vão demorar muito a liberá-lo?

— É proibido entrar ou mexer naquele apartamento até que o escritório do promotor autorize — respondeu Katie, asperamente.

Desligou, meteu algumas pastas em sua maleta e pegou o casaco. Dispunha do tempo exato para falar com a Sra. Krupshak e depois ir para casa, mudar de roupa. Naquela noite não pretendia ficar até muito tarde na casa de Molly. Precisava de uma tranqüila noite de sono antes da operação. Sabia que não conseguiria dormir bem no hospital.

ELA CONSEGUIU LIVRAR-SE do trânsito da tarde e a Sra. Krupshak já estava em casa, quando tocou a campainha.

— Ora, isso é que é pontualidade! — exclamou para Katie. O choque da descoberta do corpo de Edna começava a esmaecer para aquela mulher, que estava evidentemente gostando da excitação da investigação policial. — Esta é a minha tarde de jogar bingo — explicou. — Quando contei às minhas amigas o que havia acontecido, elas mal conseguiram manter os cartões firmes.

*Pobre Edna*, pensou Katie. Mas depois se lembrou de que Edna teria ficado deliciada por ser o centro das atenções.

A Sra. Krupshak introduziu-a numa sala de visitas em forma de L, uma exata reprodução da de Edna. O aposento estava mobiliado com um sofá antiquado de veludo, combinando com as cadeiras de espaldar reto junto da lareira e um desbotado tapete oriental. Como o de Edna, aquele apartamento tinha uma dignidade inata.

A mulher do zelador tinha um sofá e uma poltrona imitando couro, uma enorme mesa de coquetéis com um arranjo floral em plástico colocado exatamente no centro e uma gravura outonal alaranjada sobre o sofá, que combinava com a cor violentamente vívida da forração. Katie sentou-se. Aquele lugar era vulgar, refletiu. É sem imaginação, embora limpo e confortável, e se tinha a sensação de que, mesmo sendo o marido rude e pouco sociável, Gana Krupshak era feliz. Então Katie ficou imaginando por que estava subitamente tão interessada em definir a felicidade.

Com um encolher de ombros mental, concentrou-se nas perguntas que pretendia fazer.

— Sra. Krupshak — começou —, conversamos ontem à noite, mas é claro que a senhora estava muito chocada. Agora, gostaria de saber se a senhora poderia voltar ao fato e me dizer bem detalhadamente o que aconteceu ontem de noite. Quanto tempo esteve com Edna. De que falaram. Se teve a impressão de que ela marcou um encontro com o comandante Lewis e quando falou com ele.

Gana Krupshak recostou-se na cadeira, semicerrou os olhos, deixou-os vaguear pela sala e mordeu o lábio.

— Ora, vejamos. Cheguei na casa de Edna exatamente às oito horas porque Gus começou a ver o jogo de basquete e pensei: dane-se o basquete; vou à casa de Edna tomar uma cerveja com ela.

— E foi até lá — encorajou Katie.

— Fui. Acontece que Edna havia feito um jarro de *manhattans* que já estava pela metade e ela meio tocada. Sabe, às vezes ela ficava numa espécie de depressão, e imaginei que estivesse numa daquelas. Como na quinta-feira passada, que era o aniversário da mãe dela, quando passei por lá, e ela estava lamentando o quanto sentia falta da mãe. Ora, não quero dizer que fosse a mesma coisa, mas quando passei lá quinta-feira, ela estava sentada, com a fotografia dos pais nas mãos e a caixinha de jóias nos joelhos. As lágrimas corriam pelo rosto dela. Abracei-a com força e disse: "Edna, vou dar-lhe um ótimo *manhattan* e faremos um brinde à sua mãe. Se ela estivesse aqui, tomaria parte." Portanto, se entende o que quero dizer, tratei de tirá-la da tristeza e ela ficou ótima. Mas quando voltei na terça-feira de noite e a vi naquele pileque, percebi que a coitada não tinha conseguido livrar-se da solidão.

— Na terça-feira de noite ela lhe disse que ainda estava deprimida? — perguntou Katie.

— Não, não. É isso. Ela estava bastante excitada. Falou um tanto a esmo sobre a paciente que tinha morrido, que era bonita como uma boneca, que estava doente e como ela... Edna, quero dizer... podia contar aos tiras uma porção de coisas sobre a morta.

— Depois aconteceu o quê? — perguntou Katie.

— Bem, tomei uns dois *manhattans* com ela e então achei melhor ir para casa, porque Gus fica irritado se estou fora quando ele vai dormir. Mas detestei ver Edna bebendo mais ainda, pois sabia que ela ia sentir-se muito mal de manhã. Por isso, apanhei aquele belo presunto enlatado, abri-o e cortei algumas fatias para ela.

— E foi nessa hora que ela deu o telefonema?

— Exatamente como lhe disse ontem de noite.

— E ela falou com o comandante Lewis sobre o Príncipe Encantado?

— Deus é testemunha.

— Está bem. Apenas mais uma coisa, Sra. Krupshak: sabe se Edna guardava alguns objetos do vestuário da mãe como recordação sentimental?

— Vestuário? Não. Ela conservava um belo broche de diamante e um anel.

— Sim, sim, encontramos essas coisas na noite passada. Mas... bem, por exemplo, minha mãe costumava guardar um velho chapéu preto de feltro no armário por motivos sentimentais. Encontrei um velho mocassim na gaveta das jóias de Edna. Era muito gasto. Alguma vez ela o mostrou à senhora ou fez algum comentário a respeito?

— Nunca — respondeu Gana Krupshak, encarando Katie.

## *36*

O ARTIGO DO *NEWSMAKER* estava nas bancas quinta-feira pela manhã. Os telefonemas começaram assim que ele chegou ao consultório, depois de ter assistido ao nascimento do filho dos Aldrich. Deu instruções à telefonista para passar as ligações diretamente para ele. Queria saber dos comentários. Foram além da expectativa.

— Doutor, quando posso consultá-lo? Meu marido e eu ansiamos por um filho. Posso voar para Nova Jersey quando o senhor quiser. Deus o abençoe por seu trabalho.

A Escola de Medicina de Dartmouth telefonou. Aceitaria convite para uma conferência? Um articulista do *Ladie's Home Journal* queria fazer uma entrevista. Os Drs. Highley e Fukhito poderiam aparecer juntos no programa de televisão *Eyewitness News?*

Esse convite o perturbou. Tivera o cuidado de dar à repórter do *Newsmaker* a impressão de que trabalhava com vários psiquiatras, da mesma maneira que um advogado de família pode entregar um dos seus clientes a qualquer um dos seus inúmeros adjuntos. Ele havia claramente sugerido que o programa se desenrolava sob seu inteiro comando, não como um esforço conjunto. Mas a repórter pegara o nome de Fukhito de uma de suas clientes seguras, que ele citou para serem entrevistadas. Agora, a repórter estava citando Fukhito como o psiquiatra que trabalhava com o Dr. Edgar Highley desde o começo no Westlake Maternity Concept.

Fukhito devia estar muito perturbado pela publicidade. Por isso, havia sido escolhido. Fukhito teria que manter a boca fechada, mesmo que começassem a suspeitar dele. Não estava em posição de permitir que o menor escândalo atingisse o Westlake. Se isso acontecesse, ficaria definitivamente arruinado.

Fukhito estava se tornando uma grande responsabilidade. Agora, ficava fácil livrar-se dele. Estava dedicando muito tempo voluntariamente à clínica em Valley Pines. Sem dúvida, já poderia tornar-se membro do seu corpo clínico. Provavelmente, Fukhito ficaria contente em afastar-se para obter cobertura. Então, ele poderia começar a fazer rodízio de psiquiatras. Conhecia atualmente uma quantidade deles, competentes o bastante para aconselharem qualquer um. Seriam fáceis de enganar.

Fukhito precisava ir embora.

Tomada a decisão, autorizou a entrada da primeira paciente. Era nova, como o eram as outras duas marcadas para depois dela. A terceira paciente era um caso interessante: um útero tão virado que não poderia conceber sem intervenção.

Seria sua próxima Vangie.

O TELEFONE TOCOU ao meio-dia, justamente quando ele estava saindo para o almoço. A enfermeira que estava cuidando da recepção desculpou-se.

— Doutor, é um interurbano do Dr. Emmet Salem, de Minneapolis. Está agora numa cabine telefônica no aeroporto e insiste em falar com o senhor imediatamente.

*Emmet Salem!* Ele pegou o fone.

— Edgar Highley falando.

— Dr. Highley. — A voz era gelada. — O Dr. Highley do Hospital Christ, em Devon?

— Ele mesmo. — Um estremecimento de medo tornou sua língua pesada e os lábios insensíveis.

— Dr. Highley, disseram-me ontem de noite que o senhor tratou minha antiga paciente, Sra. Vangie Lewis. Estou viajando agora para Nova York. Estarei no Hotel Essex House. Preciso dizer-lhe que estou pretendendo conversar com o médico-legista de Nova Jersey sobre a morte da Sra. Lewis. Tenho comigo sua ficha médica. Para ser justo com o senhor, sugiro que discutamos o caso dela antes que eu faça uma acusação.

— Doutor, estou perturbado por seu tom e insinuações. — Highley mal podia falar. Agora, sua própria voz estava dura como pedaços de granito.

— Meu avião está para decolar. Vou ficar no quarto 3219 do Hotel Essex House, onde chegarei logo depois das cinco horas. Pode telefonar para lá.

A ligação foi cortada.

ELE ESTAVA ESPERANDO no Essex House quando Emmet Salem saiu do táxi. Meteu-se rapidamente num elevador para o 32.º andar, passou pela porta do quarto 3219 até dobrar o corredor. Outro elevador parou no andar. Ouviu quando uma chave tilintou e um empregado disse:

— Chegamos, doutor.

Logo depois o empregado reapareceu e disse:

— Obrigado, senhor.

Esperou até ouvir o elevador parar no andar para apanhar o empregado. Os corredores estavam silenciosos. Mas não iam continuar por muito tempo. Muitos dos delegados da convenção da AMA provavelmente estavam hospedados ali. Havia sempre o perigo de encontrar algum conhecido. Mas tinha que tentar a sorte. Precisava silenciar Salem.

Abriu rapidamente sua maleta de couro e retirou o peso de papéis que, havia apenas 48 horas, tinha pretendido usar para silenciar Edna. Era incongruente, sem sentido que ele, o homem que cura, o médico, fosse repetidamente forçado a matar.

Meteu o peso no bolso do sobretudo, calçou as luvas, agarrou firmemente a maleta com a mão esquerda e bateu na porta.

Emmet Salem abriu a porta. Havia apenas tirado o casaco.

— Esqueceu alguma coisa? — Sua voz era arrastada. Evidentemente pensava que o empregado tinha voltado.

— Dr. Salem! — Pegou a mão de Salem enquanto entrava, fazendo o outro recuar e fechando a porta na passagem. — Sou Edgar Highley. Prazer em falar-lhe novamente. O senhor desligou o telefone tão abruptamente que não pude dizer-lhe que ia jantar com inúmeros colegas que participam da convenção. Disponho apenas de uns minutos, mas estou certo de que podemos esclarecer várias coisas.

Continuou andando, o que forçou o Dr. Salem a recuar. A janela por trás do médico achava-se aberta. Provavelmente tinha mandado o empregado abri-la. O quarto estava muito quente. A janela era baixa. Seus olhos se apertaram.

— Tentei telefonar-lhe mas seu ramal está com defeito.

— Impossível. Acabei de falar com a telefonista. — O Dr. Salem empertigou-se, com o rosto apreensivo.

— Então, desculpe-me. Mas não há problema. Estou muito ansioso para examinar a pasta Lewis com o senhor. Tenho-a aqui na maleta. — Apanhou o peso de papéis no bolso e depois gritou: — Doutor, por trás do senhor, cuidado!

O outro homem virou-se. Segurando o peso de papéis, Highley bateu com ele no crânio de Salem. A pancada fez Emmett Salem cambalear, caindo sobre o parapeito da janela.

Tornando a meter o peso de papel no bolso, Edgar Highley juntou as mãos em torno de um pé de Salem, ergueu-o e o empurrou por sobre a janela.

— Não. Não. Por Deus, por favor!

O homem semi-inconsciente deslizou para fora da janela.

Highley viu friamente quando Salem bateu na platibanda do prédio, 15 andares abaixo. O corpo fez um ruído surdo.

Teria sido visto? Precisava apressar-se. Tirou do bolso do casaco que estava sobre a cama um molho de chaves. A menor abria a maleta que se achava no armário.

A pasta sobre Vangie Lewis encontrava-se por cima. Agarrando-a, meteu-a em sua maleta, tornou a fechar a de Salem e colocou novamente as chaves no bolso do casaco na cama. Retirou de seu bolso o peso de papéis e colocou-o na maleta, junto com a pasta. O ferimento não espirrara sangue, mas o peso estava pegajoso.

Fechou a própria maleta e olhou em volta. O quarto achava-se em perfeita ordem. Não havia traço de sangue no parapeito da janela. Tudo havia levado menos de dois minutos.

Abriu cautelosamente a porta e olhou para fora. O corredor estava vazio. Saiu. Quando fechou a porta, o telefone no quarto de Salem começou a tocar.

Não ousou ser visto tomando o elevador naquele andar. Sua foto estava no *Newsmaker*, ilustrando o artigo. Mais tarde começariam a fazer perguntas e ele poderia ser reconhecido.

A escada de incêndio ficava no fim do corredor. Desceu quatro pavimentos até o 28º andar. Lá, tornou a andar pelo corredor atapetado. Um elevador estava parando. Entrou, examinando os rostos dos passageiros. Várias mulheres, um casal de jovens, um casal de velhos. Nenhum médico. Tinha certeza.

No saguão, caminhou rapidamente para a saída do hotel que dava para a rua 58, dobrou para oeste e depois para sul. Dez minutos mais tarde, pediu o carro no estacionamento pago na rua 54, Oeste, colocou a maleta no porta-malas e partiu.

## 37

CHRIS CHEGOU AO AEROPORTO de Twin Cities faltando dez para a uma. Tinha uma hora de espera até que seu avião voasse para Newark. O corpo de Vangie deveria estar naquele avião. Ontem, não pensava em nada a não ser naquele caixão no porão do avião. Manteve uma certa aparência de normalidade procurando se convencer de que em breve tudo estaria terminado.

Tinha que ver o Dr. Salem. Por que o Dr. Salem estava tão perturbado? Naquela noite, quando deixasse o avião em Newark, o pessoal do gabinete do médico-legista estaria esperando pelo corpo de Vangie.

*E o pessoal do gabinete do promotor estará esperando por mim.* A certeza disso perseguia Chris. Claro. Se tinham qualquer suspeita sobre a morte de Vangie, estariam à sua procura para obter respostas. Estariam esperando para interrogá-lo. Poderiam mesmo prendê-lo. Se tivessem realmente investigado, saberiam agora que havia voltado segunda-feira à noite para a área de Nova Jersey. Precisava ver o Dr. Salem. Se fosse detido para interrogatório, poderia não ter condições de falar com ele. Não queria falar com a equipe da promotoria *sobre o* Dr. Salem.

Mais uma vez pensou em Molly e Bill Kennedy. Que importância tinha que Molly fosse irmã de Katie DeMaio? Eram boa gente, honesta. Devia ter confiado neles, conversado com eles. Devia ter falado com alguém.

Tinha que falar com Joan.

A necessidade que sentia dela era terrível. No minuto em que começasse a falar a verdade, Joan ficaria envolvida. Joan que, neste perverso mundo, ainda mantinha princípios invioláveis, estava a ponto de ser arrastada na lama.

Ele tinha o número do telefone da aeromoça com quem ela estava morando na Flórida. Sem saber o que iria dizer, pegou o telefone, deu mecanicamente o número do seu cartão de crédito à moça e ouviu a campainha.

Kay Corrigan atendeu.

— Kay, Joan está aí? É Chris.

Kay sabia do caso entre eles. Sua voz estava preocupada.

— Chris, Joan está tentando telefonar-lhe. Tina ligou do apartamento de Nova York. O escritório do promotor do condado de Valley tem andado fazendo toda a espécie de perguntas a respeito de vocês dois. Joan está quase louca!

— Quando ela vai voltar?

— Joan está agora no novo apartamento. Não tem telefone. De lá, ela deve ir para o escritório da companhia em Miami. Só voltará lá pelas oito da noite.

— Diga-lhe que não saia e espere meu telefonema — falou Chris. — Diga-lhe que preciso falar com ela. Diga-lhe... — Cortou a ligação, apoiou-se no telefone e engoliu um soluço.

Ó, meu Deus, era muito, era demais. Não podia pensar. Não sabia o que fazer. E em poucas horas estaria detido, por suspeita de ter assassinado Vangie... talvez *acusado* de ter matado Vangie.

Não. Tinha outra saída. Pegaria o vôo para LaGuardia. Ainda podia fazê-lo. Então estaria em Manhattan e em condições de ver o Dr. Salem quase na mesma hora em que ele chegasse ao hotel. O pessoal da promotoria só ia perceber que ele não estava no vôo de Newark às seis da tarde. Talvez o Dr. Salem tivesse um jeito de ajudá-lo.

Chegou em cima da hora do vôo para LaGuardia. A classe turística estava cheia, mas comprou uma passagem de primeira e pôde embarcar. Não se preocupou com a bagagem, que havia sido despachada para Newark.

A bordo, aceitou uma bebida da aeromoça, recusou a comida e folheou distraidamente a revista *Newsmaker.* A seção dedicada à Ciência e Medicina chamou sua atenção pelo título: "O Westlake Maternity Concept Oferece Novas Esperanças a Casais Sem Filhos". *Westlake.* Leu o primeiro parágrafo. "Nos últimos oito anos, uma pequena clínica particular em Nova Jersey está executando um programa intitulado Westlake Maternity Concept, que torna possível a qualquer mulher sem filhos ficar grávida. O hospital chama-se assim em homenagem a um importante obstetra de Nova Jersey e o programa é orientado pelo Dr. Edgar Highley, obstetra e ginecologista, que foi genro do Dr. Franklin Westlake...."

*Dr. Edgar Highley.* O médico de Vangie. Engraçado ela nunca ter falado muito sobre ele. Era sempre o psiquiatra.

— O Dr. Fukhito e eu falamos sobre mamãe e papai hoje... ele disse que era evidente eu ser filha única... o Dr. Fukhito pediu-me que desenhasse um retrato de mamãe e de papai, como eu os imagino. Foi fascinante. Quer dizer, foi realmente muito interessante ver como eu os visualizava. O Dr. Fukhito esteve perguntando a seu respeito, Chris.

— E o que você disse, Vangie?

— Que você me adorava. Você me adora, não é, Chris? Quer dizer, pondo de lado a maneira como você me trata, não sou a sua garotinha?

— Preferia que você pensasse em você mesma como minha mulher, Vangie.

— Está vendo? Nunca posso falar sobre coisa alguma com você. Torna-se logo desagradável...

Ficou imaginando se a polícia havia falado com ambos os médicos de Vangie.

No último mês ela havia passado muito mal. Chris sugeriu que Vangie fosse se consultar. O médico da companhia lhe recomendaria alguém. Ou Bill Kennedy poderia perfeitamente sugerir um de Lenox Hill. Mas, é claro, Vangie recusou-se a ir a um médico.

Então, por conta própria, marcou uma consulta com o Dr. Salem.

O avião pousou às quatro e meia. Chris correu para o desembarque e chamou um táxi. Uma das raras vantagens daquele dia miserável era que estava meia hora na frente do *rush* das cinco.

— Hotel Essex House, por favor — disse ao motorista.

Passavam exatamente dois minutos das cinco, quando chegou ao hotel. Dirigiu-se a um telefone no saguão.

— O Dr. Emmet Salem, por favor.

Houve uma pausa.

— A linha está ocupada, senhor.

Chris desligou. Pelo menos o Dr. Salem estava lá. Pelo menos ia ter oportunidade de falar com ele. Lembrou-se de ter escrito o número do quarto do Dr. Salem no caderninho de notas. Abriu-o e discou "3219". A campainha tocou... outra vez... mais ainda. Depois de seis toques, ele desligou e discou o número da mesa. Explicando que a linha estivera ocupada há uns momentos, pediu à telefonista para tentar novamente.

A telefonista hesitou, falou com alguém e depois disse:

— Senhor, acabo de dar este recado a outra pessoa. O Dr. Salem hospedou-se aqui, entrou em contato comigo para dizer que estava esperando um telefonema importante que não podia deixar de atender e então, aparentemente, saiu. Por que não tenta outra vez daqui a instantes?

— É o que farei. Obrigado. — Chris pendurou o fone meio indeciso, caminhou até o saguão e sentou-se numa poltrona em frente aos elevadores da ala sul. As portas do elevador abriram-se, saíram passageiros, entraram outros passageiros que desapareceram numa risca de luzes ascendentes.

Um elevador chamou sua atenção. Havia alguma coisa familiar em alguém nele. O Dr. Salem? Examinou rapidamente os passageiros. Três mulheres, algumas adolescentes, um casal idoso, um homem de meia-idade, com a gola do sobretudo levantada. Não. Não era o Dr. Salem.

Às cinco e meia, Chris tornou a tentar. E também faltando quinze para as seis. Às seis e cinco, ouviu sussurros atravessando o saguão como uma língua de fogo.

— Alguém pulou de uma janela. O corpo caiu na platibanda.

Vindo de Central Park, Sul, ouviu-se a sirene de uma ambulância e o silvo dos carros da polícia, crescendo numa frenética explosão sonora.

Com a certeza que traz o desespero, Chris caminhou até o chefe da portaria.

— Quem foi? — perguntou. Seu tom era seco, autoritário. Sugeria que ele tinha o direito de saber.

— Foi o Dr. Emmet Salem. Era uma pessoa importante na AMA. Quarto 3219.

Caminhando com o passo medido de um autômato, Chris empurrou a porta giratória da entrada da rua 58. Um táxi estava passando. Gritou, entrou e reclinou-se no assento, fechando os olhos.

— LaGuardia, por favor. Terminal da National Airlines.

Havia um vôo às sete para Miami. Dispunha do tempo exato para apanhá-lo.

Dentro de três horas, estaria com Joan.

Tinha que contar-lhe, fazer com que ela entendesse tudo antes de ser preso.

# 38

JENNIFER, DE 12 ANOS, abriu a porta assim que Katie chegou na calçada.

— Oi, Katie. — Sua voz era alegre, seu abraço, vigoroso. Ambas sorriram. Com seus intensos olhos azuis, cabelo preto e pele morena, Jennifer era a reprodução juvenil de Katie.

— Oi, Jennie. Como vai?

— Bem, e você? Fiquei muito preocupada, quando mamãe me contou seu acidente. Tem certeza de que está boa?

— Vamos dizer assim: na semana que vem estarei em plena forma. — Mudou de assunto. — Já chegaram todos?

— Todos. O Dr. Richard também veio... Sabe qual foi a primeira pergunta dele?

— Não.

— Katie já chegou? Juro que ele está de olho em você, Katie. Mamãe e papai também acham. Eu os ouvi conversando sobre isso. E você? Está de olho nele?

— Jennifer! — Meio rindo, meio irritada, Katie começou a subir o pequeno lance de escada para a saleta nos fundos da casa. Ao mesmo tempo, virou a cabeça e perguntou: — Onde estão as outras crianças?

— Mamãe mandou-as sair com uma acompanhante, para comerem no McDonalds e depois irem a um cinema. Disse que a filhinha dos Berkeley não conseguiria dormir se os gêmeos ficassem em casa.

— Boa idéia — murmurou Katie. Começou a andar do corredor para a saleta. Depois de deixar Gana Krupshak, tinha ido até em casa, tomado banho e trocado de roupa. Saíra de casa quando faltavam quinze para as sete, pensando: *Muito breve Chris Lewis estará na sala de Scott sendo interrogado... Que explicação dará por não ter confessado que se achava na região de Nova Jersey segunda-feira de noite? Por que não contou logo, espontaneamente?*

Ficou imaginando se Richard já havia falado com o médico de Minnesota. Deveria ter esclarecido muitas coisas. Tentaria chamar Richard discretamente para um canto e perguntar-lhe.

Fazendo um esforço, decidiu afastar o caso do seu pensamento pelo resto da noite. Talvez *não* pensar a respeito dele durante um tempo a ajudasse a acompanhar os fios indefinidos que continuavam a escapar-lhe...

Chegou à saleta. Liz e Jim Berkeley estavam sentados no sofá, de costas para ela. Molly oferecia *hors d'oeuvre.* Bill e

Richard estavam de pé, junto da janela, conversando. Katie examinou Richard. Usava um terno azul listrado que ela nunca tinha visto. Seus cabelos castanho-escuros tinham toques grisalhos que ela nunca havia reparado. Os dedos, segurando o copo, eram longos e bem-feitos. Era curioso como, neste último ano, ela o encarara como um todo, nunca reparando em detalhes. Sentia-se como uma máquina fotográfica colocada numa só posição e que estava começando novamente a ser posta em foco. Richard mostrava-se sério. Sua testa achava-se franzida. Katie ficou imaginando se ele estava conversando com Bill sobre o feto de Vangie. Não, não discutiria aquilo nem mesmo com Bill. Neste momento, Richard virou a cabeça e a viu.

— Katie. — Seu sorriso combinava com o tom satisfeito da voz. Correu para ela. — Fiquei esperando o toque da campainha.

Era muito freqüente, nos últimos três anos, ela entrar numa sala como intrusa, solitária, entre casais. Agora, ali, naquela noite, Richard estava à sua espera, atento à campainha.

Antes dela ter tempo de pesar os sentimentos dele, Molly e Bill estavam lhe dando as boas-vindas. Jim Berkeley ficou em pé e a habitual confusão de cumprimentos entrou em cena.

A caminho da sala de jantar, deu um jeito de perguntar a Richard se havia encontrado o Dr. Salem.

— Não. Aparentemente, perdi-o às cinco — explicou Richard. — Depois, tornei a tentar de casa às seis, mas ninguém atendia. Deixei o número do telefone daqui com a telefonista do hotel e com o meu serviço de recados. Estou muito ansioso para ouvir o que ele tem a dizer.

Num acordo tácito, ninguém tocou no suicídio de Vangie até quase o final do jantar. E o assunto só surgiu porque Liz Berkeley disse:

— Que sorte. Tenho que confessar que estive prendendo a respiração com medo que Maryanne acordasse e atrapalhasse tudo. Coitadinha, suas gengivas estão tão inchadas que ela sofre muito.

Jim Berkeley riu. Era um moreno elegante, com maçãs salientes, olhos pretos e sobrancelhas espessas, igualmente pretas.

— Quando Maryanne nasceu, Liz costumava acordá-la de quinze em quinze minutos para ver se ainda estava respirando. Mas desde que começou a dentição, Liz ficou igual a qualquer outra mãe. — Imitou a voz dela. — Silêncio, burrinho, não acorde o nenê.

Liz, magra mas vigorosa, rosto agradável e aberto, olhos castanhos fulgurantes, fez uma careta para o marido.

— Você tem que admitir que eu me tranqüilizei até voltar ao normal. Ela, porém, é um milagre para *nós.* Eu estava perdendo a esperança e pensávamos em adotar uma criança, mas é muito difícil. Especialmente com ambos no fim dos trinta. Então, apareceu o Dr. Highley. É um homem milagroso, sem dúvida.

Katie notou que os olhos de Richard se apertaram.

— Você pensa mesmo assim? — perguntou Richard.

— Sem dúvida alguma. Quer dizer, o Dr. Highley não é a mais calorosa pessoa na terra... — começou Liz.

— O que você quer dizer é que ele é o maior filho-da-mãe, frio como um peixe, que já encontrei — interrompeu o marido. — Mas quem se importa com isso? O que importa é que ele conhece sua profissão e devo dizer que cuidou muito bem de Liz. Internou-a quase dois meses antes do parto e a visitava três ou quatro vezes por dia.

— Ele age assim com todas as gestações de risco — falou Liz. — Não apenas comigo. Olhem, rezo por aquele homem todas as noites. Não lhes posso dar sequer uma idéia da diferença que essa criança fez em nossas vidas! E não deixem esse cara enganá-los. — Fez um gesto de cabeça na direção do marido: — Ele se levanta dez vezes por noite para ver se Maryanne está coberta, se não está molhada. Fale a verdade. — Olhou para ele. — Quando você se levanta para ir ao banheiro, não dá antes uma olhada nela?

— Claro que dou — disse ele, rindo.

Molly falou o que Katie estava pensando:

— Era assim que Vangie devia estar se sentindo a respeito do filho.

Richard olhou para Katie interrogativamente, e a moça sacudiu a cabeça. Ela sabia que ele estava imaginando se ela havia contado a Molly e Bill que o filho de Vangie era oriental. Deliberadamente, Richard mudou de Vangie para outro assunto.

— Disseram-me que vocês moravam em São Francisco — falou a Jim. — Cresci lá. Na verdade, meu pai ainda pratica a medicina no Hospital Geral de São Francisco.

— Uma das minhas cidades prediletas — respondeu Jim. — Voltaremos para lá dentro em pouco, não é, Liz?

Enquanto os outros conversavam, Katie ouvia com apenas metade da atenção, contribuindo apenas o suficiente para a conversa, de maneira que seu silêncio não fosse notado. Tinha muito que pensar. Aqueles dias que passaria no hospital também iam contribuir para isso. Sentia-se meio zonza e cansada, mas não quis ir embora muito cedo com medo de acabar com a reunião.

Sua oportunidade chegou quando se levantaram da mesa e foram para a sala de estar para um drinque de despedida.

— Vou me despedir — falou Katie. — Confesso que não tenho dormido bem a semana toda e estou arrebentada.

Molly olhou-a com ar de compreensão e não protestou. Richard disse:

— Vou acompanhá-la até o carro.

— Ótimo.

O ar da noite estava frio e ela teve um arrepio quando chegaram à calçada. Richard reparou imediatamente e disse:

— Katie, estou preocupado com você. Sei que não está com boa disposição. Você não tem vontade de falar no assunto, mas pelo menos vamos jantar juntos amanhã. Da maneira como o caso Lewis vem se desenvolvendo, o escritório amanhã vai estar uma loucura.

— Desculpe, Richard, mas não posso. Vou passar fora este fim de semana. — Katie percebeu que seu tom de voz era de pesar.

— Você o *quê?* Com tudo o que está acontecendo no escritório? Scott sabe disso?

— Eu... eu me comprometi. — *Que desculpa fraca e estúpida,* pensou Katie. *Isto é ridículo. Vou dizer a Richard que me internarei no hospital.*

As luzes do caminho de carros iluminavam o rosto do médico, e sua expressão de desapontamento misturada com desaprovação era evidente.

— Richard, não é nada que deva discutir com você, mas...

A porta da rua abriu-se.

— Richard, Richard! — O grito de Jennifer era urgente e excitado. — Clovis Simmons está no telefone.

— Clovis Simmons! — disse Katie. — Não é a atriz das novelas de televisão?

— É. Puxa, que inferno. Eu devia telefonar para ela e esqueci. Espere um instante, Katie. Volto já.

— Não. Vejo-o amanhã de manhã. Vá atender. — Katie entrou no carro e bateu a porta. Procurou a chave na bolsa, achou-a e ligou o veículo. Richard ficou indeciso por um instante e depois correu para o interior da casa, ouvindo o barulho do carro de Katie se afastando.

*Que inferno*, pensou ele, *logo agora*. Seu "Alô, Clovis" foi seco.

— Ora, doutor, é uma vergonha que eu tenha que andar no seu rastro, mas temos que discutir um jantar, não é?

— Clovis, *desculpe*. — *Não, Clovis*, pensou, *discuta* você *o jantar. Eu não*.

— Bem, evidentemente é muito tarde agora. — A voz dela era gelada. — Realmente, acabo de chegar da gravação e queria pedir desculpas, caso você estivesse à espera. Eu devia conhecê-lo melhor.

Richard deu um olhar a Jennifer, que estava colada nele.

— Olhe, Clovis, permita-me que lhe telefone amanhã. Agora não dá para falar direito.

Um ríspido clique ressoou no seu ouvido. Richard colocou devagar o fone no gancho. Clovis estava furiosa, mais do que isso, estava magoada. *Quantas vezes a gente se engana*, pensou. *Exatamente porque eu não a estava levando a sério, não me preocupei em pensar nos sentimentos dela*. No dia seguinte só lhe restava telefonar, pedir desculpas e ser bastante franco para dizer-lhe que havia outra.

Katie. Onde iria naquele fim de semana? Haveria outro para ela? Ela estava tão perturbada, tão preocupada. Será que a estivera interpretando mal todo aquele tempo? Richard considerava que as reticências dela, sua falta de interesse nele deviam-se provavelmente ao fato de Katie estar vivendo no passado. Talvez houvesse outro em sua vida. Estaria sendo tão bobo a respeito dos sentimentos dela quanto foi, de forma diferente, com Clovis?

Essa possibilidade estragou a noite. Desculpar-se-ia e iria para casa. Ainda não era muito tarde para tentar telefonar ao Dr. Salem de novo.

Entrou na sala de visitas. Molly, Bill e os Berkeley estavam lá. E envolta numa manta, sentada no colo de Liz, havia uma garotinha.

— Maryanne resolveu vir à festa — disse Liz. — O que acha dela? — Sorria orgulhosamente ao virá-la para ele.

Richard encarou solenes olhos verdes incrustados num rosto em forma de coração. Jim Berkeley estava sentado ao lado da esposa, e Maryanne estendeu a mão, pegando no seu polegar.

Richard olhou para a família. Poderia posar para uma capa de revista: pais sorridentes, a bela descendente. Os pais elegantes, morenos, de olhos castanhos, traços firmes. A filha, bem proporcionada, cabelos louros-avermelhados, com brilhantes olhos verdes.

*A quem eles pensam que estão enganando?*, pensou Richard. Aquela criança havia sido adotada.

# 39

PHIL CUNNINGHAM e Charley Nugent olharam com ódio enquanto os últimos passageiros atravessaram a sala de espera, vindos do Portão 11 do Aeroporto de Newark. A expressão de Charley, perpetuamente sombria, ficou ainda pior.

— É isso. — Encolheu os ombros. — Lewis deve ter imaginado que estaríamos esperando por ele. Vamos embora.

Dirigiu-se ao primeiro telefone público e ligou para Scott.

— Pode ir para casa, chefe — disse ele. — O comandante não está a fim de voar esta noite.

— Ele não estava a bordo? E o caixão?

— Esse chegou. O pessoal de Richard está se ocupando dele. Quer que fiquemos por aqui? Há alguns vôos em conexão, e ele pode estar num.

— Não precisa. Se ele não entrar em contato conosco amanhã, vou expedir uma ordem de prisão para ele como testemunha material. E logo amanhã cedo quero que vocês dois passem um pente fino no apartamento de Edna Burns.

Charley desligou e virou-se para Phil.

— Se bem conheço o chefe, amanhã a esta hora ele terá uma ordem de prisão para Lewis.

Phil fez que sim com a cabeça.

— E depois de pegarmos Lewis, espero podermos fazer alguma coisa contra aquele psiquiatra, se foi ele quem engravidou a pobre moça.

Os dois homens desceram as escadas, fatigados, em direção à saída. Passaram o setor das bagagens, ignoraram as pessoas amontoadas em torno das esteiras de bagagem esperando suas malas. Minutos depois, o setor estava vazio. Apenas uma mala não recolhida circulava, solitária, na rampa: uma grande sacola preta, adequadamente endereçada dentro dos regulamentos aéreos, COMANDANTE CHRISTOPHER LEWIS, N.º 4, WINDING BROOK LANE, CHAPIN RIVER, N.J. Dentro da sacola, colocada no último instante, estava a fotografia de Vangie, que os pais dela tinham dado a Chris.

Era de um jovem casal, tirada num clube noturno. A inscrição dizia: *Lembrança do meu primeiro encontro com Vangie, a moça que vai mudar a minha vida. Com amor, Chris.*

## 40

Richard telefonou ao Hotel Essex House assim que voltou ao seu apartamento, após ter saído da casa dos Kennedy. Mas o número do Dr. Salem continuava sem atender. Quando a telefonista entrou na linha, ele disse:

— Telefonista, o Dr. Salem recebeu meu recado para me telefonar? Sou o Dr. Carroll.

A voz da moça estava curiosamente hesitante.

— Vou verificar, senhor.

Enquanto esperava, Richard estendeu a mão e ligou a televisão. Estava começando o programa *Eyewitness News*. A câmera focalizava Central Park, Sul. Richard viu a marquise do Hotel Essex House aparecer na tela. Ao mesmo tempo que a telefonista dizia "Estou ligando-o com o nosso supervisor", Richard ouviu a repórter Gloria Rojas dizer:

— Esta tarde, no famoso Hotel Essex House, sede da convenção da Associação Médica Americana, o eminente obstetra e ginecologista, Dr. Emmet Salem, de Minneapolis, Minnesota, caiu ou foi atirado para a morte.

## 41

Joan Moore estava sentada, distraída, ao lado do telefone.

— Kay, a que horas ele disse que telefonaria? — perguntou. Sua voz tremia e ela mordeu o lábio. A outra moça olhou-a, preocupada.

— Já lhe disse, Joan. Ele telefonou mais ou menos às onze e meia esta manhã. Disse que entraria em contato com você de noite e que esperasse o telefonema dele. Chris parecia perturbado.

A campainha da porta soou insistentemente, sobressaltando-as. Kay falou:

— Não estou esperando ninguém.

Uma espécie de instinto fez Joan correr para a porta e abri-la com um puxão.

— Chis... Oh, meu Deus, Chris! — Abraçou-o. Ele estava lívido, com os olhos injetados, e cambaleou quando ela o agarrou. — O que foi, Chris?

— Joan, Joan. — Sua voz era um soluço. Ansiosamente, puxou-a contra o peito. — Não sei o que aconteceu. Há alguma coisa errada com a morte de Vangie e agora o único homem que nos poderia falar a respeito também está morto.

# 42

ELE HAVIA PLANEJADO ir diretamente do Essex House para casa. Porém, ao sair do estacionamento e enveredar pela West Side Highway, em meio ao trânsito congestionado, mudou de idéia. Estava terrivelmente faminto. Passara o dia inteiro com o estômago vazio. Nunca comia antes de operar, e naquela manhã o telefonema de Salem fora exatamente na hora de ele sair para o almoço.

Naquela noite, não queria dar-se ao trabalho de preparar a comida. Iria ao Carlyle. Então, se perguntassem sobre suas idas e vindas naquela noite, poderia honestamente confessar que estivera em Nova York. O *maître d'hôtel* declararia com firmeza à polícia que o Dr. Edgar Highley era um cliente importante e assíduo.

Comeria salmão defumado, *vichyssoise*, lombo de carneiro... Estava com a boca cheia de saliva só de pensar. O súbito e terrível dispêndio de energia a que fora obrigado precisava ser corrigido. Ainda havia o dia seguinte. Inevitavelmente, fariam uma investigação quando Kathleen DeMaio morresse. Mas seu antigo ginecologista estava aposentado e viajara. Ninguém surgiria do passado com velhas fichas médicas para desafiá-lo.

E então estaria a salvo. Naquele instante, em toda a convenção da AMA, haveria médicos provavelmente discutindo o artigo da *Newsmaker* e o Westlake Maternity Concept. Seus comentários estariam mesclados de inveja, é claro. Mas, apesar disso, iriam convidá-lo para participar de reuniões futuras da AMA. Estava agora a caminho da fama. E Salem, que poderia tê-lo impedido, estava acabado. Estava ansioso para conhecer a história clínica de Vangie, na pasta que tirara de Salem. Ia incorporá-la às suas próprias anotações. Aquela história seria inestimável para as suas futuras pesquisas.

A última paciente nova daquela manhã. Ela seria a próxima. Estacionou na rua, em frente ao Carlyle. Eram quase seis e meia. O estacionamento seria aberto a partir das sete. Bastaria esperar no carro até aquela hora. Era uma boa oportunidade para acalmar-se.

Sua maleta estava guardada no porta-malas. A pasta de Vangie, o peso de papéis e o sapato achavam-se dentro dela. Como poderia desfazer-se do peso e do sapato? Onde fazê-lo? Numa das transbordantes latas de lixo da cidade. Ninguém os descobriria lá. Seriam recolhidos de manhã, juntamente com toneladas de lixo que se acumulavam a cada 24 horas naquela cidade de oito milhões de habitantes, perdidos em meio a alimentos deteriorados e jornais velhos...

Faria isso na volta para casa, sob o manto da escuridão, sem ser percebido.

Uma sensação de leveza provocada pela idéia de que tudo ia muito bem o fez empertigar-se subitamente no banco. Inclinou-se para a frente e olhou-se no espelho retrovisor. Sua pele estava reluzindo como se o suor estivesse a ponto de irromper pelos poros. As pálpebras e a pele sob os olhos achavam-se infiltradas de gordura. A testa ainda não indicava sinais de perda de cabelos, mas entre os fios castanho-escuros havia fios grisalhos entremeados... Estava ficando velho. A mudança sutil, que começava depois dos 40, estava começando a lhe acontecer. Tinha 45 anos agora. Bastante jovem, mas também a época de começar a sentir a rápida passagem dos anos. Deveria casar-se novamente? Deveria ter seus próprios filhos? Esperou e quis tê-los com Claire. Quando isso não aconteceu, mandou examinar seu próprio esperma e achou-o surpreendentemente baixo, culpando-se secretamente por todos aqueles anos de esterilidade de Claire. Até que descobriu que ela o havia feito de bobo.

Não tivera a intenção de engravidar Winifred, e a moça havia ultrapassado virtualmente a idade de procriar quando se casaram. Depois que ela começou a suspeitar dele, Edgar nunca mais a tocou. Quando se está planejando eliminar alguém, esse alguém já está morto, e sexo é para os vivos.

Vejamos agora. Uma mulher mais moça, diferente de Claire e Winifred. Claire insolentemente o humilhava com seus ferinos comentários sobre seu pai farmacêutico. Winifred, a caridosa, com suas causas e benemerências. Ele agora precisava de uma esposa que tivesse não só uma posição social, mas que fosse também sociável, divertida, viajada.

Ele detestava essas coisas. Sabia que era notório o seu desprezo por elas. Precisava de alguém que cuidasse de tudo aquilo para ele, que melhorasse sua imagem.

Um dia poderia mostrar sua obra publicamente. Um dia teria a fama que merecia. Um dia, os idiotas que diziam ser sua obra impossível seriam forçados a reconhecer sua genialidade.

Eram sete horas. Saiu do carro e o fechou cuidadosamente. Caminhou para a entrada do Carlyle, com seu terno azul coberto por um sobretudo de casimira também azul, os sapatos bem engraxados, o cabelo estriado de prata arrepiado pelas fortes rajadas noturnas.

O porteiro abriu a porta para ele.

— Boa noite, Dr. Highley. Que tempo ruim, não é, senhor?

Ele acenou com a cabeça sem falar e entrou na sala de jantar. A mesa de canto preferida por ele estava reservada, mas o *maître d'hôtel* transferiu rapidamente os clientes esperados para outra mesa, cedendo aquela a ele.

O vinho o aqueceu e acalmou. O jantar proporcionou-lhe a força que estava esperando. O café e o conhaque lhe devolveram o equilíbrio total. Sua mente estava clara e ágil. Examinou cada passo da ação que levaria Katie DeMaio à morte por hemorragia.

Não haveria enganos.

Estava acabando de assinar o cheque, quando o *maître* foi à mesa dele, com uma pressa pouco normal e gestos agitados.

— Dr. Highley, temo que esteja havendo um problema.

Seus dedos apertaram a caneta. Ele ergueu os olhos.

— Acontece, senhor, que um rapaz foi visto forçando a mala do seu carro. O porteiro viu exatamente quando ele a abriu. Antes de ser impedido, roubou uma maleta. A polícia está lá fora. Acham que é um viciado em drogas que escolheu seu carro por causa da placa de médico.

Seus lábios endureceram. Tinha dificuldade em falar. Como um aparelho de raios X, examinou mentalmente o conteúdo da maleta: o peso de papéis manchado de sangue, a ficha médica com os nomes de Vangie e Salem, o mocassim de Vangie.

Quando falou, sua voz estava surpreendentemente firme.

— A polícia acha que poderá recuperar minha maleta?

— Eu perguntei, senhor. Acho que eles não sabem. Ela pode ser posta fora a umas duas quadras de distância, depois de tirarem tudo o que desejarem, ou pode nunca mais ser vista. Só o tempo dirá.

## 43

ANTES DE IR PARA A CAMA, Katie preparou uma pequena mala com roupas para usar no hospital. Este ficava a meio caminho entre sua casa e o escritório, e seria uma perda de tempo voltar em casa no dia seguinte.

Percebeu que estava arrumando suas coisas com uma sensação de urgência. Ficaria muito contente quando tudo aquilo tivesse acabado. A opressiva idéia de estar fisicamente fora de forma deixava-a abatida mental e emocionalmente. Naquela noite, sentira-se quase alegre na casa de Molly. Agora estava esgotada, exausta, deprimida. Era tudo físico, não era? Ou seria o insistente pensamento de que Richard talvez estivesse tendo um caso com outra mulher que contribuía para aquela sensação de depressão?

Talvez quando aquilo não mais pairasse sobre ela, tivesse capacidade de pensar mais claramente. Sentia como se sua mente estivesse sendo atacada por pensamentos incompletos, pensamentos como nuvens de mosquitos pousando, picando, mas sumindo antes que pudesse repeli-los. Por que tinha a impressão de fios perdidos, de não estar fazendo as perguntas certas, de interpretar sinais erroneamente?

Na segunda-feira, se sentiria melhor, pensando mais claramente.

Fatigada, tomou banho, escovou os dentes e os cabelos e meteu-se na cama. Logo depois, apoiou-se num cotovelo, apanhou a bolsa e tirou dela o vidrinho que o Dr. Highley lhe deu.

Quase se esquecera de tomar aquilo, pensou, enquanto engolia o comprimido com um gole de água do copo sobre a mesinha-de-cabeceira. Apagando a luz, fechou os olhos.

## 44

GERTRUDE FITZGERALD DEIXOU, com um gesto cansado, a água fria correr na torneira do banheiro e abriu o vidro de remédio. A enxaqueca estava começando. Se não aparecesse do outro lado da cabeça, de manhã estaria boa. Este último comprimido deveria curá-la.

Alguma coisa a estava perturbando... alguma coisa a respeito e em conseqüência da morte de Edna. Estava ligada ao telefonema da Sra. DeMaio. Era muita bobagem perguntar se Edna alguma vez chamara o Dr. Fukhito ou o Dr. Highley de Príncipe Encantado. Uma grande bobagem.

Mas *Príncipe Encantado.*

Edna havia falado nele. Não referindo-se aos médicos, mas por qualquer outra razão na última quinzena. Se ela pelo menos conseguisse lembrar-se. Se a Sra. DeMaio tivesse perguntado se Edna alguma vez o havia mencionado, poderia tê-la auxiliado a recordar imediatamente. Agora, a exata circunstância lhe estava escapando.

Ou estaria ela imaginando? Poder da sugestão.

Quando sua dor de cabeça passasse, estaria em condições de pensar. Pensar de verdade. E talvez lembrar.

Engoliu o comprimido e meteu-se na cama. Fechou os olhos. A voz de Edna soou nos seus ouvidos: "E eu disse que o Príncipe Encantado não..."

Foi impossível lembrar do resto.

## 45

ÀS QUATRO DA MADRUGADA, Richard desistiu de conseguir dormir, levantou-se e fez café. Tinha telefonado para Scott, em casa, para falar sobre a morte de Emmet Salem, e o promotor imediatamente havia avisado à polícia de Nova York que seu escritório queria participar da investigação. Foi impossível conseguir mais do que isso. A Sra. Salem não estava em casa, em Minneapolis. O serviço de atendimento telefônico do médico pôde apenas fornecer o número de emergência do profissional que o substituía e não sabia onde encontrar sua atendente.

Richard começou a tomar notas. *1. Por que o Dr. Salem telefonou para nós? 2. Por que Vangie marcou uma consulta com ele? 3. A filha dos Berkeley.*

A filha dos Berkeley era a chave. O Westlake Maternity Concept seria tão bem-sucedido como diziam? Ou seria uma cortina de fumaça para adoções particulares para mulheres que não podiam conceber ou não podiam dar à luz? O fato de serem internadas dois meses antes do suposto parto não passaria de uma cobertura para o que seria uma evidente condição de não gravidez?

Era difícil adotar uma criança. Liz Berkeley confessou abertamente que ela e o marido haviam tentado essa solução. E se Edgar Highley lhes tivesse dito: "Vocês nunca terão um filho. Posso arranjar-lhes um. Vai custar caro e tem que ser totalmente confidencial."

Eles haviam concordado. Apostava a vida nisso.

Mas Vangie Lewis estava grávida. Portanto, não se enquadrava no esquema da adoção. Não há dúvida de que ela estava desesperada para ter um filho... mas de que maneira esperaria ela impingir ao marido um filho oriental? Existiria alguma possibilidade de haver sangue oriental em ambas as famílias? Ele não examinara isso.

Os processos por tratamentos inadequados. Tinha que descobrir por que aquela gente processara Highley. E Emmet Salem tinha sido o médico de Vangie. Seu consultório deveria possuir a ficha médica da moça. Começaria por ali.

O corpo de Vangie veio no avião que Chris Lewis não pegou. Estava agora no laboratório. A primeira coisa que Richard faria pela manhã seria tornar a examinar os resultados da autópsia. Olharia o corpo outra vez. Havia alguma coisa... Parecera sem importância da primeira vez. Algo pelo qual ele mal passou os olhos. Esteve muito atento ao feto e às queimaduras de cianureto.

Poderia Vangie simplesmente ter derramado o cianureto nela? Talvez estivesse nervosa demais. Mas o copo teria outras marcas. Ela o teria pegado, tornado a encher. Tinha que ter alguma coisa — um envelope, um frasco — que usara para guardar mais cianureto.

Não sucedera assim.

Às cinco e meia, Richard apagou a luz. Botou o despertador para as sete. O sono finalmente chegou. E sonhou com Katie. Ela estava na parte de trás do apartamento de Edna Burns, espiando pela janela, sendo observada pelo Dr. Edgar Highley.

## 46

JUSTIFICANDO SUA FUNÇÃO de contadora, Edna mantinha registros meticulosos. Quando o grupo de pesquisa, chefiado por Phil Cunningham e Charley Nugent, entrou em seu apartamento na manhã de sexta-feira, encontrou uma simples declaração numa velha caixa:

> *Já que meus próprios parentes consangüíneos nunca se preocuparam em ter notícias ou enviar um cartão aos meus queridos pais enfermos, resolvi deixar meus bens universais às minhas amigas, Sra. Gertrude Fitzgerald e Sra. Gana Krupshak. A Sra. Fitzgerald ficará com meu anel de diamante e quaisquer objetos domésticos que desejar. A Sra. Krupshak receberá meu broche de diamante, meu casaco imitando pele e os objetos domésticos que não interessarem à Sra. Fitzgerald. Acertei meu enterro com o estabelecimento que fez tão bem o dos meus pais. Minha apólice de seguro de 10.000 dólares, menos as despesas do funeral, é destinada à casa de repouso que cuidou tão bem dos meus pais e à qual ainda sou devedora financeiramente.*

Metodicamente, o grupo procurou impressões digitais, passou o aspirador de pó à procura de cabelos e fios, pesquisou indícios de arrombamento. Uma mancha de sujeira no fundo do vaso da planta no parapeito da janela do quarto provocou rugas em torno dos olhos e na testa de Phil, que logo se transformaram num franzido profundo. Foi até os fundos do edifício, raspou pensativamente uma amostra da terra gelada, colocando-a num envelope, e suspendeu com as pontas dos dedos a janela do quarto. Para uma pessoa de tamanho normal, era suficientemente baixa para permitir a entrada.

— É possível — disse a Charley. — Alguém pode ter chegado e deslizado para dentro. Mas com o chão tão gelado, provavelmente jamais poderemos provar.

Para finalizar, tocaram a campainha de todos os vizinhos no pátio. A pergunta era simples: alguém vira estranhos nos arredores na terça-feira de noite?

Na verdade, não esperavam ter sucesso. A noite de terça-feira havia sido muito escura e gelada. A cerca viva não aparada poderia ter ajudado a quem quer que não quisesse ser visto a se manter nas sombras do prédio.

Mas no último apartamento, tiveram um sucesso inesperado. Um garoto de 11 anos estava chegando em casa, vindo da escola para almoçar. Ouviu a pergunta feita à mãe.

— Oh, eu mostrei a um homem onde ficava o apartamento da Srta. Burns — relatou. — Lembra, mamãe, quando fui levar Porgy para passear pouco antes de dormir. Logo depois de *Happy Days*...

— Devia ser às nove e meia — disse a mãe do garoto. — Você não me contou ter falado com alguém — disse, acusadoramente, para o garoto.

— Não era importante. — O menino encolheu os ombros. — Um homem estacionou junto do meio-fio quando eu estava voltando para cá. Perguntou-me se eu sabia qual era o apartamento em que a Srta. Burns morava. Mostrei e foi só isso.

— Como era ele? — perguntou Charley.

O menino franziu a testa.

— Ah, tinha uma boa aparência. Cabelos escuros, alto e seu carro estava limpo. Era um Corvette.

Charley e Phil entreolharam-se.

— Chris Lewis — disse Charles, em voz baixa.

# 47

NA SEXTA-FEIRA DE MANHÃ, Katie chegou ao escritório às sete horas e começou a fazer a revisão final do caso que iria levar a juízo. Os réus eram dois irmãos de 18 e 17 anos, acusados de atos de vandalismo em duas escolas, onde incendiaram 12 salas de aula.

Maureen chegou às oito e meia com um fumegante bule de café. Katie ergueu os olhos.

— Puxa, vou liquidar com aqueles dois — disse ela. — Fizeram aquilo para bagunçar... *bagunçar.* Quando a gente vê a dificuldade com que as pessoas pagam impostos para manter as escolas onde seus filhos estudam, dá nojo. É mais do que um crime.

Maureen apanhou a xícara de Katie e encheu-a. Depois, disse:

— Uma dessas escolas é no bairro onde moro e as crianças vizinhas a freqüentam. O de dez anos acabou de preparar um projeto para a feira de ciências. Uma coisa fantástica: um gerador solar de calor. O coitadinho trabalhou meses naquilo. Foi destruído pelo fogo. Não sobrou nada.

Katie fez uma anotação na margem do seu pronunciamento de abertura.

— Isso me dá munição extra. Obrigada.

— Katie... — A voz de Maureen era hesitante. Katie enfrentou uns olhos verdes perturbados.

— O que é?

— Rita me contou que lhe falou a respeito... a respeito da criança.

— Sim, é verdade. Sinto muito, Maureen.

— O fato é que não posso me livrar daquilo. E agora esse caso de Vangie Lewis... todo esse falatório... só faz tudo voltar Tenho tentado esquecer...

Katie acenou com a cabeça.

— Maureen, eu teria dado qualquer coisa para ter um filho quando John morreu. Naquele ano, rezei para ficar grávida, pois assim ficaria com alguma coisa dele. Quando penso em todas as amigas que tenho que escolheram nunca ter filhos ou que abortaram com o mesmo ar descuidado de quem vai ao cabeleireiro, fico pensando a respeito da vida. Eu apenas peço a Deus que me permita um dia ter meus próprios filhos. Você também os terá, é claro, e ambas os amaremos porque não tivemos os que queríamos antes.

Os olhos de Maureen estavam cheios de lágrimas.

— Tenho muita esperança. Mas a coisa sobre o caso Vangie Lewis é...

O telefone tocou. Katie pegou-o. Era Scott.

— Ótimo você estar aí, Katie. Pode chegar aqui um instante?

— Claro. — Katie levantou-se. — Scott está me chamando. Continuaremos mais tarde, Maureen. — Impulsivamente, abraçou a moça.

Scott estava olhando pela janela. Katie tinha certeza de que ele não estava vendo as janelas gradeadas da cadeia municipal. Virou-se, quando a moça entrou.

— Você tem um julgamento hoje... os irmãos Odendall?

— Tenho. Vai ser um bom caso para nós.

— Vai demorar quanto tempo?

— Quase o dia todo, garanto. Estão apresentando testemunhas do seu caráter, do professor do jardim-de-infância até agora, mas vamos pegá-los.

— Você provavelmente conseguirá, Katie. Já ouviu falar no Dr. Salem?

— Aquele médico de Minneapolis que telefonou para Richard? Já, mas não falei com ninguém esta manhã. Vim direto para minha sala.

— Ele caiu... ou foi empurrado... de uma janela do Hotel Essex House na noite passada, minutos depois de ter se registrado lá. Estamos trabalhando no caso junto com a polícia de Nova York. E, por falar nisso, o corpo de Vangie Lewis chegou de Minneapolis na noite passada, mas Lewis não estava no vôo.

Katie encarou Scott.

— Como?

— Ele provavelmente pegou o vôo para LaGuardia. Deve ter chegado em Nova York mais ou menos na hora em que Salem se registrou no hotel. Estou dizendo que, se o acharmos em algum lugar da vizinhança daquele hotel, teremos condições de prosseguir com este caso. Não gosto do suicídio da Sra. Lewis, não gosto da morte acidental de Edna Burns e não gosto da hipótese de Salem ter caído da janela.

— Não acredito que Chris Lewis seja um assassino — disse Katie, com voz fraca. — Onde acha que ele está agora?

Scott encolheu os ombros.

— Provavelmente escondido em Nova York. Meu palpite é que, quando falarmos com sua namorada, ela nos levará a ele. A moça é esperada esta noite na Flórida. Você está disponível esta noite?

Katie hesitou.

— Este é o único fim de semana em que estarei fora. É algo que não posso transferir. Mas vou ser sincera, Scott. Estou tão completamente esgotada que não posso nem pensar direito. Trabalharei neste julgamento... estou bem preparada. Mas depois vou embora.

— Disse-lhe a semana toda que você não deveria vir — comentou Scott, examinando-a. — E neste instante você está mais pálida do que na terça-feira de manhã. Está bem, acabe o julgamento e vá embora. Haverá muito trabalho neste caso na semana que vem. Segunda-feira de manhã vamos tratar de tudo. Acha que estará aqui?

— Sem dúvida.

— Você deve fazer um exame completo.

— Vou a um médico neste fim de semana.

— Ótimo.

Scott olhou para a escrivaninha, sinal de que a conversa havia terminado. Katie voltou para sua sala. Eram quase nove horas e ela estava sendo esperada na sala do tribunal. Mentalmente, passou em revista a relação de comprimidos que o Dr. Highley lhe receitara. Tinha tomado um na noite passada e um às seis daquela manhã. Ficou determinado que tomaria um de três em três horas naquele dia. O melhor seria engolir um agora, antes de entrar na sala de julgamentos. Ela o faria com o último gole de café da xícara sobre sua mesa e depois pegaria a pasta. A beira afiada da página de cima feriu seu dedo. Ela gemeu com a dor súbita que sentiu, apanhou um pedaço de pano na gaveta de cima, enrolou-o no dedo e saiu rapidamente da sala.

Meia hora depois, quando, com o resto das pessoas no tribunal, levantou-se ao entrar o juiz, o tecido ainda estava úmido de sangue.

## *48*

EDNA BURNS FOI ENTERRADA na sexta-feira de manhã, depois da Missa de Ressurreição das 11 horas, na Igreja de São Francisco Xavier. Gana Krupshak e Gertrude Fitzgerald acompanharam o caixão até o cemitério próximo, de mãos dadas, vendo Edna ser colocada no túmulo dos pais. O sacerdote, padre Durkin, oficiou a cerimônia final, aspergiu água benta sobre o caixão e acompanhou-as até o carro de Gertrude.

— Posso oferecer-lhes uma xícara de café? — perguntou o sacerdote.

Gertrude enxugou os olhos e sacudiu a cabeça.

— Realmente, preciso voltar ao trabalho — disse. — Estou no lugar de Edna até acharem uma nova recepcionista, e ambos os médicos dão consultas esta tarde.

A Sra. Krupshak também recusou.

— Mas, padre, se vai retornar à casa paroquial, pode deixar-me em casa? Assim Gertrude não precisará desviar-se do seu caminho.

— Claro.

Gana virou-se para Gertrude. Impetuosamente, disse:

— Por que não vem jantar conosco hoje? Estou preparando um belo assado.

O pensamento de voltar sozinha para seu próprio apartamento estava perturbando Gertrude, que se apressou em aceitar o convite. Seria bom conversar sobre Edna, de noite, com outra pessoa que havia sido sua amiga. Queria expressar a Gana a incrível vergonha que foi a ausência dos médicos na missa, embora pelo menos o Dr. Fukhito tivesse enviado flores. Talvez conversar com Gana a ajudasse a raciocinar claramente e fizesse com que fosse capaz de dar um fim àquele pensamento que continuava zumbindo dentro de sua cabeça: uma coisa que Edna lhe dissera.

Despediu-se de Gana e do padre Durkin, entrou no carro, ligou o motor e soltou o freio. O rosto do Dr. Highley aflorou à sua mente: aqueles olhos de peixe, enormes e frios. Ah, ele havia sido bastante simpático com ela na noite de terça-feira, dando-lhe o comprimido calmante e tudo o mais. Mas houve uma coisa esquisita a respeito dele naquela noite. Quando ele foi apanhar a água para ela, Gertrude começou a acompanhá-lo, pois não queria que o médico ficasse esperando. Ele abriu a torneira e depois foi até o quarto. Ela o viu do corredor tirar o lenço e começar a abrir a gaveta da mesa-de-cabeceira de Edna.

Então o simpático Dr. Carroll chegou ao corredor e o Dr. Highley fechou a gaveta, meteu o lenço no bolso e recuou para dar a impressão de que estava apenas parado na porta do quarto.

Gertrude deixou o Dr. Carroll passar por ela e retornou silenciosamente à sala de visitas. Ela não queria que eles pensassem que estava escutando o que conversavam. Mas se o Dr. Highley queria alguma coisa da gaveta, por que não disse e foi apanhar? E por que, afinal, abriria a gaveta protegendo os dedos com um lenço? Certamente ele não pensava que o apartamento de Edna estava sujo demais para seus dedos. Ora, por acaso ele era imaculado?

O Dr. Highley sempre fora um homem estranho. Para falar a verdade, ela e Edna sempre tiveram um pouco de medo dele. Não adiantava perguntar se ela concordava em ficar no lugar de Edna, se lhe fosse oferecido. Já se tendo decidido a esse respeito, Gertrude saiu da estrada do cemitério e entrou na avenida Forest.

## 49

O CORPO SEM VIDA de Vangie Lewis foi colocado na mesa da sala de autópsia do necrotério do condado de Valley. Com o rosto inexpressivo, Richard viu seu assistente remover o cafetã de seda com o qual Vangie fora velada. O que parecera suave e natural sob as luzes da câmara ardente agora assemelhava-se a um manequim de uma loja de departamentos, as feições inteiramente sem vida.

O cabelo louro de Vangie havia sido penteado cuidadosamente para cair livre sobre os ombros. Agora, o *spray* para o cabelo começava a endurecer, separando os fios em mechas finas, semelhantes a palha. Richard lembrou-se rapidamente que São Francisco Bórgia desistiu de viver na corte e entrou para um convento depois de ter visto o corpo em decomposição de uma rainha outrora bela.

Incisivamente, obrigou sua mente a voltar ao problema médico à sua frente. Perdera alguma coisa com relação ao corpo de Vangie na tarde de terça-feira. Tinha certeza disso. Tinha alguma coisa a ver com suas pernas ou pés. Concentraria sua atenção neles.

Quinze minutos depois, encontrou o que estava procurando: um arranhão de cinco centímetros no pé esquerdo de Vangie. Não lhe dera importância porque havia se fixado nas queimaduras de cianureto e no feto.

O arranhão era recente. Não havia sinal de cicatrização. Era o que o perturbava. O pé de Vangie havia sido arranhado pouco antes de sua morte e Charley havia encontrado um pedaço do tecido da roupa que ela estava usando quando morreu preso a um dente aguçado do ancinho na garagem.

Richard virou-se para seu assistente.

— O laboratório já deve ter acabado com as roupas que a Sra. Lewis estava usando quando a trouxemos para cá. Apanhe-as por favor e torne a vesti-las no corpo. Chame-me quando ela estiver pronta.

De volta ao escritório, escreveu num bloco: *Os sapatos que Vangie estava usando quando foi encontrada. Sapatos finos de passeio, com aberturas grandes nos lados. Poderia não os estar usando quando o pé foi arranhado.*

Começou a estudar as notas que havia tomado durante a noite passada. A filha dos Berkeley. Ia falar com Jim Berkeley e forçá-lo a confessar que a criança havia sido adotada.

Mas o que provaria com isso?

Nada em princípio, mas daria início às investigações. Uma vez feita essa confissão, o Westlake Maternity Concept inteiro seria exposto como uma fraude gigantesca.

Alguém mataria para evitar que essa fraude fosse revelada?

Ele precisava ver a ficha médica de Vangie, feita pelo Dr. Salem. Naquele momento, Scott já devia ter-se comunicado com o consultório do médico. Ligou rapidamente para Scott.

— Falou com a recepcionista de Salem?

— Falei e também com a mulher dele. Ambas estão arrasadas. Juram que ele nunca teve pressão alta nem tonteira. Nenhum problema pessoal ou financeiro, um programa de conferências durante os próximos seis meses. Portanto, digo que devemos descartar tanto o suicídio quanto a queda acidental.

— E sobre Vangie Lewis? O que a atendente sabia?

— Ontem de manhã, no consultório, o Dr. Salem pediu-lhe para apanhar a ficha de Vangie. Então, pouco antes de pegar o avião, fez uma ligação interurbana.

— Deveria ter sido para mim.

— É possível. Mas a moça me informou que ele lhe disse que ia fazer outras ligações interurbanas, mas que usaria seu cartão de crédito no aeroporto após ter acertado o vôo. Evidentemente, ele tinha o hábito de chegar cedo ao aeroporto.

— Ela nos está enviando a ficha de Vangie? Quero vê-la.

— Não, não está. — A voz de Scott ficou áspera. — O Dr. Salem a levou. Ela o viu colocá-la na maleta de mão. Esta foi achada no quarto dele, mas a ficha da Sra. Lewis não estava nela. E tem mais: depois que o Dr. Salem saiu, Chris Lewis telefonou para o consultório. Disse que precisava falar com Salem. A atendente informou-lhe onde o médico estava em Nova York, dando-lhe até o número do quarto. Digo-lhe uma coisa, Richard: no fim do dia, espero estar de posse de uma ordem de prisão contra Lewis.

— Você acha que havia alguma coisa naquela ficha capaz de levar Chris Lewis a matar para obtê-la?

— Alguém queria aquela ficha — disse Scott. — É mais do que evidente, não é?

Richard pousou o fone. *Alguém* queria aquela ficha. A ficha médica. Quem saberia que o que ela continha poderia ser ameaçador?

Um médico.

Katie teria razão quando desconfiara do psiquiatra? E Edgar Highley? Ele veio para o condado de Valley com o *imprimatur* de Westlake, um nome respeitado nos meios médicos de Nova Jersey.

Impacientemente, Richard remexeu em sua escrivaninha à procura do pedaço de papel que Marge lhe dera com os nomes dos dois pacientes que haviam processado Edgar Highley por negligência.

*Anthony Caldwell, Old Country Lane, Peapack, N.J.*

*Anna Horan, rua Walnut, 415, Ridgefield Park, N.J.*

Pelo interfone, pediu a Marge que tentasse falar com ambos.

Marge entrou instantes depois.

— Anthony Caldwell não mora mais lá. Mudou-se para Michigan no ano passado. Falei com uma vizinha dele. Ela me disse que a mulher de Caldwell morreu de gravidez tubária e que ele processou o médico, sem resultado. Estava louca para falar a respeito. Disse que a Sra. Caldwell soubera por dois outros médicos que nunca poderia ficar grávida, mas assim que foi fundado o Westlake Maternity Concept ela engravidou. Porém ficou muito doente o tempo todo e finalmente morreu no quarto mês de gestação.

— Isso me dá informações suficientes para o momento — disse Richard. — Vamos colocar *sub judice* todos os registros do hospital. E a Sra. Horan?

— Falei com o marido, que estava em casa. É estudante de Direito em Rutgers. Disse que ela está trabalhando como programadora de computador. Deu-me o telefone do trabalho dela. Quer que ligue agora?

— Por favor.

Marge pegou o telefone de Richard, discou e perguntou pela Sra. Anna Horan. Um minuto depois, disse:

— Sra. Horan, um instante, por favor. O Dr. Carroll vai falar.

Richard pegou o fone.

— Sra. Horan.

— Sim. — Houve uma inflexão na voz dela, um acento que ele não pôde situar.

— Sra. Horan, a senhora moveu um processo de negligência no ano passado contra o Dr. Edgar Highley. Posso fazer-lhe algumas perguntas a respeito? Está em condições de responder?

A voz no outro lado ficou agitada.

— Não... aqui não.

— Muito bem. Mas é urgente. A senhora pode passar pelo meu escritório ainda hoje, depois do trabalho?

— Sim... posso. — Era evidente que a mulher queria largar o telefone. Richard deu o endereço do escritório e informou como chegar lá, mas foi interrompido.

— Sei como ir aí... Chegarei às cinco e meia. — Cortou a ligação. Richard olhou para Marge e encolheu os ombros.

— Ela não está satisfeita com a idéia, mas virá.

Era quase meio-dia. Richard resolveu ir ao tribunal onde Katie estava trabalhando no caso Odendall e ver se ela almoçaria com ele. Queria arejar seus pensamentos sobre Edgar Highley. Katie o entrevistara. Qual teria sido a reação dela? Ela concordaria que havia alguma coisa errada no Westlake Maternity Concept... troca de crianças ou algum médico que arriscasse criminosamente a vida de pacientes?

Quando chegou à sala de sessões, ela estava vazia, a não ser pela presença de Katie, ainda sentada na mesa do promotor.

Preocupada com suas anotações, mal ergueu os olhos quando ele se aproximou. À sua sugestão de almoçarem, ela balançou a cabeça.

— Richard, estou enterrada até o pescoço nisso. Aqueles salafrários negaram a confissão. Agora estão tentando dizer que outra pessoa provocou o incêndio e são uns mentirosos tão convincentes que aposto que os jurados estão caídos por eles. Tenho que preparar o novo interrogatório. — Seus olhos tornaram a fixar-se nas anotações.

Richard a observou. Sua pele normalmente morena estava lívida. Seus olhos, quando os ergueu para ele, estavam pesados e anuviados. Reparou no curativo do dedo. Pegou suavemente a mão dela e desfez o curativo.

Katie ergueu a cabeça.

— O que... ah, essa coisa infernal. Deve ter sido profundo. Sangrou a manhã toda. Preciso do curativo.

Richard examinou o corte. Livre do tecido, começou a sangrar rapidamente. Apertou o pano com força sobre o corte, apanhou um elástico e prendeu-o.

— Mantenha assim uns vinte minutos. Deve fazer parar. Teve alguma vez problemas de coagulação, Katie?

— Sim, tive. Mas, ora, Richard, não posso falar agora sobre isso. Estou perdendo o controle deste caso e estou me sentindo muito infeliz. — Sua voz morreu.

A sala do tribunal, a não ser pelos dois, estava vazia. Richard pegou-a e abraçou-a. Apertou a cabeça dela contra o peito e beijou seus cabelos.

— Katie, agora vou embora. Mas onde quer que você vá este fim de semana, pense um pouco. Porque estou atirando a toalha. Eu a quero. Quero cuidar de você. Se há alguém que você esteja vendo atualmente, diga-lhe que o páreo vai ser duro, porque, quem quer que ele seja, não está cuidando de você. Se é o passado o que impede, vou tratar de liquidar esse impedimento. — Retesou o corpo. — Agora, continue e ganhe seu caso. Você tem condições. E, pelo amor de Deus, passe um fim de semana calmo. Segunda-feira vou precisar de toda a sua energia num ângulo que começa a surgir no caso Lewis.

A manhã inteira sentira-se muito fria... desesperadamente gelada. Mesmo o vestido de lã de mangas compridas não adiantara. Agora, perto assim de Richard, sentiu o calor dele comunicar-se com o corpo dela. Quando ele se voltou para sair, ela pegou-lhe impulsivamente a mão e encostou-a no rosto.

— Segunda-feira — disse ela.

— Segunda-feira — repetiu ele, saindo da sala do tribunal

## *50*

ANTES DE DEIXAREM o conjunto residencial onde Edna morara, Charley e Phil bateram na porta dos Krupshak. Gana acabava de chegar do enterro.

— Acabamos nosso exame do apartamento — disse Charley. — Pode entrar quando quiser. — Mostrou-lhe a mensagem que Edna havia deixado. — Tenho que me certificar se isto constitui um testamento, mas tudo o que ela deixou não vale mil dólares. Assim, acho que iremos devolver à senhora as jóias, e a senhora e a Sra. Fitzgerald podem dividi-las e também os móveis. Pelo menos, podem examiná-los e decidir. Mas, por enquanto, não retirem coisa alguma.

Os dois investigadores voltaram para o escritório e dirigiram-se diretamente ao laboratório, onde depositaram o conteúdo da bolsa do aspirador de pó, a planta que estava no parapeito da janela e os resíduos de terra apanhados no solo.

— Examinem logo isto — ordenou Phil. — Este troço tem prioridade absoluta.

Scott estava esperando por eles no escritório. À notícia de que Chris estivera na vizinhança do apartamento de Edna na terça-feira, o promotor rosnou de satisfação.

— Lewis parece ter estado em todos os cantos esta semana — disse — e onde quer que esteve alguém morreu. Mandei Rita esta manhã a Nova York com um retrato de Chris Lewis. Dois mensageiros do hotel o reconheceram positivamente como tendo estado no saguão do Hotel Essex House por volta das cinco da tarde. Estou dando um alerta geral sobre ele e obtendo uma ordem para sua prisão.

O telefone tocou. Impacientemente, ele o apanhou e disse seu nome. Então sua expressão mudou.

— Ponha-a na linha — disse depressa. Tapando o bocal, falou: — A namorada de Chris Lewis está telefonando da Flórida... Alô, sim, é o promotor. — Ouviu por um instante. — Sim, estamos procurando o comandante Lewis. Sabe onde ele está?

Charley e Phil entreolharam-se. A testa de Scott enrugou-se enquanto ouvia.

— Muito bem. Ele estará com a senhora no avião que chega a Newark às sete da noite. Fico muito contente por saber que ele está se entregando voluntariamente. Se ele quiser consultar um advogado, pode obter um aqui. Obrigado. — Repôs o fone no gancho. — Lewis está vindo. Esta noite esclareceremos o caso.

## 51

DURANTE A LONGA NOITE sem dormir, Edgar Highley raciocinou sobre o problema da maleta roubada. Poderia nunca mais aparecer. Se tivesse sido abandonada depois de o ladrão tê-la examinado, a maior probabilidade era de ele não mais vê-la. Poucas pessoas se dariam ao trabalho de tentar devolvê-la. O mais provável era a maleta ser guardada e o conteúdo jogado fora.

E se a maleta tivesse sido recuperada intacta pela polícia de Nova York? Seu nome e o endereço do hospital estavam dentro dela. Se a polícia lhe telefonasse, provavelmente pediriam uma relação do conteúdo. Mencionaria apenas alguns remédios normais, poucos instrumentos e várias fichas de pacientes. Uma ficha médica com o nome Vangie Lewis nada significaria para eles. Provavelmente não se dariam ao trabalho de examiná-la. Presumiriam que lhe pertencia. Se perguntassem sobre o sapato e o peso de papéis manchado de sangue, negaria qualquer conhecimento deles. Diria que evidentemente o ladrão os teria posto lá.

Ia sair tudo bem. E naquela noite o último perigo seria eliminado. Às cinco da madrugada, desistiu de dormir. Ficou cerca de dez minutos debaixo do chuveiro quente até que o banheiro encheu-se de vapor. Envolveu-se num roupão grosso que ia até os tornozelos e caminhou para a cozinha. Não iria para o consultório antes do meio-dia e faria as visitas no hospital pouco antes disso. Até lá, examinaria suas notas de pesquisa. A paciente da véspera seria sua nova cobaia, mas ele ainda não havia escolhido o doador.

# 52

ÀS QUATRO HORAS, Richard, Scott, Charley e Phil examinavam o corpo de Vangie Lewis, agora usando as roupas com as quais havia morrido. O pedaço de tecido florido, encontrado no ancinho na garagem, encaixava-se exatamente no rasgão perto da bainha do vestido dela. A perna esquerda da meia-calça mostrava um rasgão de cinco centímetros exatamente na altura do corte.

— Não há marca de sangue na meia — disse Richard. — Ela já estava morta quando o pé roçou no ancinho.

— A que altura está a prateleira com o ancinho? — perguntou Scott.

Phil encolheu os ombros.

— A sessenta centímetros do chão.

— O que quer dizer que alguém trouxe Vangie Lewis pela garagem, colocou-a na cama e tratou de dar um aspecto de suicídio — falou Scott.

— Sem dúvida — concordou Richard. Mas estava de cenho franzido. — Que altura tem Chris Lewis? — perguntou.

— Ele é alto. — Scott encolheu os ombros. — Talvez um metro e noventa. Por quê?

— Vamos tentar uma coisa. Espere um minuto. — Richard saiu da sala, voltando com uma régua. Com muito cuidado, marcou na parede alturas de sessenta, noventa e cento e vinte centímetros, a partir do chão. — Se partirmos da idéia de que foi Chris Lewis quem levou Vangie para dentro, não creio que ela poderia ter sido arranhada por aquele ancinho. — Virou-se para Phil. — Tem certeza de que a prateleira estava a sessenta centímetros do chão?

— Um centímetro a mais, um a menos — disse Phil, encolhendo os ombros. Charley concordou com a cabeça.

— Está bem. Tenho cerca de um metro e noventa. — Delicadamente, Richard passou um braço sob o pescoço da morta e o outro sob os joelhos. Erguendo-a, caminhou até a parede. — Olhem onde seus pés batem. Ela era pequena. Não teria sido arranhada por nenhum objeto que estivesse abaixo de noventa centímetros na prateleira se estivesse sendo carregada por um homem alto. Por outro lado... — Caminhou até Phil. — Que altura tem você... Cerca de um metro e setenta e cinco?

— Mais ou menos.

— Muito bem. Chris Lewis tinha quinze centímetros a mais do que você. Pegue-a e veja a que altura os pés dela ficam nos seus braços.

Phil recebeu o corpo com extremo cuidado e caminhou até a parede. O pé de Vangie roçou na primeira marca feita por Richard. Rapidamente, Phil tornou a colocá-la sobre a mesa.

— Não estou convencido. — Scott sacudiu a cabeça. — Impossível de comprovar. Talvez ele estivesse curvado, procurando mantê-la afastada dele. — Virou-se para o atendente. — Queremos essas roupas como provas. Cuide bem delas. Faça algumas fotos do corte, das meias e do vestido.

Voltou com Richard para seu escritório.

— Você continua pensando no psiquiatra, não é? — perguntou. — Ele mede mais ou menos um metro e setenta.

Richard hesitou e resolveu ficar calado até falar com Jim Berkeley e com a paciente que movera o processo por negligência. Mudou de assunto.

— Como está indo Katie?

— É difícil dizer. — Scott balançou a cabeça. — Aqueles pilantras estão atribuindo o vandalismo a um de seus companheiros que foi morto em sua motocicleta em novembro passado. Sua nova história. Sua nova explicação é que assumiram a responsabilidade por ele, com pena de seus pais, mas agora seu confessor os havia convencido, para o bem de sua própria família, a dizer a verdade.

— O júri não está se deixando influenciar por isso, está? — resmungou Richard.

— Agora é tarde — respondeu Scott. — Olhe, por mais que você se esforce em escolher um júri, há sempre um sentimental nele que cede a uma história lacrimosa. Katie trabalhou bem, mas o resultado é imprevisível. Bom, até logo.

Às quatro e meia, Jim Berkeley telefonou em resposta à chamada de Richard.

— Disseram-me que está me procurando. — Sua voz era formal.

— É verdade. — Richard adotou o tom impessoal do outro. — É importante que eu fale com você. Pode passar aqui depois do trabalho?

— Posso, sim. — Agora, a voz de Jim soou conformada. — E acho que sei sobre o que quer conversar.

## *53*

EDGAR HIGHLEY AFASTOU-SE da moça na mesa de exames.

— Agora pode vestir-se.

Ela disse ter 20 anos, mas o médico tinha certeza de que não passava de 16 ou 17.

— Estou...

— Sim, minha cara. Está indubitavelmente grávida. Há um mês e pouco, acho. Quero que volte aqui amanhã de manhã e daremos um fim à gravidez.

— Estive pensando: acha que eu talvez deva ter a criança e deixar alguém adotá-la?

— Já contou a seus pais?

— Não. Eles ficariam furiosos.

— Então, sugiro que adie a maternidade pelo menos por alguns anos. Amanhã às dez.

Saiu da sala, entrou no consultório e procurou o número do telefone da paciente que escolhera na véspera.

— Sra. Englehart, aqui fala o Dr. Highley. Quero iniciar seu tratamento. Venha, por favor, amanhã às oito e meia da manhã, preparada para passar a noite.

## *54*

ENQUANTO O JÚRI estava deliberando, Katie foi até a lanchonete do edifício do tribunal. Escolheu propositadamente uma mesinha no fundo e sentou-se de costas para as outras mesas. Não queria que alguém sentasse com ela ou a visse. A sensação de tonteira era agora persistente. Sentia-se fraca e cansada, mas sem fome. Tomaria apenas uma xícara de chá, pensou. A mãe sempre dizia que uma xícara de chá curava todos os males do mundo. Lembrou-se da volta para casa após o enterro de John, a voz da mãe, preocupada, suave:

— Vou fazer-lhe uma boa xícara de chá, Katie.

Richard. A mãe ia adorar Richard. Sempre gostara de homens grandes.

— Seu pai sempre foi magrinho e baixinho, mas, ah, Katie, não parecia um homem grande?

Sim, parecia.

A mãe viria para a Páscoa. Daí a seis semanas. Ela ficaria contentíssima, se Katie e Richard estivessem juntos.

*Eu quero, não é?*, pensou Katie enquanto bebericava o chá. *E não é apenas porque me sinto muito só esta semana.*

Era mais do que isso. Muito mais. Porém, naquele fim de semana no hospital poderia refletir sobre as coisas, pensar com tranqüilidade.

Ficou sentada quase uma hora, tomando o chá distraidamente, rememorando cada fase de sua acusação. Teria convencido o júri de que os Odendall estavam mentindo? O confessor. Ela contava com aquilo. Ele afirmara que nenhum dos rapazes freqüentava a igreja, que jamais o haviam procurado antes por motivo nenhum. Seria possível que o ministro estivesse sendo usado por eles para sustentar sua história?

— Sim — concluiu. — É possível.

Era um ponto a favor dela. Tinha certeza.

Às cinco, voltou para a sala de sessões. Assim que entrou, o júri informou ao juiz que tinha chegado a um veredicto.

Cinco minutos depois, o primeiro jurado anunciou:

— Robert Odendall, inocente das acusações. Jonathan Odendall, inocente das acusações.

— Não posso acreditar. — Katie não tinha certeza se falara em voz alta. O rosto do juiz ficou severo. Dispensou rapidamente o júri, e disse aos réus que se levantassem.

— Têm muita sorte — falou, rispidamente. — Mais sorte do que espero irão ter pelo resto da vida. Agora, sumam desta sala e se forem inteligentes nunca mais apareçam na minha frente.

Katie levantou-se. Não obstante o juiz ter sentido claramente que o veredicto estava errado, ela havia perdido a causa. Devia ter-se esforçado mais. Sentiu mais quando viu o sorriso vitorioso do advogado de defesa, endereçado a ela. Sentia um bolo espesso queimar sua garganta, impedindo-a de engolir. Estava à beira das lágrimas. Aqueles dois criminosos estavam para ser soltos nas ruas, depois de ter zombado da justiça. Um rapaz morto havia sido tachado de criminoso.

Meteu suas anotações na pasta. Talvez, se não tivesse passado tão mal a semana toda, teria trabalhado mais eficientemente. Talvez, se tivesse cuidado daquela hemorragia um ano antes, em vez de adiar por causa daquele medo infantil de hospitais, não teria sofrido o acidente de segunda-feira à noite.

— O Estado quer aproximar-se da mesa?

Katie ergueu os olhos. O juiz estava se dirigindo a ela. Caminhou até ele. Os espectadores estavam saindo. Katie ouviu urros alegres, quando os Odendall beijaram suas amiguinhas mascadoras de chicletes e sem sutiãs.

— Excelência. — Katie procurou manter a voz firme.

O juiz curvou-se para ela e sussurrou:

— Não se deixe abater, Katie. Você fez um bom trabalho. Esses patifes estarão aqui de volta dentro de dois meses, acusados de outros delitos. Você e eu sabemos disso, e da próxima vez você os fisgará.

Katie esboçou um sorriso.

— É justamente o que temo: que voltem. Deus sabe o mal que podem fazer até que os peguemos. Mas obrigada, juiz.

Saiu da sala de sessões e foi para seu escritório. Maureen olhou-a, esperançosa. Katie balançou negativamente a cabeça e viu a expressão da moça transformar-se em simpatia. Encolheu os ombros.

— O que podemos fazer, não é?

Maureen foi com ela até sua sala.

— O Dr. Meyerson e o Dr. Carroll estão reunidos. Não querem ser incomodados. Mas, é claro, você pode entrar.

— Não. Tenho certeza de que se trata do caso Lewis e agora não estou com cabeça para isso. Segunda-feira me informarei.

— Está bem. Katie, lamento pelo veredicto dos Odendall, mas não fique muito aborrecida. Você está mesmo com ar doentio. Está em condições de dirigir? Não está tonta ou coisa assim?

— Não, e não vou para longe. Vou guiar apenas durante quinze minutos e depois não me mexo até domingo.

Ao caminhar para o carro, sentiu um arrepio. A temperatura, que havia subido de tarde, estava caindo rapidamente outra vez. O ar úmido e chuvoso penetrava pelas mangas amplas do seu casacão de lã vermelha e entrava em sua roupa de baixo de náilon. Pensou com saudade no seu próprio quarto, na sua cama. Como seria bom poder estar lá agora, meter-se na cama com um ponche quente e dormir o fim de semana inteiro.

NO HOSPITAL, sua ficha de admissão já estava preenchida. A atendente falou alegremente:

— Meu Deus, Sra. DeMaio, a senhora tem prestígio. O Dr. Highley designou-lhe o quarto da Suíte Um, no terceiro andar. É o mesmo que entrar em férias. Nunca imaginará que está num hospital.

— Ele me falou a respeito — murmurou Katie. Ela não estava disposta a confessar seu medo de hospitais àquela mulher.

— A senhora talvez fique um pouco isolada lá em cima. Há apenas três suítes naquele andar e as outras duas estão vazias. O Dr. Highley mandou redecorar a sala de sua suíte. Por que, não sei. Foi redecorada há menos de um ano. Mas, seja como for, não vai precisar muito dela. A senhora só vai ficar lá até domingo. Se precisar de alguma coisa, basta tocar a campainha. A enfermagem do segundo andar cuida também dos pacientes do terceiro. Afinal, são todos clientes do Dr. Highley. Olhe, esta é a sua cadeira de rodas. Sente-se e nós a levaremos para cima.

Katie olhou-a, consternada.

— Está dizendo que eu devo usar já a cadeira de rodas?

— É o regulamento do hospital — disse a atendente, com firmeza.

John numa cadeira de rodas, indo para a quimioterapia. O corpo de John encolhendo e ela vendo-o morrer. A voz de John enfraquecendo, seu humor amargo e cansado, ao ser tirado da cadeira de rodas e posto na cama. O cheiro de desinfetantes do hospital.

Katie sentou-se na cadeira e fechou os olhos. Não podia desistir. A atendente, uma prestativa gorducha de meia-idade, empurrou a cadeira pelo corredor até o elevador.

— É muita sorte ter o Dr. Highley como médico — disse a Katie. — Suas pacientes têm o melhor tratamento do hospital. A senhora aperta um botão chamando alguém e tem uma enfermeira à disposição em trinta segundos. O Dr. Highley faz questão. Todo o pessoal treme quando ele anda por perto, mas é boa pessoa.

Tinham chegado ao elevador. A atendente apertou o botão.

— Este lugar é muito diferente da maioria dos hospitais. Na maioria deles não querem vê-la até estar pronta para dar à luz e a mandam embora depois de dois dias de a criança ter nascido. Com o Dr. Highley, não. Já o vi instalar mulheres grávidas na cama aqui, dois meses antes, apenas como precaução. É por isso que ele tem suítes, para as pessoas sentirem-se em casa. A Sra. Aldrich está numa no segundo andar. Fez cesariana ontem e não parou de chorar de alegria. Está felicíssima. O marido também. Na noite passada, ele dormiu no sofá da sala da suíte dela. O Dr. Highley estimula isso. Bem, o elevador chegou.

Várias outras pessoas entraram no elevador com elas. Olharam para Katie com curiosidade. Vendo as revistas e flores que levavam, ela percebeu que se tratava evidentemente de visitas. Sentiu-se estranhamente afastada delas. *No instante em que alguém se torna paciente, perde a identidade*, pensou. Torna-se um caso.

Desceram no terceiro andar. O corredor estava forrado num tom verde suave. Espalhadas pelas paredes, excelentes reproduções de quadros de Monet e Matisse, bem destacadas por belas molduras.

Mesmo a contragosto, Katie sentiu-se tranqüilizada. A atendente empurrou-a pelo corredor e dobrou à direita.

— A senhora está na última suíte — exclamou. — É bastante afastada. Não creio que haja outras pacientes neste andar hoje.

— Não tem importância — murmurou Katie. Pensou no quarto de John. Ambos querendo absorver um ao outro, fortalecendo-se contra a separação. Pacientes do ambulatório indo até a porta e olhando para dentro.

— Como está passando hoje, juiz? Ele parece melhor, não é, Sra. DeMaio?

E ela mentindo:

— É verdade. — *Vão embora, vão embora. Temos tão pouco tempo*, pensava ela.

— Não me importo de ficar sozinha no andar — repetiu.

Foi levada a um quarto. As paredes eram cor de marfim, o tapete, do mesmo verde suave do corredor. A mobília era branca, antiga. Cortinas estampadas, em tons marfim e verde, combinavam com a coberta da cama.

— Ah, que beleza — exclamou Katie.

A atendente ficou contente.

— Sabia que iria gostar. A enfermeira virá logo. Por que não deixa suas coisas aí e fica à vontade?

A atendente foi embora. Um tanto indecisa, Katie despiu-se, vestiu uma camisola de dormir e um robe quente. Colocou os objetos de toalete no armário do banheiro e pendurou as roupas no armário. Em nome de Deus, o que iria fazer para passar a longa e triste noite que se estendia diante dela? Na noite anterior, àquela hora, estava se vestindo para ir ao jantar de Molly. E quando chegou lá, Richard estava esperando por ela.

Sentiu-se meio tonta. Instintivamente, apoiou-se no guarda-roupa. A sensação de tonteira passou. Provavelmente, tinha sido a pressa, o resultado do julgamento e... É preciso reconhecer, pensou: a apreensão.

Estava num hospital. Por mais que quisesse afastar esse pensamento, encontrava-se num hospital. Incrível, infantil, mas não podia superar o medo. Papai. John. As duas pessoas que ela mais amara no mundo foram hospitalizadas e morreram. Por mais que procurasse compreender, raciocinar, não podia evitar aquela horrível sensação de pânico. Bem, talvez esta internação a fizesse livrar-se daquilo. Segunda-feira de noite não pareceria tão ruim assim.

O quarto tinha quatro portas. A do guarda-roupa, a do banheiro, a que dava para o corredor e a outra deveria ser a da sala de visitas. Abriu-a e deu uma olhada. Como lhe informara a funcionária da recepção, não estava em uso. Os móveis haviam sido colocados no centro e cobertos com panos protetores de pintura. Acendeu a luz. O Dr. Highley era, sem dúvida, um perfeccionista. Até onde podia ver, as paredes estavam irretocáveis. Não era de espantar que os preços do hospital fossem tão extorsivos.

Encolhendo os ombros, apagou a luz, fechou a porta e foi até a janela. O hospital fora construído em forma de U, as duas alas paralelas formando ângulos retos atrás do corpo central.

Na noite de segunda-feira, estivera no outro lado, na parte exatamente oposta àquela onde estava agora. Os carros das visitas começavam a encher o estacionamento. Onde ficaria a vaga com a qual sonhara? Ah, claro... aquela lateral, diretamente sob o último poste de luz. Havia agora um carro estacionado ali, um carro preto. No seu sonho havia um carro preto. Aquelas rodas de arame. A forma como brilhavam na luz.

— Como está passando, Sra. DeMaio?

Virou-se. O Dr. Highley estava parado no quarto. Uma jovem enfermeira estava ao seu lado.

— Oh, o senhor me assustou. Estou muito bem, doutor.

— Bati, mas a senhora não ouviu. — Foi até a janela e puxou a cortina. — Não importa o que faça, estas cortinas ficam fechadas — comentou. — Não queremos que se resfrie. Agora, sente-se na cama e me deixe tirar-lhe a pressão. Vamos também colher uma amostra de sangue.

A enfermeira o acompanhou. Katie reparou que as mãos da moça estavam trêmulas. Era evidente que tinha pavor do Dr. Highley.

O médico colocou o aparelho de pressão no braço de Katie. Uma onda de tonteira a fez sentir como se as paredes do quarto estivessem recuando. Agarrou-se no colchão.

— Está sentindo alguma coisa, Sra. DeMaio? — A voz do médico era calma.

— Não, não. Apenas uma ligeira tontura.

Ele começou a apertar o bulbo.

— Enfermeira Renge, faça o favor de pôr um pano frio na testa da Sra. DeMaio — determinou o médico.

A enfermeira correu obedientemente para o banheiro. O médico ficou olhando o aparelho de pressão.

— Está um pouco baixa. Algum problema?

— Sim. — Sua voz soou como se pertencesse a outra pessoa ou talvez como se ela estivesse numa câmara de eco. — Meu período começou novamente. Está sendo terrivelmente abundante desde quarta-feira.

— Não me surpreende. Francamente, se a senhora não tivesse marcado esta operação, tenho certeza de que seria forçada a fazê-la numa situação de emergência.

A enfermeira voltou do banheiro com uma toalha cuidadosamente dobrada. Estava mordendo o lábio inferior, para evitar que tremesse. Katie sentiu imediata simpatia por ela. Não queria nem precisava de uma compressa fria na testa, mas recostou-se no travesseiro. A enfermeira colocou-lhe a compressa na cabeça. O pano estava encharcado e ela sentiu a água gelada escorrer. Resistiu ao impulso de enxugá-la. O médico notaria e ela não queria que a enfermeira fosse repreendida.

Um lampejo de humor deu-lhe coragem. Já se imaginava dizendo a Richard: "E a pobre moça, apavorada, praticamente me afogou. Terei bursite nas sobrancelhas o resto da vida."

Richard. Devia ter-lhe dito que ia internar-se. Agora, queria que ele estivesse ali.

O Dr. Highley estava segurando uma seringa. Ela fechou os olhos quando o médico extraiu sangue de uma veia no braço direito. Katie viu-o colocar o tubo cheio de sangue numa bandeja que a enfermeira estava segurando.

— Quero que providenciem isto imediatamente — disse, com rispidez.

— Sim, doutor. — A enfermeira correu para fora do quarto, evidentemente aliviada por ir embora. O Dr. Highley suspirou.

— Lamento que esta tímida jovem esteja de plantão esta noite. Mas tenho certeza de que a senhora não vai precisar de nada especial. Já acabou de tomar os comprimidos que lhe dei?

Katie lembrou-se de que não havia tomado o das três horas e agora já passavam das seis.

— Acho que pulei o das três horas — disse, num tom de desculpas. — Estava em sessão e não pensava em mais nada a não ser no julgamento.

— Está com os comprimidos aí?

— Estão em minha bolsa. — Olhou para o armário.

— Não se levante. Eu a apanho.

Quando ele trouxe a bolsa, Katie correu o fecho, meteu a mão e tirou um vidrinho. Havia apenas dois comprimidos nele. A mesa-de-cabeceira tinha uma bandeja com uma garrafa de água gelada e um copo. O Dr. Highley pôs água no copo e passou-o a ela.

— Tome — disse.

— Os dois?

— Sim. Sim. São muito fracos e não quero que fiquem sobrando.

Estendeu-lhe o copo e colocou o vidrinho vazio no bolso.

Ela engoliu os comprimidos obedientemente, sentindo os olhos dele fixos nela. Seus óculos de aros de metal brilharam sob a luz do teto. O brilho. Os raios das rodas do carro brilhando.

Havia um borrão vermelho no copo quando o abaixou. O médico reparou, pegou-lhe a mão e examinou o dedo. O curativo estava outra vez molhado.

— O que é isto? — perguntou-lhe.

— Ora, não é nada. Cortei numa folha de papel e deve ser fundo, pois não pára de sangrar.

— Está bem. — Ele se levantou. — Receitei-lhe um comprimido para dormir. Tome-o, por favor, assim que a enfermeira o trouxer.

— Doutor, na verdade prefiro não tomar comprimidos para dormir. Não me fazem bem. — Pretendia ser veemente. Em vez disso, sua voz era fraca e arrastada.

— Preciso insistir, Sra. DeMaio, principalmente com alguém como a senhora, que irá passar a noite ansiosa e insone sem ele. Quero que esteja bem repousada pela manhã. Oh, seu jantar está chegando.

Uma mulher magra e sessentona entrou no quarto carregando uma bandeja e olhou nervosamente para o médico. Todos ficavam petrificados diante dele, reparou Katie. Ao contrário das bandejas de hospital, habitualmente de plástico ou de metal, aquela era de vime branco, com uma cesta ao lado contendo o jornal da tarde. A louça era delicada e a prataria, graciosamente lavrada. Numa jarra esguia, uma rosa vermelha. Dois pedaços de lombo de carneiro conservavam-se quentes sob uma redoma de prata que cobria o prato de jantar. Uma salada, vagens picadas, pãezinhos quentes, chá e sorvete completavam a refeição. A mulher virou-se para sair.

— Espere — ordenou o Dr. Highley. Voltou-se para Katie: — Como poderá ver, todos os meus pacientes têm um serviço que é comparado favoravelmente com a comida de um restaurante de primeira classe. Acho que um dos maiores desperdícios nos hospitais é a quantidade de comida jogada fora diariamente, enquanto os familiares dos pacientes trazem embrulhos de casa. — Franziu o cenho. — Todavia, acho melhor a senhora não jantar esta noite. Sou levado a acreditar que quanto mais um paciente jejua antes da operação, menos probabilidade tem de sentir-se mal depois.

— Não tenho fome alguma — disse Katie.

— Ótimo. — Fez com a cabeça um sinal para a atendente. Ela apanhou a bandeja e saiu depressa. — Agora vou deixá-la — disse o Dr. Highley para Katie. — A senhora *tem* que tomar um comprimido para dormir.

A moça concordou com um aceno débil. Ele parou na porta.

— Ah, sinto muito, seu aparelho está mudo. O conserto deverá ser feito amanhã de manhã. Espera algum telefonema esta noite? Ou talvez esteja aguardando uma visita?

— Não. Nenhum telefonema ou visita. Minha irmã é a única pessoa que sabe que estou aqui e ela vai à ópera hoje.

— Muito bem — disse o médico, sorrindo. — Boa noite, Sra. DeMaio, e, por favor, repouse. A senhora deve confiar em mim para curá-la.

— Claro que confio.

Highley saiu. Katie se recostou no travesseiro, fechando os olhos. Estava flutuando em algum lugar. Seu corpo estava planando, vagando como...

— Sra. DeMaio. — A voz jovem tinha um tom de desculpas. Katie abriu os olhos.

— O quê... ah, devo ter cochilado.

Era a enfermeira Renge. Trazia uma bandeja com uma pílula num pequeno recipiente de papel.

— Agora precisa tomar isto. É o comprimido para dormir que o Dr. Highley receitou. Ele disse que eu me certificasse de que a senhora o tomou. — Mesmo com o médico ausente, a moça demonstrava nervosismo. — Os pacientes sempre ficam furiosos quando temos que acordá-los para dar-lhes o comprimido para dormir, mas é uma norma deste hospital.

— Ah. — Katie pegou o comprimido, colocou-o na boca e bebeu um gole da garrafa.

— Quer que eu prepare agora a sua cama? Dobrarei as cobertas para a senhora.

Katie percebeu que dormira em cima da colcha. Assentiu com a cabeça, levantou-se e foi ao banheiro. Lá, tirou o comprimido de debaixo da língua. Um pouco dele já se havia dissolvido, mas conseguiu livrar-se da maior parte. *Não adianta*, pensou. *Prefiro ficar acordada a ter pesadelos.* Passou água no rosto, escovou os dentes e voltou para o quarto. Sentia-se muito fraca e zonza. A enfermeira ajudou-a a ir para a cama.

— A senhora está mesmo cansada, não é? Bem, vou colocá-la na cama e tenho certeza de que dormirá a noite toda. Se precisar de mim para alguma coisa, basta tocar a campainha.

— Obrigada. — Sua cabeça estava muito pesada. Suas pálpebras pareciam se colar umas nas outras. A enfermeira Renge baixou a cortina.

— Começou a nevar outra vez, mas vai transformar-se em chuva. É uma noite ruim, boa apenas para se ficar na cama.

— Abra as cortinas e erga a janela um pouquinho, sim? — murmurou Katie. — Gosto de ter sempre ar fresco no quarto.

— Certamente. Agora posso apagar a luz, Sra. DeMaio?

— Sim, por favor. — Só queria dormir.

— Boa noite, Sra. DeMaio.

— Boa noite. Ah, que horas são?

— Exatamente oito.

— Obrigada.

A enfermeira saiu. Katie fechou os olhos. Passaram-se alguns minutos. Sua respiração tornou-se regular. Às oito e meia, não percebeu o som leve produzido pelo girar da maçaneta da porta da sala de visitas da suíte.

# 55

GERTRUDE E OS KRUPSHAK saborearam com calma o jantar de Gana. Com gratidão, Gertrude acedeu à insistência de Gana para repetir e aceitar um generoso pedaço de bolo de chocolate feito em casa.

— Normalmente não como tanto assim — disse, desculpando-se. — Mas não engoli nada desde que encontramos a pobre Edna.

Gana fez um breve movimento de cabeça. Seu marido apanhou a xícara de café e o prato de sobremesa.

— Os Knicks estão jogando — anunciou. — Vou ver. — Seu tom brusco não foi descortês. Instalou-se na sala de visitas e ligou o aparelho. Gana suspirou.

— Os Knicks... os Mets... os Giants... Uma temporada depois da outra. Mas, por outro lado, ele está *aqui.* Olho e o vejo ali. Quando volto do bingo, sei que não estou voltando para uma casa vazia, como sempre acontecia com a pobre Edna.

— Eu sei. — Gertrude pensou no seu próprio lar solitário, que se refletia nas palavras de sua neta mais velha. "Vó, por que não vem jantar?" ou "Vó, vai passar o domingo em casa? Pensamos em ir até aí dizer oi." Poderia ser muito pior.

— Que tal irmos dar uma olhada na casa de Edna? — disse Gana. — Não quero apressá-la... quero dizer, tome outro café, coma outro pedaço de bolo...

— Não. Puxa, não. Vamos lá. A gente odeia fazer isso, mas é algo que não se pode evitar.

— Estou com a chave.

Atravessaram rapidamente o pátio. Enquanto jantavam, a gelada e úmida combinação de chuva e neve voltou a cair. Gana enfiou o queixo na gola do casaco. Pensou no encantador casaco de Edna, imitando pele de leopardo. Talvez pudesse levá-lo para casa naquela noite. Pertencia-lhe.

Dentro do apartamento, ficaram silenciosas. O pó para tirar impressões digitais que os detetives haviam usado ainda era visível no tampo das mesas e nos braços das cadeiras. Sem querer, ambas olharam para a lâmpada junto à qual o corpo dobrado de Edna foi achado.

— Ainda há sangue no aquecedor — murmurou Gana. — Gus vai provavelmente pintá-lo de novo.

— Claro. — Gertrude balançou a cabeça para si mesma. Levaria aqueles móveis para ela. Conhecia o gosto da neta. Além do sofá de veludo, Nan ia adorar aquelas cadeiras iguais, as de encosto alto, com braços e pernas de mogno. Uma era de balanço e a outra, não. Lembrou-se de Edna lhe dizendo que, quando era criança, aquelas cadeiras eram forradas de veludo azul, com uma delicada folha estampada. Ela tornou a cobri-las de tecido barato e sempre suspirava: "Nunca ficaram as mesmas."

Se Nan mandasse cobri-las outra vez de veludo, ficariam lindas. E aquela mesa torneada. Na Galeria Altman havia exemplares dela. Também custava uma fortuna. Claro, aquela estava muito riscada, mas o marido de Nan podia consertar qualquer coisa. *Ah, Edna,* pensou Gertrude. *Você era mais inteligente do que nós. Sabia o valor das coisas.*

Gana estava no armário embutido, tirando o casaco de leopardo.

— Edna me emprestou isto no ano passado — disse. — Fui a uma festa com Gus. Gosto muito dele.

Não demoraram muito a dividir o que havia no apartamento. Gana tinha pouco interesse na mobília: o que Gertrude não quisesse daria para o Exército da Salvação, mas ficou encantada quando Gertrude sugeriu que apanhasse a prataria e a porcelana fina. Concordaram em dar também o guarda-roupa de Edna para o Exército da Salvação. Ficava muito apertado para ambas.

— Isso é tudo — suspirou Gana —, menos as jóias, que a polícia irá nos devolver breve. Você fica com o anel, e eu com o broche que ela deixou.

As jóias, Edna guardava na gaveta da mesinha-de-cabeceira. Gertrude lembrou da noite de terça-feira. Era a gaveta que o Dr. Highley começara a abrir.

— Isso me faz lembrar de algo — disse. — Nunca olhamos dentro daquela gaveta. Vamos ver se não esquecemos nada. — Abriu a gaveta. Sabia que a polícia havia retirado a caixa das jóias, mas a gaveta não estava vazia. No fundo dela, havia um mocassim usado.

— Puxa, essa não — suspirou Gana. — Você, por acaso, sabe por que Edna teria guardado esta coisa? — Apanhou o sapato, expondo-o à luz. Estava deformado, com o salto gasto. Manchas brancas nos lados davam a idéia de que haviam tido contato com a neve.

— É isso! — gritou Gertrude. — Foi o que me confundiu.

Diante da expressão atônita de Gana, tentou explicar:

— A Sra. DeMaio perguntou-me se Edna costumava chamar um dos médicos de Príncipe Encantado. Foi isso que me deixou confusa. Claro que ela não chamava. Mas Edna me contou que a Sra. Lewis usava mocassins bem velhos quando ia às consultas. Ora, Edna falou sobre eles comigo há umas duas semanas, quando a Sra. Lewis estava saindo. Disse que sempre brincava com ela, pois o sapato esquerdo era folgado demais e estava sempre saindo do pé. Edna costumava mexer com a Sra. Lewis, dizendo que ela devia estar esperando o Príncipe Encantado apanhar o sapato de vidro.

— Mas o Príncipe Encantado não era o namorado de Cinderela — protestou Gana. — Ele está no conto de fadas de "A Bela Adormecida".

— Foi o que eu disse. Falei a Edna que ela havia confundido as coisas. Edna apenas riu e disse que a Sra. Lewis tinha dito a mesma coisa, mas que sua mãe lhe contara a história daquela maneira, o que para ela bastava. — Gertrude fez uma pausa, refletindo. — A Sra. DeMaio estava muito aflita quando perguntou a respeito do Príncipe Encantado. E quarta-feira de noite... fiquei pensando: poderia ser o sapato da Sra. Lewis o que o Dr. Highley estava procurando nesta gaveta? Seria possível? Sabe, estou pensando em ir ao escritório da Sra. DeMaio e falar com ela ou deixar-lhe um recado. Algo me diz que não devo esperar até segunda-feira.

Gana pensou em Gus, que não despregaria os olhos do televisor até quase meia-noite. O ávido desejo de sensações novas veio à tona. Nunca estivera no gabinete do promotor.

— A Sra. DeMaio me perguntou se Edna guardava o sapato velho da mãe por motivos sentimentais — falou. — Aposto que estava se referindo a este mocassim. Vou dizer-lhe uma coisa: irei até lá com você. Gus nunca suspeitará de que eu saí.

# 56

Jim Berkeley estacionou o carro no pátio do tribunal e entrou no saguão principal. O quadro na parede dizia que o escritório do médico-legista ficava no segundo andar, na ala antiga do prédio. Ele havia visto a expressão de Richard Carroll, na noite anterior, quando olhara a criança. Rancor e ressentimento o levavam a querer dizer: "O bebê não se parece conosco. E daí?" Mas seria burrice fazer aquilo. Pior ainda, não adiantaria.

Depois de inúmeras voltas inúteis no labirinto do prédio, encontrou o escritório de Richard. A mesa da secretária achava-se vazia, mas a porta de Richard estava aberta, e ele saiu imediatamente quando ouviu a porta da sala de espera fechar-se.

— Jim, foi muito gentil ter vindo.

Evidentemente, estava procurando ser amistoso, pensou Jim. Estava tentando fazer aquilo parecer um encontro sem importância. Seu próprio cumprimento foi cerimonioso e reservado. Entraram. Richard olhou para Jim. Este devolveu impassivelmente o olhar. Nada restava do humor leve do jantar da noite anterior. Era claro que Richard havia captado a mensagem. Seu ar tornou-se profissional. Jim empertigou-se.

— Estamos investigando a morte de Vangie Lewis, Jim. Ela era cliente da Maternidade Westlake, que foi onde sua mulher teve a criança.

Jim balançou afirmativamente a cabeça. Richard estava, sem dúvida, escolhendo com cuidado as palavras.

— Ficamos preocupados com alguns problemas que começam a surgir na investigação. Ora, desejo fazer-lhe umas perguntas... e juro que suas respostas não sairão desta sala. Mas você poderá ser uma tremenda ajuda para nós se...

— *Se* lhe disser que Maryanne foi adotada, não é?

— Sim.

O rancor sumiu de Jim. Pensou em Maryanne. Por mais caro que tivesse sido, valera a pena tê-la.

— Não, não foi adotada. Assisti a seu nascimento. Filmei-o. Ela tem uma pequena marca de nascença no polegar esquerdo que aparece nas imagens.

— É muito pouco provável que pais de olhos castanhos tenham um filho com olhos verdes — disse Richard, em voz grave. Então, parou. — Você é o pai da criança? — perguntou, tranqüilamente.

Jim olhou para as próprias mãos.

— Está querendo dizer que Liz teve um caso com outro homem? Não. Aposto minha vida e minha alma.

— E inseminação artificial? — perguntou Richard. — O Dr. Highley é especialista em fecundidade.

— Liz e eu discutimos essa possibilidade — respondeu Jim. — Há anos nós a rejeitamos.

— Liz poderia ter mudado de idéia sem lhe dizer? Não é mais tão incomum. Há cerca de quinze mil crianças nascidas assim anualmente nos Estados Unidos.

Jim meteu a mão no bolso e tirou a carteira. Abriu-a e mostrou a Richard duas fotos de Liz, dele e da criança. Na primeira, Maryanne era de berço. Seus olhos estavam quase fechados. A segunda era uma fotografia colorida recente. O contraste entre a cor da pele e dos olhos dos pais e da filha era evidente.

— No ano anterior a Liz ficar grávida — disse Jim — soubemos que era quase impossível para nós adotar. Liz e eu discutimos a inseminação artificial. Fomos ambos contra, embora eu tenha me mostrado mais firme do que ela. Maryanne tinha os cabelos castanho-claros e olhos azuis, quando nasceu. Uma porção de crianças nascem com olhos azuis, que depois ficam da cor dos olhos dos pais. Foi apenas nos últimos meses que se tornou evidente haver alguma coisa errada. Não que eu me importe. Aquela criança é tudo para nós. — Ele encarou Richard. — Minha mulher não gosta de dizer uma mentira nem por brincadeira. É a pessoa mais franca que conheci em toda a minha vida. No mês passado, resolvi tornar a coisa fácil para ela. Disse que estava errado a respeito da inseminação artificial e que podia compreender por que as pessoas a fazem.

— E ela disse o quê? — perguntou Richard.

— Ela sabia o que eu estava insinuando, é claro. Respondeu que, se eu estava pensando que ela pudesse tomar tal decisão sem me dizer, não tinha compreendido nossa relação. Pedi desculpas, jurei que não pensava isso. Foi um inferno tranqüilizá-la. Finalmente, acreditou em mim. — Olhou para a foto. — Mas, é claro, eu sabia que ela estava mentindo — explodiu.

— Ou, então, não tinha consciência do que Highley fez a ela — disse Richard, com voz calma.

# 57

DANNYBOY DUKE ZIGUEZAGUEOU pela Terceira Avenida, correndo para a esquina da rua 55 e Segunda Avenida, onde seu carro estava estacionado. A mulher deu por falta da carteira assim que ele pulou da escada rolante. Ele ouviu seu grito:

— Aquele homem, o moreno... acabou de me roubar.

Tratou de deslizar através da massa de mulheres no andar principal da Alexander, mas aquela desgraçada veio correndo pela escada atrás dele, gritando e apontando, quando ele atravessou a porta. O segurança provavelmente ia persegui-lo.

Se pelo menos pudesse chegar ao carro. Não podia livrar-se da carteira. Estava abarrotada de notas de 100 dólares. Ele as viu e precisava de uma dose.

Havia sido uma boa idéia ir ao departamento de peles da Alexander. As mulheres levavam dinheiro à Alexander. Demorava muito tempo fazer um cheque ou examinar um cartão de crédito. Aprendeu isso quando trabalhava como empregado do depósito da loja, e ainda era aluno do ensino médio.

Naquela noite, estava usando um casaco que o tornava parecido com um empregado do depósito. Ninguém prestou atenção nele. A mulher estava com uma enorme carteira de dinheiro aberta. Segurava-a por uma das abas, enquanto andava pelas fileiras de peles. Foi fácil roubá-la.

Estaria sendo seguido? Não ousava olhar para trás. Chamaria muita atenção. Era melhor manter-se junto às paredes dos prédios. Todos se apressavam. Estava horrivelmente frio. Podia permitir-se uma dose. Montes de doses, agora.

E num minuto estaria no carro. Não queria ser um homem correndo nas ruas. Sairia dali, passaria pela rua 59 e estaria em casa, em Jackson Heights. Teria sua dose.

Olhou para trás. Ninguém correndo. Nenhum policial. A noite passada tinha sido muito ruim. O porteiro quase o agarrara, quando arrombou aquele carro de médico. E o que conseguira pelo risco? Não havia drogas na maleta. Uma ficha médica, um peso de papéis sujo e um sapato velho. Era só o que faltava.

Ele roubou mais tarde a carteira de uma velha. Dez miseráveis dólares. O estritamente necessário para conseguir a droga suficiente até aquela tarde. A carteira e a maleta estavam no banco traseiro do carro. Tinha que se livrar delas.

Chegou no carro. Abriu-o e entrou. Nunca, nunca, por pior que estivesse de dinheiro, se desfaria do carro. Os tiras não esperam que se fuja de carro. Se alguém é denunciado, vigiam as estações do metrô.

Meteu a chave na ignição e deu partida no motor. Mesmo antes de ver o clarão de luz, ouviu a sirene da polícia, que vinha na contramão pelo quarteirão. Tentou safar-se, mas o carro cortou-lhe o caminho. Um tira com a mão na coronha da arma saltou do veículo. Os faróis estavam cegando Danny.

O tira escancarou a porta do carro do rapaz, olhou para seu interior e tirou a chave.

— Muito bem, Dannyboy — disse o policial. — Sempre na mesma, hein? Nunca aprende novos truques? Agora fique quieto, ponha as mãos onde eu possa ver e algemar, para que leia seus direitos. Você é reincidente. Acho que vai pegar de dez a quinze anos, se tivermos sorte com o juiz.

## *58*

O AVIÃO DEU UMA VOLTA sobre Newark. A descida foi turbulenta. Chris olhou para Joan. Ela estava agarrando com força sua mão, mas ele sabia que não tinha nada a ver com o vôo. Joan era totalmente desprovida de medo de avião. Ele já a ouvira discutir o assunto com gente que detestava voar.

— Estatisticamente, você está mais seguro num avião do que num carro, num trem, numa motocicleta ou no seu banheiro — costumava dizer.

O rosto dela estava sereno. Ela insistiu para que tomassem um drinque, quando os coquetéis foram servidos. Nenhum dos dois quis jantar, mas ambos tomaram café. Sua expressão era séria, mas calma.

— Chris, posso suportar tudo, menos pensar que foi por minha causa que Vangie se matou. Não se preocupe por eu estar metida nisto. Quando for interrogado, diga tudo e não esconda nada.

Joan. Se conseguissem superar aquilo, iam viver bem juntos. Ela era uma mulher especial. Ele ainda tinha muito o que aprender a respeito dela. Nem mesmo compreendera que podia ter confiado nela e contado a simples verdade. Talvez estivesse tão habituado a proteger Vangie, a evitar discussões. Ele tinha ainda muito o que aprender sobre si mesmo, isso sem falar em Joan.

O pouso foi brusco. Inúmeros passageiros gritaram quando o avião sacudiu. Chris sabia que o piloto agira certo. O vento estava violento. Se continuasse no ar, provavelmente fechariam o aeroporto. Joan sorriu para ele.

— A aeromoça deve ter feito a aterrissagem. — Era uma velha piada da aviação civil.

Ficaram em silêncio, enquanto o avião taxiou até o portão. As pessoas que esperavam os passageiros tinham que ficar atrás do portão de segurança, mas Chris não ficou surpreso ao ver de cara os dois detetives que estiveram em sua casa quando ele encontrou Vangie esperando por ele.

— Comandante Lewis. Srta. Moore.

— Sim.

— Acompanhem-nos, por favor. — A voz de Ed era formal. — É meu dever informá-lo de que é suspeito da morte de sua mulher, Vangie Lewis, bem como de vários outros possíveis homicídios. Tudo o que disser poderá ser usado contra o senhor. Não é obrigado a responder nada agora. É seu direito nomear um advogado.

— Chris não precisa de advogado — respondeu Joan por ele. — E vai contar-lhes tudo o que sabe.

## 59

MOLLY RECOSTOU-SE na poltrona quando a orquestra começou os primeiros acordes da música que constituía a abertura de *Otello*. Bill *amava* ópera. Ela *gostava*. Talvez isso fosse parte do motivo que a impedia de relaxar. Bill já estava completamente absorvido, com uma expressão serena e meditativa. Ela olhou em volta. O Metropolitan estava cheio como sempre. Suas poltronas eram excelentes. Tinham que ser. Bill tinha pago 70 dólares pelas duas. Sobre suas cabeças, os candelabros faiscaram, piscaram e começaram a se apagar, mergulhando-os numa escuridão prateada.

Ela deveria ter insistido em ver Katie no hospital naquela noite. Bill não entendia, *não podia* entender o pavor de Katie por hospitais. Não era de admirar. Katie tinha vergonha de falar sobre isso. O pior é que havia fundamento para o medo dela. O pai delas *não* havia sido atendido a tempo. O velho que estava no mesmo quarto que ele lhes havia contado. Até mesmo Bill admitia que muitos enganos eram cometidos em hospitais.

Com um sobressalto, ouviu os aplausos quando Plácido Domingo desceu do navio. Até aquele instante, ela nada ouvira da ópera. Bill olhou-a e ela procurou dar a impressão de estar gostando. Depois do primeiro ato, telefonaria para Katie. Isso faria com que se tranqüilizasse. Bastava-lhe ouvir a voz de Katie, dizendo que estava bem. E jurava que estaria naquele hospital de manhã cedinho, antes da operação, para ter certeza de que Katie não estava muito nervosa.

O primeiro ato pareceu interminável. Nunca percebera que era tão comprido. Finalmente, o intervalo chegou. Impaciente, recusando a sugestão de Bill de uma taça de champanha no bar do saguão, correu para um telefone. Rapidamente, discou e colocou as moedas na ranhura.

Minutos mais tarde, com os lábios descorados, correu para Bill. Meio soluçando, agarrou-se ao braço dele.

— Há alguma coisa errada, alguma coisa está errada... Telefonei para o hospital. Não quiseram ligar para o quarto de Katie. Disseram que o médico proibiu chamadas. Falei com a recepção e insisti com a enfermeira para me informar sobre Katie. Acabei de falar com ela. É muito jovem e está histérica. Katie não está no quarto dela. Sumiu.

# 60

Ele saiu do quarto de Katie com um sorriso de satisfação que lhe tomou o rosto inteiro. Tudo estava indo muito bem. Os comprimidos estavam fazendo efeito. A hemorragia começava a se manifestar. O dedo provava que o sangue dela não estava mais coagulando.

Desceu para o segundo andar e parou para visitar a Sra. Aldrich. A criança estava num berço ao lado dela. O marido também estava presente. Sorriu com indiferença para os pais e inclinou-se para a criança.

— Sem dúvida, um belo exemplar — afirmou. — Não creio que o negociemos aqui.

Ele sabia que suas tiradas de humor eram pesadas, mas às vezes eram necessárias. Aquela gente era importante, muito importante. Delano Aldrich poderia canalizar milhares de dólares para os fundos de pesquisa do Westlake. Mais pesquisas. Poderia trabalhar no laboratório com cobaias, comunicar seus sucessos. Então, quando começasse a trabalhar publicamente com mulheres, todas as experiências daqueles anos fariam um inevitável sucesso imediato. Fama adiada não era necessariamente fama negada.

Delano Aldrich estava olhando para o filho, revelando no rosto reverência e admiração.

— Doutor, nós ainda não podemos acreditar. Todos diziam que nunca poderíamos ter um filho.

— Evidentemente, todos estavam errados. — O problema principal havia sido a ansiedade dela. Fukhito havia descoberto. Distrofia muscular na família do pai. Ela sabia que poderia ser uma portadora. Isso e algum quisto fibroso no útero a atormentavam. Ele tratou do quisto e ela ficou grávida. Então, ele fez um teste inicial do líquido amniótico e lhe foi possível tranqüilizá-la sobre o problema da distrofia.

Todavia, a moça era extremamente emotiva, quase chegando a ser hiperativa. Havia dez anos, tivera dois abortos. Colocou-a na cama, portanto, dois meses antes do nascimento. E tinha dado resultado.

— Passarei aqui de manhã. — Aquele casal seria uma testemunha fervorosa, se alguém desconfiasse de que a morte de Katie DeMaio não era natural.

Mas não haveria perguntas. A queda da pressão sanguínea estaria no registro do hospital. A urgência da operação seria constatada na presença das enfermeiras mais importantes da equipe. Ele chamaria o próprio cirurgião da sala de emergência para assistir. Molloy estava de serviço naquela noite. Era um bom sujeito, o melhor mesmo. Molloy teria condições de comunicar à família e ao escritório de Katie que tinha sido impossível estancar a hemorragia, que o Dr. Highley chefiara uma equipe que havia trabalhado incessantemente.

Saiu do quarto dos Aldrich e foi até a mesa da enfermeira Renge. Ele havia manejado cuidadosamente a escala de serviço, de forma que ela estivesse de plantão. Uma enfermeira mais experiente examinaria Katie a cada dez minutos, mas Renge não era tão inteligente.

— Enfermeira Renge.

— Pois não, doutor. — Levantou-se apressadamente, agitando as mãos, nervosa.

— Estou muito preocupado com a Sra. DeMaio. Sua pressão sanguínea está no limite normal mais baixo, e suspeito de que a hemorragia vaginal é mais forte do que ela imagina. Vou sair para jantar e voltarei mais tarde. Quero o relatório do laboratório pronto sobre a contagem dos glóbulos vermelhos. Não quero que a aflijam... ela tem medo de hospitais... mas não ficarei surpreso se tivermos que operá-la ainda esta noite. Tomarei a decisão quando voltar, dentro de uma hora. Convenci-a a não jantar, e se ela pedir algum alimento sólido, não dê.

— Sim, doutor.

— Dê à Sra. DeMaio o comprimido para dormir e não a deixe perceber, de maneira alguma, que uma operação de urgência poderá ser necessária. Está claro?

— Sim, doutor.

— Muito bem.

Highley fez questão de conversar com várias pessoas no saguão central. Resolveu jantar no restaurante ao lado do hospital. Não era mau. Podia-se comer um filé bastante bom e queria estar em condições mais tarde de apresentar a imagem de um médico consciencioso.

*Eu estava preocupado com a Sra. DeMaio. Em vez de ir para casa, jantei aqui ao lado e voltei diretamente ao hospital para examiná-la. Graças a Deus eu fiz isso. Pelo menos* tentamos.

E outro ponto importante. Mesmo numa noite lúgubre como aquela, não era incomum ele caminhar até o restaurante. Dessa maneira, ninguém podia ter muita certeza do tempo que estivera ausente.

Porque, enquanto estivesse esperando que o café fosse servido, ele daria o último passo necessário. Tinha deixado o quarto de Katie às sete e cinco. Às quinze para as oito estava no restaurante. Katie iria tomar o comprimido para dormir às oito horas. Era um medicamento muito forte. Graças à sua fraqueza, iria pô-la fora de ação imediatamente.

Cerca de oito e meia, ele poderia subir sem perigo a escada dos fundos até o terceiro andar, entrar na sala da suíte, certificar-se de que Katie estava adormecida e dar-lhe a injeção de heparina, a poderosa droga anticoagulante, que, combinada com os comprimidos, faria sua pressão sanguínea e a contagem de glóbulos vermelhos caírem vertiginosamente.

Voltaria para o restaurante e terminaria o café, pagaria a conta e depois retornaria ao hospital. Levaria a enfermeira Renge com ele para fazer o exame em Katie. Dez minutos depois, Katie estaria na sala de operações.

Ela tornou tudo mais fácil não recebendo visitas naquela noite. Claro, ele estava preparado para essa eventualidade. Introduziria a heparina na transfusão que ela receberia durante a operação. Seria igualmente eficiente, porém mais arriscado.

O filé estava bom. Era curioso como ficava faminto em situações como aquela. Teria preferido esperar até tudo estar terminado para comer, mas era quase impossível. Quando a irmã de Katie fosse encontrada, já passaria da meia-noite, pois ela tinha ido à ópera. Teria que esperá-la no hospital, confortá-la. Ela ia lembrar-se de como ele fora gentil. E ele não chegaria em casa antes das duas ou três. Não podia ficar em jejum tanto tempo assim.

Permitiu-se um copo de vinho. Gostaria de ter pedido a habitual meia garrafa, mas naquela noite não era aconselhável. Todavia, aquele copo o aqueceu, tornou-o mais atento, ajudou sua mente a examinar as possibilidades, a antecipar o inesperado.

Seria o término do perigo. Sua maleta não havia aparecido. Provavelmente nunca apareceria. A ameaça Salem havia sido eliminada. Os jornais informaram que sua morte se deveria a uma "queda ou pulo". Edna havia sido enterrada naquela manhã. Vangie Lewis o fora ontem. O mocassim na gaveta de Edna nada significaria para as pessoas que ficariam com seus pertences usados.

Uma semana terrível. E bastante desnecessária. Poderiam ter-lhe permitido prosseguir abertamente sua obra. Não havia muito tempo, a inseminação artificial era considerada ultrajante. Agora, anualmente, milhares de crianças nasciam dessa forma.

Recuemos centenas de anos. Os árabes costumavam destruir seus inimigos infiltrando-se em seus acampamentos e emprenhando suas éguas com algodão molhado com sêmen de garanhões inferiores. Quem planejou isso era um gênio.

Os médicos que executaram com sucesso a primeira fecundação *in vitro* eram gênios.

Mas o gênio dele suplantava todos os outros. E ninguém se atravessaria em seu caminho no recebimento dos prêmios merecidos.

O Prêmio Nobel. Um dia ele o receberia. Pelas contribuições à medicina não consideradas possíveis.

Ele resolvera sozinho o problema do aborto, o problema da esterilidade.

A tragédia seria que, se isso se tornasse conhecido, ele fosse considerado criminoso, como o foi Copérnico.

— Gostou do jantar, doutor? — A garçonete era conhecida. Ah, sim, ela havia sido sua paciente havia anos e tivera um menino.

— Muito mesmo. Como vai seu filho?

— Bem, senhor. Excelente.

— Ótimo. — Incrivelmente, aquela mulher e seu marido concordaram com seus honorários, entregando-lhe o dinheiro economizado para dar de entrada na compra de uma casa. Enfim, ela obteve o que queria.

— Gostaria de um *cappuccino*, por favor.

— Perfeitamente, doutor, mas irá demorar uns dez minutos.

— Enquanto você o prepara, darei uns telefonemas. — Estaria fora menos de dez minutos, e a garçonete não repararia.

Viu pela janela que a neve havia parado de cair. Não poderia, é claro, apanhar o sobretudo na portaria. Esgueirou-se pela porta lateral perto do corredor dos telefones e banheiros e atravessou correndo a passagem. O frio bateu em seu rosto, porém ele mal reparou. Tinha planejado cada passo.

Era fácil manter-se na sombra. Tinha a chave da saída de incêndio nos fundos da ala da maternidade. Ninguém usava aquelas escadas. Entrou no edifício.

A escada estava brilhantemente iluminada. Girou o interruptor. Podia andar por aquele hospital de olhos fechados. No terceiro andar, abriu cuidadosamente a porta e parou para ouvir se havia algum barulho. Nenhum som. Silenciosamente, passou para o vestíbulo. Um instante depois, estava na sala de visitas da suíte de Katie.

Aquele havia sido outro problema a considerar. E se alguém a acompanhasse ao hospital: sua irmã, uma amiga? E se essa pessoa pedisse para passar a noite no sofá-cama da sala? A Clínica Westlake encorajava veementemente que dormissem ali, se o cliente desejasse. Mandando pintar aquela peça, eliminara decisivamente essa possibilidade.

Planejamento. Planejamento. Isso era tudo, tão útil e necessário na vida como no laboratório.

Naquela tarde, ele tinha deixado a seringa com a heparina na gaveta de uma mesa do fundo, sob a lona dos pintores. A luz do estacionamento entrava pela janela, proporcionando-lhe visibilidade suficiente para achar a mesa sem dificuldade. Apanhou a seringa.

Agora o momento mais importante de todos. Se Katie acordasse e o visse, ele ficaria exposto ao perigo, mas tinha certeza de que ela havia caído imediatamente no sono. Evidentemente, ela não reagiria à injeção. Porém, quando voltasse com a enfermeira Renge mais tarde, se por acaso Katie ainda estivesse consciente, se falasse alguma coisa sobre a injeção, seria um risco. Oh, seria muito fácil explicar: ela estava meio tonta; confundiu-se com a retirada de sangue para exame. Mesmo assim, seria melhor se ela não acordasse agora.

Highley estava no quarto, inclinado sobre ela. Procurou-lhe o braço. As cortinas estavam parcialmente abertas. Uma luz fraca penetrava no quarto. Pôde ver o perfil dela. Seu rosto estava virado para o outro lado. A respiração era irregular. Falava dormindo. Ele não conseguia entender as palavras. Ela devia estar sonhando.

Espetou a agulha no braço dela e acionou o êmbolo. Katie estremeceu e suspirou. Seus olhos, enevoados de sono, abriram-se quando ela virou a cabeça. Na penumbra, ele pôde ver as pupilas dilatadas. Katie o olhou, confusa.

— Dr. Highley — murmurou —, por que o senhor matou Vangie Lewis?

# *61*

SCOTT MYERSON ESTAVA mais cansado que zangado. Desde a descoberta do corpo de Vangie Lewis na manhã de terça-feira, mais duas pessoas haviam morrido. Duas pessoas direitas: uma recepcionista muito trabalhadora, que merecia alguns anos de liberdade depois de suportar e cuidar dos pais idosos, e um médico que estava dando uma contribuição real à medicina.

Haviam morrido porque ele não agira com a necessária rapidez. Chris Lewis era o assassino. Scott tinha certeza disso. A rede jogada sobre Lewis era segura. Se pelo menos ele tivesse percebido imediatamente que a morte de Vangie Lewis havia sido um homicídio! Teria de saída chamado Chris para interrogatório. Poderia tê-lo pego. E se tivesse feito isso, Edna Burns e Emmet Salem ainda estariam vivos.

Scott mal podia esperar pela oportunidade de pegar Lewis. Um homem capaz de matar a mulher grávida era capaz de qualquer assassinato a sangue-frio. Lewis provou isso. Ele era a pior espécie de criminoso. Aquele que não dá o menor indício, o que nos faz confiar e dar-lhe as costas.

Lewis e a namorada desembarcaram às sete. Deveriam estar ali às oito. Lewis era frio, está bem, mas não era estúpido para fugir. Embora pudesse fazer isso. As evidências eram apenas circunstanciais. Mas uma prova circunstancial pode ser muito melhor do que o testemunho ocular, quando devidamente apresentada no tribunal. Scott iria ocupar-se pessoalmente do caso. Seria um prazer para ele.

Às sete e cinqüenta, Richard entrou na sala de Scott. Não perdeu tempo com rodeios.

— Acho que descobrimos uma cloaca — falou. — E chama-se Westlake Maternity Concept.

— Se está dizendo que o psiquiatra andava provavelmente com Vangie Lewis, concordo — disse Scott. — Mas acho que já havíamos chegado a isso esta tarde. Seja como for, será fácil descobrir. Colha amostras de sangue do feto e pegaremos Fukhito. Ele não poderá recusar um exame do seu sangue. Se o fizer será uma confissão clara de culpa e estará liquidado para a medicina, se for provado outro caso de paternidade.

— Não é disso que estou falando — interrompeu Richard, impaciente. — É atrás de Highley que estou. Acho que faz experiências com as clientes. Acabo de falar com o marido de uma delas. Não há possibilidade de ele ser o pai da criança, mas estava presente ao parto. Pensa que a mulher concordou em fazer inseminação artificial sem a permissão dele. Acho que há mais. Acho que Highley está fazendo inseminação artificial sem o *conhecimento* das clientes. É por isso que ele pode fazer nascer crianças milagrosamente aos seus cuidados.

— Você está dizendo que acha que Highley implantou em Vangie Lewis o sêmen de um pai oriental e esperava levar isso até o fim? Ora, Richard.

— Talvez ele não soubesse que o doador era oriental. Talvez tenha cometido um engano.

— Médicos não cometem enganos como esse. Mesmo concordando que sua teoria é verdadeira... e francamente não acredito... isso não o torna assassino de Vangie.

— Há alguma coisa errada com Highley — insistiu Richard. — Senti isso assim que botei os olhos nele.

— Olhe, investigaremos a Maternidade Westlake. Isso não é problema. Se houver nela qualquer espécie de irregularidade, descobriremos e a processaremos. Se você tiver razão e ele de fato inseminar mulheres sem autorização, nós o pegaremos. É uma violação direta da lei. Mas vamos nos preocupar com isso mais tarde. Neste momento, Chris Lewis está em primeiro plano para mim.

— Faça isso — insistiu Richard. — Volto a investigar Highley. Estou examinando os processos de negligência contra ele. Uma mulher, a Sra. Horan, dentro em pouco estará aqui para dizer por que instaurou o processo. Além disso, o *Newsmaker* diz que ele estava em Liverpool, na Inglaterra, antes de vir para cá. Vamos telefonar para lá e verificar se podemos achar algum traço de comportamento impróprio. Eles lhe darão essa informação.

— Claro, prossiga — disse Scott, encolhendo os ombros. A campainha em sua mesa soou. Ele ligou o interfone. — Traga-o aqui. — Recostando-se na poltrona, olhou para Richard. — O desolado viúvo está aí com sua amante...

## 62

DANNYBOY DUKE ESTAVA sentado na sala da delegacia, curvado para a frente, com um ar miserável. Suava. Seus nervos estavam crispados. Seus braços tremiam. Dava pena vê-lo. Com mais trinta segundos teria escapado. Estaria agora no seu apartamento, a alegria de estar livre percorrendo seu corpo. Em vez disso, aquele inferno quente e suado.

— Dê-me uma chance — murmurou.

Os tiras não se impressionaram.

— Você é que *nos* deve dar uma chance, Danny. Há sangue neste peso de papéis. Em quem você bateu com ele? Vamos, Danny. Sabemos que não foi na velhota cuja bolsa você afanou na noite passada. Você apenas a empurrou e ela quebrou o quadril. Embora isso seja muito grave quando se tem 75 anos, Danny. É provável que ela acabe pegando uma pneumonia e até morra. Esse será o segundo assassinato, Dannyboy. Portanto, você nos ajuda e nós veremos o que podemos fazer por você, está bem?

— Não sei do que o senhor está falando — murmurou Danny.

— Claro que sabe. A maleta do médico estava no seu carro. E também a carteira de dinheiro. A carteira que você pegou na Alexander achava-se em seu bolso. Sabemos que na noite passada roubou a maleta. Temos a queixa conosco. O porteiro o viu roubá-la em frente ao Hotel Carlyle. Ele pode identificá-lo. Mas a quem você atacou com aquele peso de papéis, Danny? Conte-nos. E aquele sapato, Danny? Desde quando você guarda sapatos surrados? Vamos, conte-nos.

— Ele estava na maleta — murmurou Danny.

Os dois detetives se entreolharam. Um deles sacudiu os ombros e virou-se para o jornal na mesa por trás dele. O outro colocou a pasta que estava examinando dentro da maleta.

— Muito bem, Danny. Vamos conversar com o Dr. Salem para saber o que ele levava exatamente nesta maleta. Isso resolverá. Poderia ser mais fácil, se você colaborasse. Você já está aqui há bastante tempo para perceber isso.

O outro detetive levantou os olhos do jornal.

— Dr. Salem? — Sua voz era de incredulidade.

— Sim. É o nome que consta na pasta. Ah, compreendo. O nome gravado na maleta é Dr. Edgar Highley. Acho que ele possui a pasta de um paciente de outro médico.

O detetive mais moço foi até a mesa levando o matutino *Daily News.* Abriu a pasta e examinou o maço de papéis com o nome Emmet Salem no cabeçalho. Mostrou a terceira página do *News.*

— Salem é o médico encontrado na platibanda do Hotel Essex House na noite passada. O promotor do condado de Valley está trabalhando conosco neste caso.

Os policiais olharam para Dannyboy com interesse renovado e olhos suspeitos.

## *63*

ELE OBSERVOU KATIE fechar os olhos e sua respiração tornar-se regular. Ela voltara a adormecer. A pergunta sobre Vangie surgira de algum recanto do seu subconsciente, deflagrada talvez por uma volta ao seu estado mental de segunda-feira à noite. Era até possível que não se lembrasse de ter feito a pergunta, mas o médico não podia correr esse risco. Ela poderia repeti-la na frente da enfermeira Renge ou dos outros médicos na sala de operações, antes de ser anestesiada. Sua mente procurou uma solução. A presença dela na janela, na última segunda-feira de noite, ainda poderia destruí-lo.

Precisava matá-la antes que a enfermeira Renge viesse vê-la, e dispunha para isso de menos de uma hora. A injeção de heparina deveria agir imediatamente no sangue de Katie como anticoagulante, mas o processo total levaria ainda várias horas. Esse era o seu plano. Agora não podia esperar. Tinha que dar-lhe imediatamente uma segunda injeção.

Havia heparina no consultório. Não ousava aproximar-se do dispensário do hospital. Teria que sair pela escada de incêndio até o estacionamento, usar a entrada particular do seu consultório, encher a seringa e tornar a subir. Isso levaria pelo menos cinco minutos. A garçonete iria reparar em sua ausência da mesa do restaurante, mas não podia fazer nada. Satisfeito porque Katie estava adormecida, saiu correndo do quarto.

## *64*

O TÉCNICO DO LABORATÓRIO do condado de Valley fez serão na noite de sexta-feira. O Dr. Carroll lhe pedira para comparar todas as amostras microscópicas da casa do suposto suicídio de Vangie Lewis com todas as amostras microscópicas do apartamento do pressuposto acidente que vitimou Edna Burns. Peneirou com muito cuidado o conteúdo do recipiente do aspirador de pó da casa dos Lewis e do apartamento de Edna. Procurou meticulosamente por substâncias fora do comum.

O técnico sabia que possuía um formidável instinto para encontrar provas microscópicas, uma habilidade para farejar que raramente falhava nele. Estava sempre particularmente interessado em fios de cabelo e gostava de dizer:

— Parecemos animais peludos. É espantosa a quantidade de cabelos que perdemos constantemente, inclusive pessoas virtualmente calvas.

Nas provas colhidas na casa dos Lewis, encontrou uma grande quantidade de fios do cabelo louro-acinzentado da vítima. Achou também cabelos castanhos em boa quantidade no quarto. Sem dúvida, do marido, uma vez que aqueles mesmos cabelos estavam na saleta e na sala de visitas.

Mas havia também uma certa quantidade de cabelos louro-prateados no quarto da vítima. Isso era incomum. Na cozinha ou na sala, fios de cabelo podiam facilmente ser de visitas ou entregadores de mercadorias, mas no quarto? Mesmo naquele dia houve poucos estranhos convidados a entrar no quarto. O material encontrado lá adquiriu um significado especial. O cabelo era de uma cabeça masculina. Seu comprimento sugeria isso automaticamente. Alguns fios semelhantes estavam no casaco que a vítima usava.

E então o técnico achou a conexão que Richard Carroll estava procurando. Inúmeros cabelos claros com raízes prateadas estavam presos no robe azul de Edna Burns.

Colocou as amostras de cabelo sob um poderoso microscópio e acuradamente conferiu os 16 pontos de comparação.

Não havia a menor dúvida. Uma pessoa estivera muito perto de ambas as mortas. Perto o suficiente para ter encostado a cabeça no peito de Edna Burns e esfregado a cabeça no ombro de Vangie Lewis.

O técnico pegou o telefone para falar com o Dr. Carroll.

## 65

ELA TENTOU LEVANTAR-SE. Ouviu um clique: haviam fechado uma porta. Alguém acabara de estar ali. Seu braço doía. O Dr. Highley. Ela havia adormecido... O que teria dito a ele? Katie acordou poucos minutos depois e se lembrou. Lembrou do carro preto, dos raios brilhantes e da luz nos seus óculos. Ela o tinha visto naquela noite de segunda-feira. O Dr. Highley levara Vangie Lewis para o carro dele na segunda-feira de noite. Ele matara Vangie.

Richard havia desconfiado de alguma coisa. Richard tentou dizer-lhe. Porém, ela não quis ouvi-lo.

O Dr. Highley sabia que ela sabia a seu respeito. Por que ela lhe fez aquela pergunta? Tinha que sair dali. Ele ia matá-la também. Katie sempre tivera pesadelos com hospitais. Porque, de alguma forma, ela sabia que ia morrer num hospital.

Para onde foi o Dr. Highley? Ele voltaria. Tinha certeza. Voltaria para matá-la. Ajuda. Ela precisava de ajuda. Por que se achava tão fraca? Seu dedo estava sangrando. Os comprimidos que ele lhe deu. Desde que começou a tomá-los passou a sentir-se muito mal. Os comprimidos. Eles a estavam fazendo sangrar.

*Ó, meu Deus, ajude-me, por favor.* O telefone. O telefone! Katie tateou à sua procura. Sua mão, fraca e trêmula, tocou nele. Sacudindo a cabeça, forçando os olhos a ficarem abertos, ela puxou o aparelho pelo fio. Finalmente, conseguiu pôr o fone no ouvido. Estava mudo. Freneticamente, ela bateu no suporte, procurando chamar a atenção da telefonista.

O Dr. Highley dissera que o telefone seria consertado amanhã. Ela tocou a campainha, chamando a enfermeira. Esta a ajudaria. Mas o clique que deveria ter acendido a luz do lado de fora de sua porta não aconteceu. Ela se convenceu de que o chamado também não iluminou o painel na sala de plantão.

Tinha que sair dali antes de o Dr. Highley voltar. Quando ficou em pé, sentiu náuseas e ondas de tonteira.

Precisava fugir. Vangie Lewis. Os longos cabelos louros, a ansiedade insistente e infantil por um filho. O Dr. Highley havia assassinado Vangie, matado seu filho. Teria havido outras?

Afastou-se da cama, apoiando-se em tudo. O elevador. Entraria nele e pararia no segundo andar. Havia gente lá... outras pacientes, enfermeiras.

Perto dali, uma porta fechou-se. Ele estava voltando. *Ele estava voltando.* Histericamente, Katie olhou a porta aberta para o corredor. Se saísse por ali, ele a veria. A porta do banheiro não tinha fechadura. O armário. Ele a acharia ali. Com enorme força de vontade, cambaleou até a porta que dava para a sala de visitas, abriu-a, entrou, e fechou-a antes que ele chegasse ao quarto.

Para onde poderia ir? Ele iria procurá-la imediatamente. Não podia ficar ali. Se tentasse ir para o corredor, teria que passar pela porta aberta do quarto. Ele a veria. Teria que descer o corredor, virar à esquerda e depois prosseguir até o elevador. Não tinha condições de entrentá-lo. Para onde iria? Ouviu uma porta abrindo-se lá dentro. Ele estava no quarto à sua procura. Deveria tentar esconder-se entre a roupa suja? Não. Não. Seria apanhada. Ele a acharia e traria para fora. Mordeu o lábio, quando a tonteira concentrou-se no espaço por trás dos seus olhos. Suas pernas pareciam de borracha, a boca e a pele estavam pegajosas.

Cambaleou para a porta da sala de visitas, a que dava para o corredor. Havia ali outra porta, a da escada de incêndio. Ela a tinha visto quando fora levada para lá na cadeira de rodas. Desceria por ali para o segundo andar. Conseguiria ajuda. Estava no corredor. Num minuto, ele estaria atrás dela.

A porta para a escada de incêndio era pesada. Ela a empur rou... tornou a empurrar. Resistindo, abriu-se. Katie escancarou-a e entrou. A porta fechou-se muito lentamente. Ele a veria se fechando? As escadas. Estava muito escuro, terrivelmente escuro. Porém, ela não podia acender a luz. Ele a veria. Talvez ele estivesse correndo no corredor, em direção ao elevador. Se ele fizesse isso, Katie ganharia um minuto a mais. Precisava desse minuto. Ajudem-me. Ajudem-me. Apoiou-se no corrimão. A escada era íngreme. Seus pés descalços não faziam barulho. Quantos degraus num lance de escada? Treze. Não, isso é em uma casa. Há um patamar depois de oito degraus. Depois outro lance. Mais oito degraus e ela estaria segura. Sete... cinco... um. Chegou até a porta e girou a maçaneta. Estava trancada. Só abria pelo outro lado.

Ouviu dali a porta do terceiro andar abrir-se e passos pesados descerem a escada.

## *66*

CHRIS RECUSOU-SE A CHAMAR um advogado. Sentou-se em frente ao promotor. Estava muito preocupado, temendo que não acreditassem nele. Mas Joan acreditava. Ela havia dito:

— É compreensível que eles desconfiem de você, Chris. Diga-lhes tudo o que você sabe. Lembre-se daquela passagem da Bíblia: "A verdade te libertará."

Chris olhou para o promotor e depois para os dois detetives que o havian esperado no aeroporto.

— Nada tenho a esconder — falou.

Scott não ficou impressionado. Um rapaz com ar intelectual, trazendo um caderno de estenografia, entrou na sala, sentou-se, abriu o caderno e pegou uma caneta. Scott encarou Chris.

— Comandante Lewis, é meu dever informá-lo de que o senhor é suspeito de ter assassinado Vangie Lewis, Edna Burns e o Dr. Emmet Salem. O senhor pode se recusar a falar. Não é obrigado a responder a nenhuma pergunta. A qualquer momento pode se negar a continuar respondendo. O senhor tem direito à assistência de um advogado. Qualquer declaração que fizer pode ser usada contra o senhor. Está bastante claro?

— Sim.

— Sabe ler?

Chris olhou para Scott. Estaria sendo sarcástico? Não, o homem estava mortalmente sério.

— Sei.

Scott exibiu um papel por cima da mesa.

— Isto é uma cópia do que acaba de ouvir. Leia cuidadosamente, por favor. Tenha a certeza de que compreendeu e depois, se quiser, assine.

Chris leu rapidamente a declaração, assinou e devolveu-a.

— Muito bem. — Scott pôs o papel de lado. Seus modos mudaram, tornaram-se menos tensos. Chris compreendeu que o interrogatório formal iria começar.

*Engraçado*, pensou, *cada noite de nossa vida, se quisermos, podemos assistir a uma exibição de dramas de polícia e ladrão ou judiciários sem nunca esperarmos estar envolvidos.*

O promotor acreditava evidentemente que ele matara Vangie. Estaria maluco por não querer um advogado? Não. O promotor estava falando.

— Comandante Lewis, o senhor foi por acaso maltratado ou insultado?

— Não.

— Quer tomar café ou comer?

Chris passou a mão na testa.

— Gostaria de café, por favor. Mas estou pronto para responder plenamente a suas perguntas. — Mesmo assim, não estava preparado para a pergunta de Scott.

— O senhor matou sua mulher, Vangie Lewis?

— Não matei minha mulher — respondeu Chris, encarando-o. — Não sei se ela foi assassinada. Mas sei disso: se ela morreu antes da meia-noite de segunda-feira, não se matou em nossa casa.

Scott, Charley, Phil e o taquígrafo mergulharam em um espanto pouco profissional, quando Chris calmamente disse:

— Estive lá pouco antes da meia-noite na segunda-feira. Vangie não estava em casa. Voltei para Nova York. Às onze da manhã seguinte, encontrei-a na cama. Só percebi que seu cadáver tinha sido trazido para nossa casa quando o encarregado do funeral veio apanhar roupas para vestir minha mulher e me disse a hora de sua morte. Mas mesmo antes disso eu sabia que alguma coisa estava errada. Minha mulher nunca teria calçado ou mesmo tentado calçar os sapatos que estava usando quando foi encontrada. Nas seis semanas que antecederam sua morte, os únicos sapatos que podia usar eram um par de mocassins gastos que uma empregada havia deixado. A perna e pé direitos estavam inchados demais. Ela chegou até a usar aqueles mocassins como chinelos... — Foi mais fácil do que esperara. Ouviu as perguntas chegarem até ele:

— O senhor saiu do hotel às oito da noite de segunda-feira e voltou às dez. Onde foi?

— A um cinema em Greenwich Village. Quando voltei, não pude dormir. Resolvi ir para casa e falar com Vangie. Foi pouco depois da meia-noite.

— Por que não esperou por sua mulher? — E depois uma verdadeira marretada no seu estômago: — Sabia que sua mulher estava grávida de um japonês?

— Ó, meu Deus! — Pavor misturado com uma sensação de alívio percorreu Chris. Não era seu filho. Um feto japonês. *Aquele psiquiatra. Ele era tão ordinário para fazer isso com ela? Vangie tinha a maior confiança nele. Ó, meu Deus, a pobrezinha. Não admira o medo que ela estava de ter o filho. Devia ter sido por isso que ela chamou o Dr. Salem. Queria ocultar. Ó, meu Deus, ela era tão imatura.*

As perguntas continuaram:

— Não sabia que sua mulher tinha um caso com outro homem?

— Não. Não.

— Por que foi ao apartamento de Edna Burns na noite de terça-feira?

O café chegou. Ele procurou responder.

— Espere, por favor... podemos falar disso exatamente como aconteceu? — Tomou um gole do café, ficando mais à vontade. — Era terça-feira de noite. Logo depois que eu percebi que Vangie morrera antes de vir para casa, aquela mulher, Edna Burns, telefonou. Estava bastante incoerente. Divagou sobre Cinderela e o Príncipe Encantado, disse que tinha uma coisa para mim, uma coisa que eu poderia querer ter e que ela tinha algo para contar à polícia. Pensei que ela soubesse com quem Vangie andava. Pensei que, se ela me contasse, eu não precisaria confessar que estivera em casa na segunda-feira de noite. Queria deixar Joan fora disso.

Pousou a xícara de café, lembrando a noite de terça-feira. Parecia há tanto tempo. Tudo estava fora de proporção.

— Peguei o carro e fui ao apartamento da Srta. Burns. Um garoto que estava passeando com o cachorro mostrou-me o apartamento dela. Toquei a campainha e bati na porta. A televisão estava ligada, as luzes acesas, mas a Srta. Burns não atendeu. Imaginei que estivesse dormindo profundamente e que não adiantaria tentar falar com ela, que talvez ela não passasse de uma desajustada. Voltei para casa.

— Não entrou lá?

— Não.

— Que horas eram?

— Cerca de nove e meia.

— Está bem. O que fez então?

As perguntas, uma atrás da outra. Tomou mais café. A verdade. A pura verdade. Era muito mais fácil do que fazer rodeios. Ter o futuro presente na mente. Se acreditassem nele, poderia viver com Joan. Pensou na forma como ela o olhou e o abraçou, na última noite, no apartamento dela. Pela primeira vez em toda a sua vida, viu que existia alguém com quem poderia contar no caso de uma situação complicada, alguém que queria partilhar com ele o problema. Todos os outros — Vangie e mesmo seus pais — sempre tinham se apoiado nele.

Para o melhor ou para o pior.

Para eles, seria o *melhor. Joan, minha querida*, pensou. Respirou fundo. Estavam fazendo perguntas sobre o Dr. Salem.

## 67

RICHARD SE SENTOU NA MESA de Katie enquanto esperava que o diretor de pessoal do Hospital Christ, em Devon, atendesse a seu telefonema. Ao acentuar a urgência com que tinha que falar com alguém com autoridade, trabalhando no hospital há mais de dez anos, ele tinha conseguido seu número particular.

Enquanto esperava, olhou em volta. A mesa por trás da escrivaninha de Katie estava repleta de processos. Não era de admirar que ela não tivesse tempo livre depois do acidente. Porém, por mais que estivesse ocupada, devia ter ficado em casa. Naquela tarde ela estava em más condições. E perder esse caso hoje devia tê-la preocupado brutalmente. Gostaria de tê-la visto antes de ela ter saído.

O telefone continuou a chamar. O sujeito devia ter saído ou estaria dormindo. Talvez devesse esperar até de manhã. Não. Precisava descobrir *agora.*

Havia algumas fotos em molduras na escrivaninha de Katie. Ela com uma senhora, provavelmente sua mãe. Ele sabia que a mãe morava em algum lugar da Flórida. Katie com Jennifer, a filha mais velha de Molly. Katie parecia a irmã mais velha de Jen. Katie com um grupo de pessoas vestidas para esquiar. Estes deviam ser os amigos com quem ficava em Vermont.

Nenhuma foto de John DeMaio. Mas Katie não era do tipo que sutilmente faz as pessoas lembrarem de que é viúva de um juiz importante. E certamente haveria inúmeras fotos dele em casa.

O telefone continuou a tocar. Ele esperou mais um minuto.

Richard percebeu que ficou contente ao notar que também não havia fotos de nenhum outro homem. Estivera analisando sua reação quando Katie lhe disse que ia passar o fim de semana fora. Tentou fazer aquilo parecer como se estivesse surpreso porque ela não queria estar à disposição com um grande caso em andamento. Que inferno! Uma coisa nada tinha a ver com a outra. Estava aborrecido porque ela iria sair com outro.

— Pronto. — Uma voz zangada e sonolenta atendeu ao telefone. Richard empertigou-se e apertou o fone com mais força.

— Sr. Reeves? Sr. Alexander Reeves?

— Ele mesmo.

Richard foi diretamente ao assunto.

— Senhor, peço-lhe muitas desculpas por telefonar a esta hora, mas é um assunto vital. Estou fazendo uma ligação transatlântica. Sou o Dr. Richard Carroll, médico-legista do condado de Valley, Nova Jersey. Preciso de informações sobre o Dr. Edgar Highley.

A sonolência desapareceu da voz do interlocutor, tornando-a intensa e cautelosa.

— O senhor quer saber o quê?

— Acabo de falar com a Queen Mary Clinic, de Liverpool, e fiquei surpreso ao saber que o Dr. Highley trabalhou no seu corpo médico durante um período relativamente curto. Fomos levados a acreditar no contrário. Todavia, disseram-me que esse Dr. Highley foi membro da equipe do Hospital Christ pelo menos por nove anos. É verdade?

— Edgar Highley passou a ser interno aqui depois de formado em Cambridge. É um médico brilhante e foi convidado a integrar o corpo médico na especialidade de obstetrícia e ginecologia.

— Por que saiu?

— Após a morte da esposa, voltou para Liverpool. Depois soubemos que emigrou para os Estados Unidos. Isso não é incomum, como sabe. Muitos de nossos médicos e cirurgiões não agüentam a estrutura de remuneração baixa do nosso sistema de medicina socializada.

— Não houve outro motivo para o Dr. Highley ter se demitido?

— Não estou entendendo sua pergunta.

Richard aproveitou a oportunidade.

— Acho que está, Sr. Reeves. Claro, isto é confidencial, mas não posso perder tempo sendo discreto. Acredito que o Dr. Highley talvez ande fazendo experiências com clientes grávidas, talvez até com risco de suas vidas. Há algum fato que o senhor possa oferecer em suporte a essa possibilidade?

Houve uma longa pausa. As palavras que se seguiram foram lentas e deliberadamente pronunciadas.

— Enquanto ele esteve conosco, o Dr. Highley foi não apenas um clínico, como também profundamente dedicado à pesquisa pré-natal. Fez experiências muito brilhantes em embriões de rãs e de mamíferos. Depois, um colega seu começou a suspeitar de que ele estava fazendo experiências com fetos humanos abortados... o que é, evidentemente, ilegal.

— Que providências foram tomadas?

— Foi usada a maior discrição, é claro, porém ele passou a ser vigiado severamente. Então ocorreu uma tragédia. A mulher do Dr. Highley morreu de repente. Não havia como provar nada, mas permaneceu a suspeita de que ele havia implantado nela um feto abortado. Pedimos ao Dr. Highley que se demitisse. Isto, claro, é absolutamente confidencial. Não havia a menor prova e por isso espero que o senhor considere o assunto desta conversa como absolutamente secreto.

Richard meditou sobre o que ouviu. Seu palpite estava certo. Quantas mulheres Highley havia morto em suas experiências? Uma pergunta surgiu em sua mente, uma possibilidade remota e brutal.

— Sr. Reeves — perguntou —, o senhor por acaso conhece o Dr. Emmet Salem?

A voz tornou-se imediatamente calorosa.

— Claro que conheço. Um bom amigo. Ora, o Dr. Salem estava nos visitando na época do escândalo Highley.

## *68*

SILENCIOSAMENTE, KATIE correu escada abaixo para o andar térreo. Desesperadamente, pegou na maçaneta e tentou abrir a porta. Não conseguiu. A porta estava trancada. Em cima, os passos haviam parado. Ele estava testando a maçaneta do segundo andar, assegurando-se de que a moça não teria fugido. Os passos recomeçaram. Ele vinha descendo. Se gritasse, ninguém a ouviria. Aquelas sólidas portas eram à prova de qualquer som. Nenhum barulho do hospital podia ser ouvido ali. No outro lado daquela porta havia gente: visitas, pacientes, enfermeiras. A menos de dez centímetros de distância. Mas não podiam ouvi-la.

Ele estava chegando. Ia pegá-la e matá-la. Ela sentiu uma dor forte e um peso na região pélvica. Estava se esvaindo fortemente. Ele havia feito com ela alguma coisa que desencadeara a hemorragia. Katie se sentia tonta. Mas tinha que sair dali. Ele fez a morte de Vangie parecer suicídio. Ainda podia agir do mesmo modo. Alucinada, começou a descer correndo a escada. Levava provavelmente ao porão do hospital. Não tinha mais nenhum lance. Ele teria que explicar como e por que Katie estava ali. Quanto mais longe fosse, mais perguntas seriam feitas. Cambaleou no último lance.

*Não caia. Não faça isso parecer um acidente. Edna havia caído. Ou não? Teria ele matado Edna também?*

Mas estava encurralada ali. Outra porta. Essa também deveria estar trancada. Desesperada, torceu a maçaneta. Highley estava no andar intermediário. Apesar da escuridão, ela pôde ver um movimento, uma presença descendo sobre ela.

A porta abriu-se. O corredor era mal iluminado. Katie encontrava-se no porão. Viu espaços adiante. Silêncio. Tudo muito silencioso. A porta bateu, fechando-se por trás dela. Poderia esconder-se em algum lugar? *Socorro. Socorro.* Havia um interruptor na parede. Ela o apertou. Ficou manchado com o sangue do seu dedo. O corredor desapareceu na escuridão no instante em que, a pouca distância dela, a porta da escada se abriu violentamente.

## *69*

HIGHLEY ERA SUSPEITO de ter causado a morte de sua primeira mulher. Também o primo de Winifred Westlake acreditava que ele havia provocado a morte dela. Highley era um brilhante pesquisador. Highley talvez estivesse fazendo experiências em mulheres que eram suas pacientes. Highley talvez tivesse engravidado Vangie Lewis com o sêmen de um oriental. Mas por quê? Será que ele esperava escapar? Sem dúvida ele conhecia o passado de Fukhito. Estaria tentando envolvê-lo? Por quê?

Teria sido um acidente? Teria utilizado o sêmen errado? Ou Vangie tinha um caso com Fukhito? Teria a suposta experiência do Dr. Highley sido apenas casual para a gravidez de Vangie?

Richard não sabia as respostas. Sentou-se na escrivaninha de Katie, revirando a caneta. Ela sempre a levava. Talvez Katie tivesse saído às pressas e esquecido de apanhá-la. Mas é claro que ela estava preocupada. Perder aquela causa deixou-a bastante desanimada. Katie se empenhara a fundo. Katie levava uma porção de coisas a fundo. Gostaria de saber onde ela estava. Queria lhe falar. A maneira como seu dedo sangrava. Devia perguntar a Molly se sabia que Katie tinha uma baixa contagem de glóbulos vermelhos. Poderia ser um problema sério.

Um arrepio endureceu os dedos de Richard. Aquilo poderia ser um sintoma de leucemia. *Ó, meu Deus.* Segunda-feira levaria Katie a um médico nem que fosse à força.

Bateram suavemente na porta, e Maureen meteu a cabeça. Seus olhos eram verde-esmeralda, grandes e ovais. Belos olhos. Linda moça.

— Dr. Carroll.

— Maureen, desculpe-me por ter pedido para ficar. Acho que a Sra. Horan deveria estar aqui há muito tempo.

— Não tem importância. Ela telefonou. Está a caminho. Aconteceu alguma coisa no trabalho e precisaram dela. Mas há duas mulheres aqui. São amigas da Srta. Burns que morreu. Querem ver Katie. Eu lhes disse que ela não estava e uma delas falou no senhor. Ela o conheceu na noite em que esteve no apartamento da Srta. Burns. Chama-se Sra. Fitzgerald.

— Fitzgerald?... Claro. A Sra. Fitzgerald trabalha meio expediente como recepcionista no Hospital Westlake. — Ao dizer "Westlake", Richard levantou-se. — Diga-lhes que entrem. Talvez seja melhor você chamar Scott.

— O Dr. Myerson não quer absolutamente ser incomodado. Ele, Charley e Phil ainda estão interrogando o comandante Lewis.

— Está bem. Falarei com elas. Então, se for coisa grande, farei com que elas esperem por ele.

As mulheres entraram juntas. Os olhos de Gana brilhavam de excitação. Ela resolvera, pesarosamente, não vestir o casaco de leopardo de Edna. Ainda era muito cedo. Mas tinha sua história prontinha na ponta da língua.

Gertrude trazia o mocassim num saco de papel. Seu cabelo grisalho achava-se impecavelmente penteado. Seu cachecol estava corretamente amarrado no pescoço. O bom jantar já desaparecera na sua memória e agora só desejava voltar para casa e se meter na cama. Mas estava contente por falar com o Dr. Carroll. Ia contar-lhe que naquela noite, no apartamento da pobre Edna, o Dr. Highley abrira a gaveta da mesa-de-cabeceira. Não havia nada naquela gaveta além do sapato. Teria o Dr. Carroll alguma idéia do motivo que levara o Dr. Highley a querer aquele sapato?

A Sra. DeMaio tinha ficado muito interessada naquela história de Príncipe Encantado. O Dr. Carroll poderia também querer saber a respeito. Poderia contar à Sra. DeMaio, quando ela voltasse na segunda-feira. O Dr. Carroll as estava olhando com ar esperançoso.

Gertrude inclinou-se para a frente, sacudiu o saco, e o mocassim gasto caiu sobre a mesa de Katie. Afetadamente, começou a explicar.

— Este sapato é o motivo de nossa vinda aqui.

# 70

Katie ziguezagueou pelo corredor abaixo. Saberia ele onde ficava o interruptor da luz? Teria coragem de ligá-lo? E se houvesse mais alguém ali? Devia gritar?

Highley conhecia aquele hospital. Para onde ela iria? Havia uma porta no fim do corredor. A mais afastada. Talvez tentasse primeiro as outras. Talvez conseguisse trancar-se em algum lugar. Poderia não alcançar as portas laterais. Mas se corresse em linha reta chegaria na parede do fundo. A porta ficava no meio. Seu dedo estava sangrando. Ela trataria de sujar a porta de sangue. Quando a enfermeira fizesse a ronda, começaria a procurá-la. Talvez reparasse nas manchas de sangue.

Ele ficou imóvel. Procurando ouvir onde ela se encontrava. Teria visto uma sombra quando a porta abriu?

A mão estendida dela tocou numa parede fria. *Ó, meu Deus, permita-me achar a porta.* Sua mão apalpou a parede. Tocou na ombreira da porta. Atrás dela, ouviu um leve som de dobradiça. Ele tinha aberto a primeira porta. Mas agora não ia dar-se ao trabalho de olhar naquele compartimento. Tinha compreendido que não ouvira aquele rangido, que ela não experimentara aquela porta. Sua mão achou a maçaneta. Torceu-a vigorosamente machucando o dedo cortado nela. Um forte cheiro de formol penetrou em suas narinas. Ouviu por trás dela passos correndo. Muito tarde. Muito tarde. Tentou fechar a porta, mas esta foi escancarada. Ela cambaleou e caiu. Estava muito, muito tonta. Estendeu o braço. Sua mão tocou numa calça de homem.

— Acabou, Katie — disse o Dr. Highley.

# 71

— TEM CERTEZA DE QUE este é o sapato de sua mulher? — perguntou Scott.

Com ar cansado, Chris acenou com a cabeça, afirmativamente.

— Certeza absoluta. Este é o que ficava largo no pé... o esquerdo.

— Quando Edna Burns lhe telefonou, disse que estava de posse deste sapato?

— Não. Falou que tinha alguma coisa para dizer à polícia e que precisava conversar comigo.

— O senhor teve impressão de chantagem... de ameaça?

— Não, conversa de bêbada. Eu sabia que ela era do Hospital Westlake. Naquela hora, não percebi que era a recepcionista sobre a qual Vangie falava. Ela dizia que Edna estava sempre brincando por causa dos seus sapatinhos de vidro.

— Está bem. Seu depoimento vai ser imediatamente datilografado. Leia-o com cuidado, assine-o se achar que está correto e depois pode ir para casa. Vamos querer falar com o senhor de novo amanhã de manhã.

Pela primeira vez, Chris teve a sensação de que o promotor começava a acreditar nele. Levantou-se para ir embora.

— Onde está Joan?

— Está terminando o depoimento. Poderá ir com o senhor. Ah, mais uma coisa: que impressão tem do Dr. Highley?

— Nunca o vi.

— Leu este artigo a respeito dele? — Scott estendeu-lhe a revista *Newsmaker.*

Chris olhou o artigo e a fotografia do Dr. Highley.

— Vi isto ontem no avião para Nova York. — Sua memória foi estimulada. — É isso — disse Chris. — Era isso que eu não conseguia me lembrar.

— De que está falando? — perguntou Scott.

— Foi este o homem que entrou no elevador do Hotel Essex House, na noite passada, quando eu estava tentando encontrar o Dr. Salem.

## 72

ELE ACENDEU UMA LUZ. Através da neblina, Katie pôde ver o rosto redondo dele, os olhos protuberantes que a fitavam de cima, sua pele reluzente de suor, seu cabelo claro caindo sobre a testa.

Procurou manter-se sobre as pernas cambaleantes. Estava num pequeno recinto semelhante a uma sala de espera. Fazia muito frio. Por trás dela, havia uma espessa porta de aço. Encolheu-se contra a porta.

— Tornou tudo fácil para mim, Sra. DeMaio. — Agora, sorria para ela. — Todos os que lhe são próximos conhecem seu medo de hospitais. Quando a enfermeira Renge e eu fizermos a ronda dentro de minutos, verificaremos que a senhora fugiu do hospital. Chamaremos sua irmã, porém ela não estará em casa por muitas horas ainda, não é? Iremos começar a procurá-la *no* hospital muito mais tarde. Certamente, ninguém sonharia em vir procurá-la aqui. Um velho morreu esta noite na emergência. Está numa dessas gavetas. Amanhã de manhã, quando o empregado do necrotério vier buscar o corpo dele, achará você. Ficará evidente o que lhe aconteceu. Teve uma hemorragia. Ficou desorientada, quase em coma. Tragicamente, desceu até aqui e esvaiu-se até morrer.

— Não. — O rosto de Highley parecia desfeito. Ela estava muito tonta e suava bastante.

Highley passou por ela e abriu a porta de aço. Fazendo-a atravessá-la, amparou-a quando Katie deslizou para o chão. Ela havia desmaiado. Ajoelhando-se ao lado dela, injetou-lhe a última dose de heparina. Provavelmente, Katie não recobraria mais a consciência. Mesmo que o fizesse, não poderia sair. Deste lado, a porta estava trancada. Olhou-a com ar pensativo, levantou-se e limpou a poeira da calça. Finalmente, tinha liquidado Katie DeMaio.

Fechou a porta de aço que separava as gavetas da área de recepção do necrotério e apagou a luz. Abriu com precaução a porta do corredor e apressou o passo, dirigindo-se ao estacionamento do hospital pela mesma porta por onde entrara 15 minutos antes.

Minutos depois estava bebendo um *cappuccino* morno, recusando o oferecimento da garçonete de levar-lhe uma xícara quente.

— Meu telefonema durou mais do que eu esperava — explicou. — E agora tenho que voltar depressa para o hospital. Estou muito preocupado com uma paciente.

## 73

— BOA NOITE, DR. FUKHITO. Estou me sentindo muito melhor. Obrigado. — A face infantil ensaiou um sorriso.

— Fico muito contente. Durma bem esta noite, Tom. — Jiro Fukhito levantou-se devagar. O garoto ia reagir. Durante semanas estivera numa depressão profunda, quase levando-o ao suicídio. Corria a 120 quilômetros por hora num carro que bateu. Seu irmão menor morrera no acidente. Remorso. Culpa. Uma catástrofe maior do que o rapaz podia agüentar.

Jiro Fukhito sabia que o havia ajudado na pior fase. Seu trabalho podia ser muito satisfatório, refletiu, enquanto caminhava lentamente pelo corredor do Hospital Valley Pines. O trabalho que fazia ali, o trabalho voluntário... era o que ele queria praticar.

Oh, ele havia feito muito pelos inúmeros pacientes de Westlake, mas havia outros que não pudera ajudar, não lhe *permitiram* ajudar.

— Boa noite, doutor. — Um grupo de pacientes da enfermaria psiquiátrica o saudava à medida que ele se dirigia ao elevador. Convidaram-no para trabalhar na equipe dali em tempo integral. Gostaria de aceitar a oferta.

Deveria iniciar a investigação que iria inevitavelmente destruí-lo? Edgar Highley não hesitaria em denunciar o caso de Massachusetts, se desconfiasse que seu colega discutira sua paciente com a polícia.

Mas a Sra. DeMaio já desconfiava de alguma coisa. Havia percebido o nervosismo dele, quando o interrogara no outro dia.

Entrou no carro e ficou sentado, indeciso. Vangie Lewis não havia se matado. Absolutamente não dera fim à vida ingerindo cianureto. Ela discutira o assunto do culto de Jones numa das sessões quando falava sobre religião. Podia vê-la em seu consultório, explicando franca e diretamente suas crenças religiosas.

— Não sou de ir à igreja, doutor. Sabe, acredito em Deus, mas à minha maneira. Às vezes penso em Deus. É melhor do que comparecer a um serviço religioso onde não se presta atenção a nada, não acha? E quanto a esses cultos, são todos uma loucura. Não sei como as pessoas se deixam levar. Ora, lembra-se de toda aquela gente que se matou porque lhes disseram para fazer isso? O senhor ouviu a gravação deles gritando depois de beber aquele troço? Tive pesadelos por causa disso. E ficaram tão *repulsivos.*

Dor. Repulsa. Vangie Lewis? Nunca!

Jiro Fukhito suspirou. Sabia o que fazer. Mais uma vez sua vida profissional iria pagar pelo terrível engano de há dez anos.

Mas tinha que contar à polícia o que sabia. Vangie se dirigira do seu consultório para o estacionamento. Porém, quando ele saiu, 15 minutos depois, o Lincoln Continental dela ainda estava no lugar. Não lhe restava nenhuma dúvida de que Vangie entrara no consultório de Edgar Highley.

Tirou o carro do estacionamento do hospital e seguiu na direção do escritório do promotor do condado de Valley.

# 74

Scott segurava o mocassim. Richard, Charley e Phil estavam sentados em torno da mesa.

— Vamos tentar juntar os fatos — disse Scott. — Vangie Lewis não morreu em casa. Foi levada para lá entre meia-noite e onze horas da manhã. O último lugar onde se sabe que ela esteve foi o consultório do Dr. Fukhito, no hospital. Vangie estava usando os mocassins na segunda-feira de noite. Perdeu um deles em algum lugar do hospital. Quem a levou para casa calçou-lhe outros sapatos para tentar encobrir a perda de um dos mocassins. Edna Burns o encontrou e falou a respeito. E Edna Burns morreu. Emmet Salem tentou entrar em contato com você, Richard. Queria falar-lhe sobre a morte de Vangie. Foi a Nova York e caiu ou o empurraram, morrendo poucos momentos após o telefonema. A ficha médica de Vangie, que levava com ele, desapareceu.

— E Chris Lewis jura que viu Edgar Highley no Hotel Essex House — intercalou Richard.

— O que pode ser verdade ou não — lembrou Scott.

— Mas o Dr. Salem sabia do escândalo no Hospital Christ — falou Richard. — Highley não queria que aquilo viesse à tona, exatamente quando começava a ganhar notoriedade.

— Isso não é motivo para matar — afirmou Scott.

— E o que acha de Highley tentando tirar o sapato da gaveta de Edna? — perguntou Charley.

— Não temos *certeza* disso. Aquela mulher do hospital declarou que ele abriu a gaveta. Não tocou em nada. — Scott franziu a testa. — Não faz sentido. Estamos falando de um médico famoso. Não podemos nos precipitar só porque ele se envolveu há dez anos num escândalo que foi abafado. O grande problema é o motivo. Highley não tinha motivo para matar Vangie Lewis.

O interfone soou. Scott apertou a tecla.

— A Sra. Horan chegou — disse Maureen.

— Ótimo. Faça-a entrar — ordenou Scott.

Richard curvou-se para a frente. Aquela era a mulher que havia processado Edgar Highley por negligência.

A porta abriu-se e uma jovem precedeu Maureen na sala. Era uma japonesa com pouco mais de 20 anos. Seus cabelos caíam, soltos, nos ombros. O batom vermelho brilhante era uma nota destoante em sua pele ambarina. Seu porte gracioso e delicado produzia um efeito de leveza mesmo sob a roupa barata que estava usando. Scott levantou-se.

— Sra. Horan, agradecemos sua vinda. Vamos procurar não retê-la durante muito tempo. Por favor, quer sentar-se?

Ela acenou com a cabeça em concordância. Evidentemente nervosa, passou a língua nos lábios e cruzou deliberadamente as mãos no colo. Maureen sentou-se discretamente atrás dela e abriu o caderno de taquigrafia.

— Quer declarar seu nome e endereço? — pediu Scott.

— Chamo-me Anna Horan. Moro na Rua Walnut, 415, em Ridgefield Park.

— A senhora é ou foi cliente do Dr. Edgar Highley?

Richard virou-se rapidamente ao ouvir o suspiro de Maureen, mas a moça voltou depressa ao normal, inclinou a cabeça e recomeçou a tomar notas. O rosto de Anna Horan se endureceu.

— Sim, fui cliente daquele assassino.

— *Daquele assassino?* — repetiu Scott, interrogativamente. Então, as palavras jorraram da boca da jovem.

— Fui procurá-lo há cinco meses. Eu estava grávida. Meu marido é segundanista de Direito. Vivemos do meu salário. Resolvi fazer um aborto. Eu não queria, mas precisava.

Scott suspirou.

— E o Dr. Highley o praticou, a seu pedido, e agora a senhora o culpa?

— Não. Não é verdade. Mandou-me voltar no dia seguinte. Eu fui. Levou-me para uma sala de operações do hospital. Saiu e eu compreendi... *compreendi...* que, fosse como fosse, queria ter aquela criança. O Dr. Highley voltou. Eu estava sentada. Disse-lhe que havia mudado de idéia.

— E ele provavelmente lhe respondeu que uma em duas mulheres costuma dizer a mesma coisa naquele instante.

— Ele disse: "Deite-se." E me empurrou por sobre a mesa.

— Havia mais alguém na sala? A enfermeira?

— Não. Só ele e eu. Então eu falei: "Tenho consciência do que estou dizendo." E...

— E a senhora permitiu que ele a convencesse?

— Não. Não. Não sei o que aconteceu. Enfiou-me uma agulha, quando eu tentei me levantar. Quando acordei, estava numa maca. A enfermeira disse que estava tudo acabado. Falou que eu devia repousar um pouco.

— Não se lembra de como foi?

— Nada. Nada. A última coisa de que me lembro é estar tentando ir embora. — Sua boca mexeu-se convulsivamente. — Tentando salvar meu filho. Eu o queria. O Dr. Highley o tirou de mim.

Os soluços de Anna Horan eram de cortar o coração. O rosto de Maureen estava contorcido e sua voz parecia um lamento:

— Foi assim que ele fez comigo.

Richard olhou para as duas moças que choravam: a japonesa e Maureen, com seus cabelos ruivos e olhos verde-esmeralda. Então, percebeu, com absoluta certeza, que sabia onde vira antes aqueles olhos.

# 75

Ele chegou ao segundo andar do hospital e sentiu imediatamente a tensão no ar. Enfermeiras de olhares assustados corriam pelo corredor. Um casal vestido a rigor estava diante da mesa da enfermeira Renge. Rapidamente, dirigiu-se à jovem. Sua voz era áspera e desaprovadora quando perguntou:

— Enfermeira Renge, o que está acontecendo?

— Doutor, é a Sra. DeMaio. *Ela desapareceu.*

A mulher estava na casa dos 30 e parecia conhecida. Claro! Era a irmã de Katie DeMaio. O que a teria feito ir ao hospital?

— Sou o Dr. Highley — disse, dirigindo-se à visitante. — O que está acontecendo?

Molly teve dificuldade em responder. Alguma coisa acontecera a Katie. Ela não sabia. Nunca se perdoaria.

— Katie... — Sua voz morreu.

— Sou o Dr. Kennedy — disse o homem a seu lado, tomando a palavra. — Minha mulher é irmã da Sra. DeMaio. Quando a viu pela última vez, doutor, e qual era o seu estado?

Esse não era alguém fácil de enganar.

— Vi a Sra. DeMaio há pouco menos de uma hora. Não estava em boas condições. Como provavelmente sabe, fez esta semana duas transfusões de sangue. O laboratório está, neste instante, analisando seu sangue. Suponho que a contagem esteja baixa. Como a enfermeira Renge deve ter-lhes dito, esperava fazer a intervenção cirúrgica esta noite, em vez de aguardar até amanhã de manhã. Acho que a Sra. DeMaio tem ocultado de todos a gravidade de sua hemorragia.

— Ó, meu Deus, onde ela está? — gritou Molly.

Highley olhou-a. Esta era mais fácil de convencer.

— Sua irmã tem um medo quase patológico de hospitais. É possível que tenha simplesmente ido embora?

— Suas roupas estão no armário, doutor — disse a enfermeira Renge.

— *Algumas* roupas podem estar no armário — corrigiu ele. — A senhora desfez a mala da Sra. DeMaio?

— Não.

— Então a senhora não sabe quais outras roupas ela possuía.

— É possível — disse Bill, com voz calma. Virou-se para Molly: — Querida, você sabe que é possível.

— Deveríamos ter vindo com ela — retrucou Molly. — O estado dela é grave, doutor?

— Precisamos encontrá-la e trazê-la de volta. Ela terá ido provavelmente para a casa dela ou para a sua?

— Doutor — a voz tímida da enfermeira Renge estava trêmula — aquele comprimido para dormir deve ter feito a Sra. DeMaio adormecer profundamente. Foi o mais forte que o senhor já receitou.

Ele a fuzilou com o olhar.

— Receitei-o pela simples razão de ter percebido a ansiedade da Sra. DeMaio. Determinei que visse se ela o tomava, pois ela não o queria. Observou-a tomá-lo?

— Vi que o pôs na boca.

— Viu-a engoli-lo?

— Não... realmente, não.

Highley virou as costas para a enfermeira com desdém. Falou com Molly e Bill. Sua voz estava reticente e preocupada.

— É difícil pensar que a Sra. DeMaio esteja vagando pelo hospital. Acham que ela pode ter partido por sua própria vontade? Ela pode simplesmente ter pegado o elevador, ido até o saguão e saído com as visitas que se sucedem a noite toda. Acham que é possível?

— Sim. Sim. Acho. — Molly rezou: — Por favor, que tenha sido assim.

— Então, tenhamos confiança e esperemos que a Sra. DeMaio esteja em casa breve.

— Quero ver se seu carro está no estacionamento — disse Bill.

O carro. Highley não havia pensado nele. Se começassem agora a procurá-la no hospital...

— Que inferno, ela ainda está com aquele carro emprestado. — Bill fez uma careta. — Molly, como é o carro? Acho que nunca o vi.

— Eu... eu não sei — respondeu Molly.

Edgar Highley suspirou. Depois, disse:

— Acho que mesmo que possam identificar o carro, estarão perdendo tempo examinando o estacionamento. Eu sugeriria telefonarem para a casa dela. Se não estiver, devem ir para lá, a fim de aguardar sua chegada. Faz quase uma hora que desapareceu. Quando entrarem em contato com ela, por favor insistam para que volte ao hospital. A senhora pode ficar com ela, Sra. Kennedy. Doutor, se achar que isso tranqüilizará a Sra. DeMaio, terei prazer em que o senhor assista à operação. Mas não podemos permitir que essa hemorragia continue. A Sra. DeMaio está muito doente.

Molly mordeu o lábio.

— Compreendo. Obrigada, doutor. O senhor é muito gentil. Bill, vamos já para a casa de Katie. Talvez ela esteja lá e não atenda ao telefone.

Viraram-se. Tinham acreditado nele. Pelo menos durante muitas horas não iriam sugerir uma batida no hospital. E ele só precisava disso.

Ele se voltou para a enfermeira. De sua maneira estúpida e desajeitada, a jovem tinha sido de grande ajuda. Claro que Katie jamais engolira aquele comprimido. E ele estava justificado por tê-lo ordenado.

— Tenho certeza de que, breve, teremos notícias da Sra. DeMaio — falou ele. — Assim que isso acontecer, chame-me imediatamente. Estarei em casa. — Sorriu. — Tenho que completar algumas fichas.

## *76*

— PRECISAMOS APREENDER o fichário do Dr. Highley antes que ele tenha oportunidade de destruí-lo. O senhor sabe se ele conserva seus registros no consultório?

Jiro Fukhito olhou para Richard. Tinha ido ao escritório do promotor preparado para fazer um depoimento. Ouviram-no quase com impaciência, e então o Dr. Carroll esboçara sua incrível teoria.

Seria possível? Jiro Fukhito relembrou o tempo em que algumas suspeitas surgiram em sua mente, mas foram minimizadas pelo gênio obstétrico de Highley. *Era possível.*

Registros. Perguntaram-lhe sobre os registros.

— Edgar Highley jamais conservaria anotações que sugerissem conduta ilegal no seu consultório do hospital — disse, calmamente. — Há sempre o perigo de uma intimação por imperícia. Todavia, freqüentemente leva pastas para casa. Nunca pude entender por quê.

— Peça imediatamente uma ordem de busca — disse Scott a Charley. — Atacaremos o consultório e a casa simultaneamente. Chefiarei o grupo da casa. Richard, venha comigo. Charley, você e Phil vão ao consultório. Pegaremos Highley como testemunha material. Se ele não estiver lá, quero que ponham um olheiro na casa para agarrá-lo assim que entrar lá.

— O que me preocupa é que talvez haja alguém servindo de cobaia para ele agora — disse Richard. — Posso apostar que os cabelos achados pelo laboratório nos corpos de Edna e Vangie pertencem a Highley. — Olhou o relógio. Eram nove e meia. — Liquidaremos o caso esta noite — disse.

Desejava que Katie estivesse ali. Ficaria aliviada ao saber que Chris Lewis estava quase descartado como suspeito. O palpite dela sobre Lewis havia sido correto. Mas o dele sobre Highley também o fora.

O Dr. Fukhito levantou-se.

— Precisam ainda de mim?

— No momento não, doutor — respondeu Scott. — Ficaremos em contato com o senhor. Se por acaso falar com o Dr. Highley antes que o prendamos, por favor não comente com ele esta investigação. Compreendeu?

— Edgar Highley e eu não somos amigos. — Jiro Fukhito sorriu, cansado. — Ele não teria motivos para telefonar para minha casa. Contratou-me porque sabia que eu estava em seu poder. Como tinha razão! Esta noite, analisarei minha própria conduta e verificarei quantas vezes recalquei suspeitas que deveriam ser exploradas. Temo a conclusão a que chegarei.

Saiu da sala. Caminhando pelo corredor, viu uma placa numa porta: Sra. K. DeMaio. Katie DeMaio. Ela não deveria ir para o hospital naquela noite? Mas, é claro, não faria a operação enquanto o Dr. Edgar Highley estivesse sob investigação.

Jiro Fukhito foi para casa.

## 77

ELA ESTAVA FLUTUANDO por um corredor escuro. Lá no fim havia uma luz. Estaria quente quando ela chegasse lá. Quente e seguro. Mas alguma coisa a estava impedindo. Havia uma coisa que precisava fazer antes de morrer. Teria que fazê-los saber quem o Dr. Highley era. Seu dedo estava sangrando agora. Podia sentir. Estava estendida no chão. Era muito frio. Em todos aqueles anos teve pesadelos em que morria no hospital. Mas não era tão ruim assim, afinal de contas. Tinha muito medo de ficar só. Só sem papai, depois só sem John. Muito medo de se expor à dor. Todos estamos sós. Nascemos sós e morremos sós. Na realidade, não havia por que ter medo. Não lhe seria possível escrever com o dedo o nome do Dr. Highley no chão? Ele estava louco. Tinha que ser impedido. Lentamente, dolorosamente, Katie moveu o dedo. Para baixo, para o lado, para baixo outra vez.

H...

## 78

CHEGOU EM CASA às nove e quinze. A agradável idéia de ter finalmente eliminado a ameaça derradeira lhe deu a sensação de uma total alegria de viver. Tinha terminado de jantar havia menos de uma hora, mas, por algum motivo, não conseguia lembrar da refeição. Talvez Hilda tivesse deixado alguma coisa para comer.

Era melhor do que esperava. *Fondue.* Hilda fazia um admirável *fondue.* Talvez fosse sua melhor façanha culinária. Acendeu o fogo sob o recipiente e regulou-o para uma chama fraca. Na cesta, havia um pão francês fresco, coberto por um guardanapo adamascado. Ele faria uma salada. De escarola, é claro. Determinara a Hilda que a comprasse diariamente.

Enquanto o *fondue* aquecia, ia completar o dossiê de Katie DeMaio. Estava ansioso por terminar. Queria pensar nas duas pacientes de amanhã: a doadora e a recipiente. Tinha confiança em poder duplicar seu sucesso.

Mas seria o bastante? Não seria mais interessante se a recipiente recebesse gêmeos? Dois fetos de doadoras diferentes?

A teoria imunorreativa que tinha aperfeiçoado podia fracassar. Quase certamente fracassaria. Mas levaria quanto tempo? Que problemas específicos desenvolveria?

Foi para a biblioteca, abriu a gaveta da escrivaninha e retirou o dossiê de Katie DeMaio do compartimento secreto. Na última página, fez a anotação final:

> *A paciente chegou ao hospital cerca de seis horas da tarde, com pressão 10 por 6, e não mais de 10 gramas de hemoglobina. Este médico administrou-lhe os dois comprimidos finais de Coumadin às sete da noite. Às oito e meia, este médico voltou ao quarto da Sra. DeMaio e deu-lhe uma injeção de heparina de 5 ml. A Sra. DeMaio teve um breve despertar. Num estado pré-comatoso, perguntou a este médico: "Por que o senhor matou Vangie Lewis?"*
>
> *Este médico deixou a Sra. DeMaio para buscar mais heparina. Evidentemente, era impossível permitir que a Sra. DeMaio repetisse a pergunta diante de testemunhas. Quando este médico voltou, a paciente havia abandonado o quarto. Percebendo, provavelmente, o que disse, ela procurou fugir. A paciente foi agarrada e lhe foram administrados mais 5 ml de heparina. A paciente vai esta noite se esvair até morrer no Hospital Westlake.*
>
> *Este dossiê está, agora, completo e encerrado.*

Largou a caneta, espreguiçou-se, foi até o cofre na parede e abriu-o. Banhadas pela luz do lustre de cristal, as pastas amarelas adquiriram um tom quase dourado.

*Eram* ouro: os registros do seu gênio na ponta dos dedos. Expansivamente, tirou-as todas, colocando-as sobre sua escrivaninha. Como Midas deleitando-se com seu tesouro, passou os dedos pelas etiquetas com os nomes. Seus grandes sucessos. Berkeley e Lewis. Seus dedos pararam e seu rosto ficou sombrio. Appleton, Carey, Drake, Elliot... fracassos. Mais de oitenta. Mas não eram realmente fracassos. Aprendera muito. Todas haviam contribuído. As que morreram, as que abortaram. Faziam parte da história.

Lewis. Um adendo fazia-se necessário. Na pasta de Vangie, incluiu um relato do seu encontro com Emmet Salem.

O *fondue* já devia estar no ponto. Indeciso, olhou para as pastas. Devia guardá-las já ou dar-se o prazer de ler algumas delas? Talvez devesse examiná-las. Aquela semana havia sido muito difícil. Precisava estar em forma no que se referia à combinação de drogas que iria usar no novo caso.

VINDO DE LONGE, um som começou a penetrar na biblioteca: o uivo lamentoso de sirenes da polícia, trazido pelo vento gelado. O som aumentou dentro da sala e depois, abruptamente, cessou. Correu para a janela, afastou a cortina com um safanão e olhou. Um carro da polícia estava entrando no caminho que dava na sua casa. A polícia estava ali!

Teriam encontrado Katie? Estaria ela em condições de falar? Com a rapidez de um raio correu para a escrivaninha, juntou as pastas, recolocou-as no cofre que continuava aberto, fechou-o e correu o painel.

Calma. Precisava ficar calmo. Sua pele estava viscosa. Seus lábios e joelhos, trêmulos. Precisava controlar-se. Havia uma última carta que em caso de desespero ele sempre poderia jogar. Porém, se Katie tivesse falado, estaria tudo acabado.

Mas se a polícia se achava ali por outro motivo, ainda tinha condições de enganá-los. Talvez Katie já estivesse morta e seu corpo tivesse sido encontrado. Lembrou das perguntas e acusações quando Claire morreu. Deram em nada. Não havia prova de espécie alguma.

Todas as possibilidades e conseqüências explodiram imediatamente em sua mente. Era exatamente igual ao decorrer de uma operação ou parto, quando alguma coisa inesperadamente foge ao controle e tem que se tomar uma decisão irrevogável.

E então ela surge. A calma deliberada e gelada, a sensação de poder, a onisciência divina que nunca o abandonou durante uma operação difícil. Sentiu-a fluir através de seu corpo e cérebro.

Ouviu uma batida seca e autoritária na porta. Devagar, deliberadamente, alisou os cabelos. Seus dedos, agora milagrosamente secos e aquecidos, apertaram o nó da gravata. Dirigiu-se à porta da rua e abriu-a.

# *79*

ENQUANTO O CARRO DA POLÍCIA corria para a casa de Edgar Highley, Scott rememorou os depoimentos que ouvira nas últimas horas de Chris Lewis, Gertrude Fitzgerald, Gana Krupshak, Jiro Fukhito, Anna Horan e Maureen Crowley.

Aparentemente, apontavam todos numa direção: para o Dr. Edgar Highley, colocando-o sob grave suspeita de imperícia, conduta ilegal e assassinato.

Três horas antes, a maioria dessas mesmas provas circunstanciais apontava para Chris Lewis.

Scott se lembrou do jogo de varetas, de quando ele era criança. Tem que se tirar as varetas da pilha, uma por uma, sem tocar nas outras. Se uma das outras for deslocada, perde-se o jogo. Era uma coisa que Scott sabia fazer com grande habilidade. Mas o problema era que quase sempre, por mais cuidado que tivesse, a pilha desabava.

As provas circunstanciais eram parecidas. Empilhadas, impressionam. Separe-as, uma a uma, e a pilha toda desmorona.

Richard estava sentado a seu lado no banco traseiro do carro policial. Por causa da insistência de Richard em concentrar todas as provas contra Edgar Highley é que estavam ali agora, atravessando velozmente Parkwood com as sirenes guinchando. Richard havia acelerado aquela investigação a um ponto crítico, alegando que Highley poderia destruir provas, se soubesse que era suspeito.

Edgar Highley era um médico de renome, um excelente obstetra. Muita gente importante sentia-se em dívida com ele por causa das crianças que pôs no mundo e em suas famílias. Se aquilo virasse uma caça às bruxas, o promotor e sua equipe ficariam sob o fogo da imprensa e do público.

— Isso fede. — Scott não percebeu que estava falando alto.

Richard, mergulhado em seus pensamentos, virou-se para ele com a testa franzida.

— O que é que fede?

— Todo esse negócio: essa busca, essa certeza de que Highley é um misto de gênio e assassino. Richard, que provas temos? Gertrude Fitzgerald *acha* que Highley foi à mesinha-de-cabeceira tirar o sapato da gaveta. Chris Lewis *acha* que viu Highley no Hotel Essex House. Você *acha* que Highley realizou milagres médicos. Olhe, mesmo que o júri faça uma acusação formal, o que duvido, um bom advogado pode resolver toda esta trapalhada sem julgamento. Estou com vontade de dar meia-volta agora mesmo.

— Não faça isso! — Richard pegou o braço de Scott. — Pelo amor de Deus, precisamos apreender aqueles registros.

Scott reclinou-se no banco, soltando o braço.

— Scott — insistiu Richard —, esqueça tudo, menos a quantidade de mortes na maternidade de Westlake. Só isso é motivo suficiente para uma investigação.

O carro dobrou uma esquina. Estavam no elegante setor oeste de Parkwood.

— Está bem — disse Scott. — Mas lembre-se, Richard, amanhã de manhã nós dois poderemos estar lamentando esta diligência.

— Duvido — respondeu Richard, secamente. Ele gostaria de se livrar do peso que estava pressionando seu estômago. Não tinha nada a ver com aquele momento nem com aquele caso.

Era Katie. Estava irracional e desesperadamente preocupado com Katie. Por quê?

O carro entrou num caminho.

— Bem, chegamos — disse Scott, num tom amargo.

Os dois detetives que estavam no banco da frente saltaram. Quando Richard estava deixando o carro, percebeu o movimento da cortina numa janela do lado direito da casa.

Haviam estacionado atrás de um carro preto com placa de médico. Scott pôs a mão no capô.

— Ainda está quente. Não faz muito que chegou.

O detetive que havia dirigido o carro bateu secamente na porta da rua. Esperaram. Scott batia os pés com impaciência, procurando aquecê-los.

— Por que não toca a campainha? — perguntou, irritado. — Ela está aí para isso.

— Fomos vistos — disse Richard. — Ele sabe que estamos aqui.

O jovem investigador estava erguendo o dedo para a campainha, quando a porta se abriu. Edgar Highley estava no vestíbulo. Scott foi o primeiro a falar.

— Dr. Highley?

— Sim? — O tom era frio e interrogativo.

— Dr. Highley, sou Scott Myerson, promotor do condado de Valley. Temos um mandado de busca para esta propriedade, e é meu dever informá-lo de que o senhor é suspeito das mortes criminosas de Vangie Lewis, Edna Burns e do Dr. Emmet Salem. O senhor tem o direito de consultar um advogado. Pode recusar-se a responder perguntas. E tudo o que disser poderá ser usado contra o senhor.

*Suspeito.* Não tinham certeza. Não haviam encontrado Katie. Todo o farrapo de prova seria circunstancial. Deu um passo para o lado, escancarando a porta para que todos entrassem. Sua voz estava irritada, mas com fúria controlada, quando disse:

— Não compreendo o motivo dessa invasão, mas entrem, senhores. Responderei a qualquer pergunta que me façam. Procedam a busca, são bem-vindos à minha casa. Todavia, preciso avisá-los: quando consultar um advogado será para processar o condado de Valley e cada um dos senhores individualmente.

Quando ele saíra do Hospital Christ, em Devon, ameaçara com processo se uma palavra sequer da investigação viesse a público. E na maior parte a coisa foi mantida em silêncio. Dera um jeito de examinar sua ficha na Clínica Queen Mary, em Liverpool, e não havia nenhuma referência àquilo.

Deliberadamente, levou-os à biblioteca. Sabia que era uma figura imponente sentado por trás da sólida mesa estilo

Jaime I. Era vital que os deixasse nervosos, fazê-los temer perguntas muito pessoais.

Com um gesto que mal disfarçava o desprezo, indicou-lhes o sofá e as cadeiras de couro. O promotor e o Dr. Carroll sentaram-se, mas os outros não. Scott entregou-lhe o documento oficial. Highley assinou-o, desdenhosamente.

— Vamos iniciar a busca — disse o detetive mais velho, educadamente. — Onde o senhor guarda suas fichas médicas, Dr. Highley?

— No meu consultório, é claro — respondeu. — Contudo, prossigam, por favor. Estou certo de que é o que querem. Há uma gaveta com pastas nesta mesa, contendo documentos pessoais. — Levantou-se, foi até o bar e serviu uma dose de Chivas Regal num copo de cristal. Deliberadamente, acrescentou gelo e um jato de água. Não obedeceu ao protocolo de oferecer bebidas aos outros. Se tivessem chegado minutos antes, teriam encontrado a pasta de Katie na gaveta da escrivaninha. Eram investigadores experientes. Poderiam notar o fundo falso da gaveta. Mas nunca descobririam o cofre... não, a menos que destruíssem a casa.

Sentou-se na poltrona de espaldar alto em veludo listrado junto à lareira, tomou um gole do uísque e os olhou friamente. Quando entrara na biblioteca, estava tão preocupado que não havia notado o fogo que Hilda acendera para ele. Estava queimando magnificamente. Mais tarde, comeria o *fondue* e beberia o vinho ali.

As perguntas começaram.

— Quando viu Vangie Lewis pela última vez?

— Como eu disse à Sra. DeMaio...

— Tem certeza, doutor, que a Sra. Lewis não foi ao seu consultório na noite de segunda-feira, depois de deixar o Dr. Fukhito?

— Como eu disse à Sra. DeMaio... — Não tinham provas, a menor prova.

— Onde estava na noite de segunda-feira, doutor?

— Em casa. Exatamente aqui onde está me vendo. Vim diretamente para casa depois do trabalho no consultório.

— Recebeu algum telefonema?

— Nenhum que eu me lembre. — O serviço de atendimento não comunicara recados na segunda-feira de noite. Ele havia verificado.

— O senhor esteve no apartamento de Edna Burns na terça-feira de noite?

Seu sorriso era desdenhoso.

— Dificilmente.

— Precisamos de algumas amostras do seu cabelo.

Amostras de cabelo. Teriam achado algum em Edna ou no apartamento dela? E em Vangie? Mas estivera no apartamento de Edna com a polícia na quarta-feira de noite. Vangie sempre levava aquele casaco preto ao consultório. Mesmo que fios de seu cabelo tivessem sido encontrados perto das mortas, ele poderia explicar.

— Esteve no Hotel Essex House na noite passada, depois das cinco?

— Absolutamente, não.

— Temos uma testemunha que está disposta a jurar tê-lo visto saindo do elevador mais ou menos às cinco e meia.

Quem o teria visto? Dera uma olhada no saguão quando saiu do elevador. Tinha certeza de que não havia qualquer conhecido seu. Talvez estivessem blefando. Seja como for, a identificação por testemunhas oculares é sabidamente falível.

— *Não* estive no Hotel Essex House na noite passada. Achava-me em Nova York, no Carlyle. Janto lá freqüentemente. Na verdade, para meu desgosto, minha maleta de médico foi roubada enquanto eu jantava.

Estava dando uma informação extra, como se estivesse disposto a colaborar. Tinha sido um erro falar em Katie DeMaio.

Seria natural dizer a essa gente que ela desaparecera do hospital? Evidentemente, eles não sabiam que ela era cliente do hospital. A irmã ainda não entrara em contato com eles. Não. Nada diria a respeito. Era um assunto confidencial entre médico e paciente. Mais tarde, explicaria: "Deveria ter-lhes dito, mas, é claro, presumi que a Sra. DeMaio havia fugido do hospital por uma ansiedade de fundo nervoso. Pensei que ela não ia gostar de ter o fato mencionado entre colegas de trabalho." Mas foi loucura ter mencionado o roubo.

— O que havia em sua maleta? — O interesse do promotor pareceu-lhe superficial.

— Um estojo básico de emergência e algumas drogas. Pouco valioso para tanto trabalho do ladrão. — Devia dizer que também continha pastas? Não.

O promotor mal ouvia. Murmurou para o investigador mais moço.

— Apanhe aquele embrulho no carro.

Que embrulho? Os dedos de Edgar Highley apertaram-se em torno do copo. Era uma cilada?

Ficaram em silêncio, esperando. O detetive voltou e entregou a Scott um pequeno embrulho preso por um elástico. Scott retirou o elástico e desfez o embrulho, mostrando um sapato em mau estado.

— Reconhece este mocassim, doutor?

Highley passou a língua nos lábios. Cuidado. Cuidado. Qual seria o pé? Tudo dependia disso. Inclinou-se e examinou o mocassim. O sapato *esquerdo*, aquele que estava no apartamento de Edna. *Não haviam encontrado sua maleta.*

— Certamente não. Deveria reconhecer esse sapato?

— Vangie Lewis, sua cliente, usou-o continuamente durante vários meses. Ela esteve com o senhor inúmeras vezes por semana. E o senhor nunca notou?

— A Sra. Lewis usava um par de sapatos um tanto usados. Evidentemente, não detive minha atenção neles a ponto de reconhecer especificamente um determinado sapato colocado diante de mim.

— Alguma vez ouviu falar num Dr. Emmet Salem?

Franziu os lábios.

— É possível. O nome não me é estranho. Tenho que verificar nos meus registros.

— Ele não esteve na mesma equipe do senhor no Hospital Christ, em Devon?

— Claro. Sim. Ele estava como médico-visitante. De fato, lembro-me dele.

Quanto saberiam sobre o Hospital Christ?

— O senhor visitou o Dr. Salem ontem à noite no Hotel Essex House?

— Acho que essa pergunta já foi respondida.

— O senhor sabia que Vangie Lewis tinha no ventre um feto oriental?

*Então era isso.* Calmamente explicou:

— A Sra. Lewis estava ficando apavorada pela perspectiva de ter um filho. Isso explica, não acham? Ela sabia que não conseguiria fazer ninguém acreditar que o filho fosse do marido.

Depois começaram a fazer perguntas sobre Anna Horan e Maureen Crowley. Estavam chegando perto, muito perto. Como cães ladrando ao acuar a caça.

— Essas duas moças são típicas representantes das que querem o aborto e depois culpam o médico quando sofrem reações emocionais. Isso não é incomum, sabem. Perguntem a qualquer dos meus colegas.

Richard ouvia, enquanto Scott persistia nas perguntas. Scott tinha razão, pensou tristemente. Junto, tudo se completava.

Separadamente, tudo era refutável, explicável. A menos que pudessem provar alguma morte ilegal entre as pacientes da maternidade, seria impossível acusar Edgar Highley de alguma coisa e sustentar a acusação.

Highley estava tão calmo, tão seguro. Richard tentou pensar como reagiria seu pai, que era neurologista, se fosse inquirido sobre a morte suspeita de um dos seus pacientes. Como Bill Kennedy teria reagido? Como ele, Richard, reagiria, tanto como pessoa quanto como médico? Não como aquele homem; não com aquele sarcasmo, aquele escárnio.

Aquilo era uma representação. Richard tinha certeza. Edgar Highley estava representando. Mas como provar? Com certeza doentia, percebeu que nunca descobririam nada incriminador nos registros de Highley. Ele era esperto demais para isso.

Scott estava perguntando sobre a filha de Berkeley.

— Doutor, o senhor sabe que a Sra. Elizabeth Berkeley deu à luz uma criança de olhos verdes. Não se trata de uma impossibilidade médica quando ambos os pais e os quatro avós têm olhos castanhos?

— Eu diria que sim, mas é evidente que o Sr. Berkeley não é o pai daquela criança.

Tanto Scott quanto Richard não esperavam que ele admitisse aquele fato.

— Isso não significa que eu saiba quem é o pai — continuou Edgar Highley, tranqüilamente. — Mas tenho sérias dúvidas de que seja atribuição do obstetra investigar assuntos dessa natureza. Se minha paciente deseja dizer-me que o marido é o pai da criança, para mim é.

*Uma pena*, pensou ele. Teria que adiar a fama um pouco mais. Não teria condições de confessar agora o sucesso da filha dos Berkeley. Mas haveria outros.

Scott olhou para Richard, suspirou e levantou-se.

— Dr. Highley, quando for para o seu consultório amanhã, vai saber que pusemos sob custódia o seu hospital e os registros dos consultórios. Estamos profundamente preocupados com o número de mortes na maternidade do Hospital Westlake, e esse assunto está sob intensa investigação.

Ele estava em terreno firme.

— Convido-o a que faça a mais minuciosa investigação nos registros das minhas pacientes. Posso garantir que a Maternidade Westlake tem uma média de mortes notavelmente baixa, em relação aos casos que recebe.

O cheiro do *fondue* estava invadindo a casa. Queria comê-lo. Estava esfomeado. Se não fosse mexido, queimaria com certeza. Restavam-lhe uns minutos apenas. O telefone tocou.

— Vou deixar que meu serviço atenda — disse, e depois compreendeu que não era conveniente. Sem dúvida, seria do hospital informando que a Sra. DeMaio ainda não havia voltado para casa e sua irmã estava histérica. Essa poderia ser a oportunidade perfeita para fazer com que o promotor e o Dr. Carroll soubessem do desaparecimento de Katie. Pegou o fone. — Fala o Dr. Highley.

— Doutor, sou o tenente Weingarden da 17ª Delegacia em Nova York. Acabamos de prender o homem que responde à descrição da pessoa que roubou sua maleta do porta-malas do seu carro na noite passada.

A maleta.

— Foi recuperada? — Qualquer coisa em sua voz estava diferente. O promotor e o Dr. Carroll o olharam com curiosidade. Scott caminhou até a mesa e pegou a extensão.

— Sim, recuperamos sua maleta, doutor. É essa a questão. Várias coisas nela podem levar a uma acusação muito mais grave do que roubo. Doutor, pode descrever o conteúdo de sua maleta?

— Alguns medicamentos... umas poucas drogas básicas, um estojo de emergência.

— E uma pasta de uma paciente do Dr. Emmet Salem, um peso de papéis manchado de sangue e um sapato velho?

Ele sentiu o olhar duro e desconfiado do promotor. Fechou os olhos. Quando falou, sua voz estava notavelmente controlada.

— Está brincando?

— Julguei que ia dizer isso, senhor. Estamos cooperando com o escritório do promotor do condado de Valley no tocante à morte suspeita do Dr. Emmet Salem na noite passada. Vou telefonar para o promotor agora. Parece que o suspeito pode ter matado o Dr. Salem durante um roubo. Obrigado, senhor.

Ele ouviu Scott Myerson ordenar ao policial de Nova York:

— Não desligue!

Highley repôs lentamente no gancho o fone que segurava. Estava tudo acabado. Agora que eles tinham a maleta, estava tudo acabado. Qualquer chance que tivesse tido de blefar durante a investigação estava perdida.

O peso de papéis sujo com o sangue de Emmet Salem. A ficha médica de Vangie, que contradizia o constante em seus próprios registros. O sapato, aquele miserável objeto imundo.

Se os sapatos combinassem...

Olhou para seus próprios pés, contemplando objetivamente o brilho de seus elegantes sapatos ingleses de couro de cabra.

Agora, eles não parariam de procurar até achar as pastas verdadeiras.

Se o sapato coubesse, ele o calçaria.

Os mocassins nunca serviram para Vangie Lewis. A suprema ironia era que serviam *nele.* Tão claro quanto se ele os tivesse calçado, eles o ligavam às mortes de Vangie Lewis, Edna Burns e Emmet Salem.

Um riso histérico bramiu dentro dele, sacudindo sua impassível armadura. O promotor havia terminado a ligação.

— Dr. Highley — a voz de Scott Myerson era formal —, o senhor está preso pelo assassinato do Dr. Emmet Salem.

Edgar Highley viu quando o detetive sentado à mesa ergueu-se rapidamente. Ele não havia percebido que o homem estivera tomando notas. Observou o detetive tirar as algemas do bolso.

Algemas. Cadeia. Julgamento. Corjas da humanidade julgando-*o*. Ele, que conquistara o ato primário da vida, o processo do nascimento, um prisioneiro comum.

Ergueu-se. Sua força indômita estava voltando. Tinha feito uma operação. Apesar de sua perícia, a operação tinha fracassado. A paciente estava clinicamente morta. Nada havia a fazer, exceto desligar o aparelho de sustentação da vida.

O Dr. Carroll estava olhando para ele com curiosidade. Desde o instante em que se encontraram na noite de quarta-feira, Carroll havia sido hostil. De alguma forma, Edgar Highley tinha certeza de que Richard Carroll era o homem que havia suspeitado dele. Mas se vingaria. A morte de Katie DeMaio era sua vingança contra Richard Carroll.

O detetive estava se aproximando dele. As algemas refletiram o brilho do fogo. Sorriu educadamente para ele.

— Acabo de lembrar que tenho alguns registros médicos que podem interessá-lo — disse. Foi até a parede, soltou a mola que mantinha o painel no lugar. O painel deslizou. Automaticamente, ele abriu o cofre da parede.

Conseguiu juntar as pastas e lançou um rápido olhar para a lareira. O fogo que Hilda preparara estava agora bem vivo.

Antes que pudessem impedi-lo, conseguiria livrar-se das pastas mais importantes.

Não. Que eles conheçam seu gênio. Que eles o lamentem. Pegou as pastas no cofre e depositou-as na mesa. Agora, estavam todos de olhos fixos nele. Carroll caminhou para a mesa.

O promotor ainda segurava o fone. Um detetive esperava com as algemas. O outro estava acabando de entrar na biblioteca. Provavelmente, estivera andando pela casa, bisbilhotando suas coisas. Os cães farejam a caça.

— Ah, existe outra pasta que o senhor irá querer.

Caminhou até a mesa junto da poltrona da lareira e pegou seu uísque. Levando-o até o cofre, tomou distraidamente um gole. O frasco estava lá, bem no fundo do cofre. Guardara-o na noite de segunda-feira, para um possível uso futuro. O futuro era agora.

Nunca esperou terminar dessa maneira. Mas ainda tinha o comando da vida e da morte. A decisão suprema ele a tomava sozinho. Um cheiro de queimado penetrou na sala. Com pesar, percebeu que era o *fondue.*

No cofre, agiu rapidamente. Destampou o frasco e derramou os cristais de cianureto no seu copo. Tendo percebido pelo rosto de Richard que este notara seu gesto, ergueu o copo num brinde zombeteiro.

— Não faça isso! — gritou Richard, correndo através da sala, enquanto Edgar Highley levava o copo aos lábios e bebia o conteúdo. Richard atirou o copo longe enquanto Highley caía, mas sabia que era muito tarde. Os quatro homens ficaram olhando, sem poder fazer nada, desesperados, enquanto os gemidos e gritos de Highley morriam num silêncio convulsivo.

— Ó, meu Deus! — disse o jovem detetive, que saiu correndo da biblioteca, com o rosto esverdeado.

— Por que ele fez isso? — perguntou o outro detetive. — Que maneira horrível de morrer.

Richard inclinou-se sobre o corpo. O rosto de Edgar Highley estava contraído. Havia espuma brotando-lhe da boca. Os protuberantes olhos cinzentos estavam abertos como se ainda pudessem enxergar. Ele poderia ter feito tanto bem, pensou Richard. Em vez disso, fora um gênio egocêntrico que usara seu dom para fazer experiências com vidas alheias.

— Enquanto eu estava falando com a polícia de Nova York, ele viu que não podia mais abrir caminho com mentiras ou assassinatos — disse Scott. — Você tinha razão a respeito dele, Richard.

Endireitando o corpo, Richard dirigiu-se à mesa e examinou os nomes nas pastas. Berkeley. Lewis.

— Estes são os registros que estávamos procurando.

Abriu a pasta Berkeley. A primeira página começava:

*Elizabeth Berkeley, 39 anos, tornou-se hoje minha cliente. Ela jamais poderá ter um filho. Resolvi que será a próxima paciente extraordinária.*

— Há história médica aqui — disse, mansamente, Richard. Scott estava ao lado do corpo.

— E quando a gente pensa que esse louco era médico de Katie — murmurou.

Richard tirou os olhos da pasta de Liz Berkeley.

— Que foi que você disse? — perguntou. — Você quer dizer que Highley estava tratando de Katie?

— Ela marcou uma consulta com ele na quarta-feira — respondeu Scott.

— Ela o *quê?*

— Katie referiu-se a isso, quando... — O telefone o interrompeu. Scott pegou o fone. — Sim — disse. — Sinto muito, não é o Dr. Highley. Por favor, quem quer falar com ele? — Sua expressão mudou. Molly Kennedy. — Molly!

Richard ficou olhando. A apreensão contraía os músculos do seu pescoço.

— Não — disse Scott. — Não posso colocar o Dr. Highley no aparelho. O que aconteceu?

Ficou ouvindo, depois cobriu o bocal com a mão.

— Ó, meu Deus — disse. — Highley internou Katie no Westlake esta noite, e ela desapareceu.

Richard arrancou o fone da mão do promotor.

— Molly, o que aconteceu? Por que Katie estava aí? Que história é essa de que ela desapareceu?

Ficou ouvindo.

— Vamos, Molly. Katie nunca sairia do hospital. Você devia saber disso. Espere.

Largando o fone, espalhou agitadamente as pastas na mesa. Quase no fim da pilha, achou uma que olhou com pavor. DeMaio, Kathleen. Abriu-a e folheou-a, empalidecendo enquanto lia. Chegou ao último parágrafo.

Com a calma do desespero, pegou o fone.

— Molly, chame o Bill — ordenou. Enquanto Scott e os detetives ouviam, ele disse: — Bill, Katie está se esvaindo em sangue em algum lugar do Hospital Westlake. Chame o laboratório do Westlake. Precisamos de uma bolsa de O Negativo assim que a encontrarmos. Tenha-os preparados para tirar uma amostra de sangue e fazer a análise de hemoglobina, hematócrito, tipo, etc. Diga-lhes que preparem a sala de operações. Já vou para lá. — E desligou.

Incrível, pensou. Continua-se agindo, sabendo-se que talvez já seja tarde demais. Virou-se para o detetive junto à mesa.

— Telefone para o hospital. Mande os policiais da busca deixarem o escritório de Highley e sair à procura de Katie. Diga-lhes para procurarem em todos os cantos: cada quarto, cada armário. Faça todo o pessoal do hospital ajudar. Cada segundo é vital.

Sem esperar instruções, o detetive mais moço correu para ligar o motor do carro.

— Venha, Richard — gritou Scott.

Richard pegou a pasta de Katie.

— Precisamos saber tudo o que ele fez com Katie. — Olhou durante um instante para o corpo de Edgar Highley. Por segundos, não conseguiu evitar a morte dele. Chegaria tarde para Katie?

Sentou-se com Scott no banco traseiro do carro da polícia que corria pela noite adentro. Highley dera heparina a Katie cerca de uma hora antes. Sua ação era rápida.

*Katie,* pensou, *por que não me disse? Katie, por que acha que tem que continuar sozinha? Ninguém consegue. Katie, pode ser tão bom nós dois juntos. Oh, Katie, podemos ter o que Molly e Bill têm. Depende de nós chegarmos a isso. Katie, você também sente a mesma coisa. Esteve lutando contra. Por quê? Por quê? Se pelo menos você confiasse em mim, me* dissesse *que estava consultando Highley. Jamais a teria deixado chegar perto dele. Por que não vi que você estava doente? Por que não a fiz dizer-me? Katie, preciso de você. Não morra, Katie. Espere. Deixe-me encontrá-la. Katie,* agüente firme...

Estavam no hospital. Os carros da polícia entraram de forma estrondosa no estacionamento. Os homens subiram as escadas correndo, até o saguão. Molly estava soluçando. Bill achava-se mortalmente calmo.

— John Pierce está a caminho. É o melhor hematologista em Nova Jersey. Eles possuem um considerável suprimento de sangue à disposição aqui e podemos obter mais do banco de sangue. Encontrou-a?

— Ainda não.

A porta para a escada de incêndio, parcialmente aberta, foi empurrada violentamente. Um policial jovem correu para fora.

— Ela está no chão do necrotério. Acho que morreu.

Segundos mais tarde, Richard carregava Katie nos braços. A pele e os lábios dela estavam cinzentos. Não achou seu pulso.

— Katie. Katie.

A mão de Bill apertou o ombro do colega.

— Vamos levá-la para cima. Temos que trabalhar depressa, se ainda houver alguma chance.

## *80*

ELA ESTAVA NUM TÚNEL. No fundo havia uma luz. Estava quente no fim do túnel. Devia ser muito fácil flutuar até lá.

Mas alguém a estava impedindo de ir. Alguém a estava segurando. Uma voz, a voz de Richard.

— Agüente firme, Katie, agüente firme.

Queria muito não tornar a voltar. Era tão difícil, tão escuro. Seria muito mais fácil prosseguir deslizando.

— Agüente firme, Katie.

Suspirando, virou-se e começou a fazer o caminho de volta.

# 81

NA SEGUNDA-FEIRA DE NOITE, Richard entrou no quarto de Katie na ponta dos pés, com uma dúzia de rosas na mão. Ela estava fora de perigo desde domingo de manhã, mas não ficara acordada o suficiente para dizer mais de duas palavras.

Richard olhou-a. Os olhos de Katie estavam fechados. Resolveu sair, a fim de pedir uma jarra a uma enfermeira.

— Basta pô-las sobre meu peito.

Ele se voltou.

— Katie. — Puxou uma cadeira. — Como vai?

Ela abriu os olhos e fez uma careta para o dispositivo de transfusão de sangue.

— Ouvi dizer que os vampiros estavam por aí sugando. Estou colocando-os fora de ação.

— Você está melhor. — Richard esperou que a súbita umidade nos seus olhos não fosse notada.

Ela percebeu. Estendeu a mão livre e passou suavemente um dedo nas pálpebras de Richard.

— Antes que eu adormeça novamente, conte-me por favor o que aconteceu. Do contrário, acordarei às três da manhã e tentarei juntar os fatos. Por que Edgar Highley matou Vangie?

— Ele estava fazendo experiências com suas pacientes, Katie. Você sabe do bebê de proveta na Inglaterra, é claro.

"Highley tinha muito mais ambição do que simplesmente produzir *in vitro* crianças para seus pais naturais. O que ele estava tentando fazer era pegar fetos de mulheres que abortavam e implantá-los nos úteros de mulheres estéreis. E o fez! Nestes últimos oito anos aprendeu como imunizar a mãe hospedeira da rejeição de um feto alheio.

"Teve sucesso total. Mostrei seus registros ao laboratório de pesquisa de fertilidade do Hospital Monte Sinai e eles me disseram que Edgar Highley deu um grande salto em blastociste e pesquisa embriônica.

"Mas, depois desse sucesso, quis ampliar aquele novo campo. Anna Horan, uma mulher em quem fez um aborto, afirma que havia mudado de idéia, mas ele a anestesiou e lhe tirou o feto, quando ela estava inconsciente. A moça tinha razão. Ele havia colocado Vangie Lewis na sala ao lado, esperando o implante. Vangie pensava que estava apenas sendo submetida a um tratamento para ajudá-la a ficar grávida. Highley nunca esperou que Vangie conservasse o feto oriental durante tanto tempo, embora seu sistema tenha sido aperfeiçoado a tal ponto que o problema racial não era realmente para ser levado em conta.

"Quando Vangie não abortou espontaneamente, ele ficou tão fascinado por sua própria pesquisa que não pôde suportar a idéia de eliminar o feto. Resolveu levá-lo a termo, e então quem o culparia se Vangie tivesse uma criança parcialmente oriental? A mãe verdadeira, Anna Horan, é casada com um branco."

— Ele foi capaz de anular o sistema de imunidade? — Katie lembrou-se das aulas de ciências do colégio.

— Sim, e sem afetar a criança. O perigo para a mãe era muito maior. Ele matou dezesseis mulheres nos últimos oito anos. Vangie estava ficando gravemente doente. Infelizmente para ela, correu para Highley na última segunda-feira de noite, assim que saiu do consultório de Fukhito. Disse-lhe que ia consultar seu antigo médico em Minneapolis. Aquilo seria um risco, porque uma gravidez natural para Vangie era uma probabilidade em um milhão, e qualquer ginecologista que a tivesse tratado saberia disso.

"Mas foi quando mencionou Emmet Salem que tudo acabou para ela. Highley sabia que Salem perceberia o que havia acontecido, assim que Vangie desse à luz um meio-oriental e depois jurasse que nunca tivera um caso com um homem da raça amarela. Salem estava na Inglaterra quando a primeira mulher de Highley morreu. Soube do escândalo.

"E agora — continuou Richard — já chega. O resto pode esperar. Seus olhos estão novamente se fechando."

— Não... Você disse que Highley teve um sucesso. Ele realmente transferiu um feto e o levou a termo?

— Sim. E se você tivesse ficado mais cinco minutos na casa de Molly naquela noite de quinta-feira e visse a filhinha dos Berkeley, poderia agora imaginar quem é a mãe verdadeira. Liz Berkeley foi implantada com o feto de Maureen Crowley, e levou a gravidez a termo.

— A filha de Maureen Crowley. — Katie bateu as pálpebras afugentando o sono. Tentou erguer-se.

— Devagar. Olhe, você tirou a agulha. — Suavemente, pôs-lhe a mão nas costas, sustentando-a até que ela se recostasse. — Highley manteve um histórico completo dos seus casos, contando o que fez desde o momento em que praticou o aborto em Maureen e implantou o feto em Liz. Relacionou cada medicamento, cada sintoma, cada problema até a ocorrência do parto.

— Maureen sabe?

— Era no mínimo meu dever contar-lhe e aos Berkeley, deixando que estes examinassem os registros. Jim Berkeley vivia com a crença de que sua mulher lhe mentira sobre a inseminação artificial. Você sabe como Maureen se sentia por causa desse aborto. Estava sendo destruída. Ela foi ver sua filha. É uma menina feliz, Katie. Ela a teria entregue para adoção, se lhe desse à luz naturalmente. Agora que viu Maryanne, e constatou como os Berkeley são loucos por ela, está no sétimo céu. Mas acho que você vai perder uma ótima secretária. Maureen voltará a estudar no próximo outono.

— E a mãe do filho de Vangie?

— Anna Horan já está muito desolada por causa do aborto. Não vimos necessidade em ela saber que seu filho teria nascido se Highley não tivesse assassinado Vangie na semana passada. Terá outros filhos.

Katie mordeu o lábio. A pergunta que ela estava com medo de fazer, mas precisava saber.

— Richard, por favor, diga-me a verdade. Quando me encontraram, eu estava com uma hemorragia. Até onde precisaram ir para estancá-la?

— Você está bem. Eles lhe fizeram uma intervenção simples para estancar a hemorragia. Tenho certeza de que lhe disseram isso.

— E mais nada?

— Mais nada, Katie. Você ainda pode ter uma dúzia de filhos, se quiser.

Sua mão estendeu-se para cobrir as dela. Aquela mão estivera ali, trouxera-a de volta, quando estava tão perto da morte. Sua voz a tinha feito retornar.

Durante um longo e silencioso momento, olhou para Richard. *Oh, como eu o amo*, pensou ela. *Como eu o amo tanto...*

O ar perturbado e interrogativo dele mudou subitamente para um amplo sorriso. Evidentemente, Richard ficou satisfeito com o que viu no rosto dela. Katie retribuiu-lhe o sorriso.

— Muito seguro de si mesmo, hein, doutor? — perguntou ela, incisivamente.

Este livro foi composto na tipologia Minion, em
corpo 11/15, e impresso em papel off-white 80g/m²,
no Sistema Cameron da Divisão Gráfica
da Distribuidora Record.